10|18
12, avenue d'Italie - PARIS XIIIe

Du même auteur
dans la collection 10/18

APPELLATION CONTRÔLÉE, n° 2476
LE PROFESSEUR, n° 2477
ADJUGÉ !, n° 2497
DANGER, n° 2498
LE BANQUIER, n° 2545
ÉCRAN DE FUMÉE, n° 2580
LA CASAQUE NOIRE, n° 2614
VOL DANS LE VAN, n° 2670
LA MORT AU PETIT TROT, n° 2716
EN SELLE POUR LA 3, n° 2753
À LA CRAVACHE !, n° 2842
FORFAITS, n° 2902

PATATROT

PAR

DICK FRANCIS

Traduit de l'anglais
par Jean ROSENTHAL

10 18

« Grands Détectives »
dirigé par Jean-Claude Zylberstein

Si vous désirez être régulièrement tenu au courant
de nos publications, écrivez-nous :
Éditions 10/18
c/o 01 Consultants
35, rue du Sergent Bauchat
75012 Paris

Titre original :
Dead Cert

ISBN 2-264-02319-8

CHAPITRE I

Les odeurs mêlées des chevaux en nage et du brouillard froid qui montait de la rivière emplissaient mes narines. Je n'entendais que le sourd martèlement des sabots sur la piste et, de temps en temps, un entrechoc de fers à cheval. Derrière moi s'étirait un groupe de cavaliers vêtus comme moi de culottes de soie blanche et de casaques multicolores; en avant, la silhouette rouge et vert d'un cavalier solitaire se détachait sur le pâle rideau du brouillard; il maîtrisait sa monture pour la préparer à sauter la sombre haie de bouleaux qui se dressait sur sa route.

En fait, tout se passait comme prévu. Bill Davidson allait gagner sa quatre-vingt-dix-septième course d'obstacles. Amiral, son cheval alezan, démontrait amplement qu'il était encore le meilleur cheval de steeple du Royaume-Uni.

Le puissant arrière-train se ramassa, se tendit, s'éleva; Amiral franchit la haie avec l'aisance du grand crack qu'il était. Et je constatai alors qu'il m'avait encore pris deux longueurs. Nous arrivions à l'extrémité du champ de courses de Maidenhead, et il nous restait encore plus de huit cents mètres jusqu'au poteau. Je n'avais aucun espoir de le rattraper.

Le brouillard de février s'épaississait. La visibilité

ne s'étendait pas jusqu'à la haie prochaine; on baignait dans un univers à part, retranché de la réalité, où on imaginait que n'importe quoi pouvait arriver. Et c'est ce qui se produisit.

On attaqua le dernier virage, puis la ligne droite où nous attendait le prochain obstacle. Bill avait dix bonnes longueurs d'avance sur moi et le reste du peloton, et il s'était ménagé. Il avait rarement besoin de se donner à fond.

Le gardien de l'obstacle suivant traversa la piste de droite à gauche; au passage, il effleura de la main la haie de bouleaux, puis se glissa sous la barrière. Bill tourna la tête; je vis briller ses dents dans le sourire satisfait qu'il s'accorda en me voyant relégué si loin derrière lui. Puis il se retourna vers l'obstacle pour calculer sa distance.

Amiral aborda impeccablement la haie. Il s'éleva tel un oiseau.

Puis il tomba.

Horrifié, je vis les pattes brunes battre l'air, tandis que le cheval culbutait. J'aperçus la casaque claire de Bill qui, sur sa lancée, retombait la tête la première, tandis qu'Amiral s'abattait avec fracas derrière lui.

Je fis instinctivement un écart vers la droite et je poussai mon cheval vers l'obstacle. Au moment où je sautai, je regardai Bill. Il gisait sur le sol, un bras allongé, les yeux clos. Amiral s'était renversé en plein sur l'abdomen non protégé de Bill; il s'y roulait furieusement et essayait de se relever.

J'eus l'impression fugitive qu'un objet se trouvait coincé sous eux. Un objet incongru, qui n'aurait pas dû être là. Mais j'allais trop vite et je ne distinguai pas grand-chose.

En reprenant contact avec la piste, l'obstacle passé, j'étais aussi malade que si c'était moi qui avais reçu un coup de pied dans le ventre. Cette culbute avait toutes les apparences d'une chute mortelle.

Je jetai un coup d'œil derrière moi. Amiral avait réussi à se relever et repartait au petit trot, tandis que le gardien venait se pencher sur Bill, toujours immobile au milieu de la piste. Puis mon attention revint à la course. Je me trouvais maintenant en tête et il fallait y rester. Sur le bas-côté, un infirmier se précipitait. Il était posté près de l'obstacle dont j'approchais maintenant et accourait au secours de Bill.

Nous franchîmes les trois obstacles suivants, mon cheval et moi, mais le cœur n'y était plus, et quand je débouchai en vainqueur devant les tribunes bourrées de monde, les exclamations de surprise et de dépit qui m'accueillirent me parurent aller de soi. Je passai le poteau, flattai l'encolure de ma monture et levai les yeux vers les tribunes. La plupart des têtes étaient encore tournées vers le dernier obstacle; on cherchait à discerner dans le brouillard épais la silhouette d'Amiral; c'était, depuis deux ans, la première course que perdait le grand favori.

Jusqu'à l'aimable femme entre deux âges dont je montais le cheval qui m'accueillit par la question :

— Qu'est-ce qui est arrivé à Amiral?

— Il est tombé, dis-je.

— Quelle chance! fit Mme Mervyn en riant de joie.

J'acquiesçai en souriant sans répondre, car je n'aurais pu m'empêcher de riposter par des injures. Qu'elle profite de sa victoire, pensai-je, ça ne lui arrive pas si souvent. Et, après tout, peut-être que Bill n'avait pas grand mal.

J'ôtai la selle du cheval, abandonnai la radieuse Mme Mervyn aux félicitations de ceux qui l'entouraient, me frayai un chemin à travers la foule et gagnai la salle des Balances. Je m'assis sur la bascule, on vérifia que tout allait bien, puis je me rendis au vestiaire et déposai mon équipement sur le banc.

Clem, l'habilleur des jockeys, s'approcha. C'était un petit homme assez âgé, vif et d'allure soignée, doté d'un visage basané et de poignets dont les tendons saillaient comme des cordes.

— Bien joué, monsieur, fit-il, mais il n'avait pas l'air enthousiaste.

Je n'avais aucune envie de recevoir des félicitations.

— C'est Amiral qui aurait dû gagner, dis-je brusquement.

— Il est tombé? demanda Clem, inquiet.

— Oui, dis-je. (Maintenant que j'y réfléchissais, je n'arrivais pas à comprendre.)

— Le major Davidson n'est pas blessé, monsieur? demanda Clem. (Il servait d'habilleur à Bill aussi et, à ce que je savais, le considérait comme une sorte de petit dieu.)

— Je ne sais pas, répondis-je.

J'enfilai ma canadienne et me rendis à l'infirmerie. Scilla, la femme de Bill, attendait devant la porte; pâle et tremblante, elle s'efforçait de dissimuler son effroi. Petite et menue, elle portait un ensemble rouge vif, assez gai, et un bonnet de vison était perché d'un air provocant sur ses boucles sombres.

— Alan, dit-elle avec soulagement en m'apercevant. Le docteur est en train de l'examiner et m'a demandé d'attendre. Qu'est-ce que vous en pensez? Est-il gravement atteint?

Elle me suppliait et je n'avais guère de paroles de réconfort à lui donner. Je la pris par les épaules.

Elle me demanda si j'avais vu Bill tomber, et je lui dis qu'il avait plongé la tête la première et qu'il souffrait peut-être d'une légère commotion. La porte s'ouvrit; un homme grand, mince et élégant apparut : le médecin.

— Vous êtes Mme Davidson? dit-il à Scilla.

Elle hocha la tête.

— Je crois malheureusement qu'il va falloir transporter votre mari à l'hôpital, dit-il. Ce ne serait pas raisonnable de le renvoyer chez lui sans avoir fait une radio.

Il avait un sourire rassurant et je sentis que l'appréhension de Scilla se dissipait quelque peu.

— Est-ce que je peux entrer le voir? demanda-t-elle.

Le docteur hésita.

— Oui, dit-il enfin. Mais il est à peu près sans connaissance. Il a reçu un choc assez violent au crâne. N'essayez pas de le réveiller.

Je m'apprêtais à suivre Scilla dans l'infirmerie, mais le docteur me retint par le bras.

— Vous êtes M. York, n'est-ce pas? demanda-t-il. (Il m'avait examiné à la suite d'une chute anodine que j'avais faite la veille.)

— Oui.

— Vous connaissez bien les Davidson?

— Oui. Je passe presque tout mon temps en leur compagnie.

Le docteur pinça les lèvres d'un air songeur.

— Ça n'est pas brillant, fit-il enfin. La commotion n'est pas bien grave, mais il y a une hémorragie interne, et je crains qu'il n'ait un éclatement de la rate. J'ai téléphoné à l'hôpital pour qu'on l'examine aussitôt arrivé.

A ce moment, une des ambulances du champ de courses fit marche arrière dans notre direction. Deux hommes en sortirent précipitamment, en ouvrirent les deux portes arrière et en sortirent un brancard qu'ils transportèrent dans l'infirmerie. Le docteur leur emboîta le pas. Ils réapparurent bientôt; Bill était sur la civière. Scilla suivait; une angoisse profonde et malheureusement justifiée se peignait sur ses traits. Le visage habituellement énergique et pétillant d'humour de Bill tanguait sur la civière, au rythme du pas des infirmiers, ses joues étaient d'une pâleur violacée et des gouttelettes de sueur y perlaient. Il haletait un peu et ses mains tiraillaient la couverture dans laquelle on l'avait roulé. Il avait toujours sa casaque à carreaux verts et rouges, et c'était là le symptôme le plus inquiétant.

— Je monte dans l'ambulance, me dit Scilla. Vous pouvez venir?

— Je cours dans la dernière, dis-je. Je passerai à l'hôpital tout de suite après. Ne vous inquiétez pas, il s'en tirera.

Mais je n'en croyais pas un mot, et elle non plus.

Après leur départ, je parcourus le pesage et le parking et gagnai le bord du fleuve. Gonflée par la récente fonte des neiges, la Tamise s'écoulait en rapides tourbillons bruns et gris bordés d'écume blanche. L'eau paraissait jaillir de la nappe de brouillard qui s'élevait à une centaine de mètres à droite, parcourait en bouillonnant le méandre au bord duquel je me trouvais pour s'enfoncer de nouveau dans la brouillasse. Le fleuve avait l'air hésitant, confus, désorienté. Il me ressemblait.

Car l'accident de Bill avait quelque chose de louche.

A s'en tenir aux faits, Amiral, un magnifique sauteur, était brusquement tombé, en plein élan, sans raison apparente. Bien sûr, un gardien avait traversé la piste derrière l'obstacle au moment où Bill et moi nous apprêtions à l'aborder, mais ça n'avait rien d'insolite. Or, au moment où j'avais franchi l'obstacle, où j'avais regardé Bill étendu à terre, presque à l'extérieur de mon champ visuel, j'avais distingué le vague reflet, brouillé par l'humidité, d'un objet gris et métallique. J'y réfléchis un long moment.

La conclusion s'imposait, si incroyable qu'elle fût. Il fallait vérifier la chose.

Je regagnai la salle des Balances pour reprendre mon harnachement et aller me faire peser en vue de la dernière épreuve mais, au moment où j'introduisais dans la doublure de la selle les plaques de plomb qui devaient me permettre de faire le poids fixé pour le handicap, les haut-parleurs annoncèrent qu'en raison du brouillard qui s'épaississait la dernière course avait été annulée.

Tout le monde se précipita dans le vestiaire; le thé, ainsi que le cake, disparurent rapidement. Le petit déjeuner était loin et j'avalai rapidement deux sandwiches au rosbif, tout en me changeant. Je chargeai Clem de faire expédier mes affaires à Plumpton, où je devais courir quatre jours plus tard, et je sortis d'un pas décidé. Je voulais examiner de près l'endroit où Bill était tombé.

Le chemin est long, des tribunes à l'extrémité du champ de courses de Maidenhead et, lorsque j'y parvins, mes chaussures, mes chaussettes et le bas de mon pantalon étaient trempés à force d'avoir piétiné dans les hautes herbes. Il faisait très froid, très brumeux, il n'y avait personne dans les parages.

Je m'approchai de la haie; c'était un obstacle bien inoffensif, fait de branchages de bouleau dressés à la verticale. Quatre-vingt-dix centimètres à la base et à peu près la moitié au sommet sur un mètre trente-cinq de haut et une dizaine de mètres de large. Un obstacle ordinaire, facile.

J'examinai soigneusement le terrain de l'autre côté de la haie. Rien d'anormal. Je fis le tour de l'obstacle. Rien non plus. Je furetai le long du talus qui amène les chevaux jusqu'à l'obstacle, du côté de la corde, où se trouvait Bill quand il était tombé. Toujours rien.

Ce fut derrière le talus, vers l'extérieur, que je trouvai ce que je cherchais : dans l'herbe haute, à demi dissimulé, parsemé de gouttes de brume, un inquiétant rouleau.

De fil de fer.

Il y en avait une bonne longueur, couleur gris pâle argenté, terminée par une boucle d'une trentaine de centimètres de large qu'alourdissait un chevron de bois. Une des extrémités était fixée au poteau de soutien de la haie, à soixante centimètres au-dessus du sommet de l'obstacle. Et solidement attachée. Je ne parvins pas à défaire le nœud.

Je revins sur mes pas pour examiner le poteau opposé. Une soixantaine de centimètres au-dessus de la haie, il y avait une entaille dans le bois. Le poteau était peint en blanc, et la marque se distinguait clairement.

Ça sautait aux yeux, une seule personne avait pu fixer le fil en cet endroit : le gardien.

Je ne pouvais dire avec certitude si le cheval avait rompu le fil en le touchant ou s'il l'avait arraché. Mais, comme je n'en trouvai pas de fragments et que le fil avait l'air d'un seul tenant, je conclus que le cheval avait entraîné dans sa chute le bout du fil le moins solidement attaché. Aucun des sept chevaux qui me suivaient n'était tombé. Comme moi, ils avaient sauté au-dessus du piège, ou de ce qu'il en restait.

A moins que le gardien ne fût un dément, éventualité qu'on ne pouvait pas éliminer, il s'agissait d'un attentat délibéré commis sur un cheval et sur un cavalier précis. Il était normal que Bill, montant Amiral, soit arrivé en tête à ce stade de la course, car il prenait souvent vingt longueurs d'avance, et sa casaque rouge et verte, même par un jour de brume, était facile à reconnaître.

Fort troublé par le raisonnement que je venais de faire, je revins sur mes pas. La nuit commençait déjà à tomber. Je m'étais attardé plus longtemps que je n'avais cru et, lorsque j'entrai enfin dans la salle des Balances, décidé à parler du fil de fer au directeur des pistes, je constatai que tout le monde était parti.

Le concierge, un vieil homme acariâtre qui ne cessait de sucer ses multiples dents creuses, me dit qu'il ne savait pas où était le directeur des pistes.

Mon devoir, je le savais, était de faire part de la présence du fil de fer à un officiel. Mais à qui? Les autres commissaires qui avaient assisté à la réunion étaient inaccessibles; présentement, ils rentraient chez eux à travers le brouillard. J'allais mettre un temps fou à les retrouver, à les persuader de regagner le champ de courses et à s'aventurer sur la piste dans l'obscurité; puis il faudrait disserter, ergoter, me répéter indéfiniment. Je n'étais pas près de me libérer.

Pendant ce temps, Bill luttait contre la mort à l'hôpital de Maidenhead, et je voulais savoir ce qu'il en était.

Il ne restait plus que sa Jaguar dans le parc de stationnement. Je m'installai au volant, allumai les lanternes et les phares anti-brouillard et démarrai. A la sortie du champ de courses, je tournai à gauche pour franchir la Tamise et parcourus les rues tortueuses de Maidenhead; j'arrivai enfin à l'hôpital.

Pas trace de Scilla dans le hall illuminé. J'interrogeai le concierge.

— Mme Davidson? Son mari est jockey? C'est bien ça, elle est dans la salle d'attente. La quatrième porte à gauche.

Je la vis enfin. Ses yeux sombres me parurent immenses; des cernes gris les agrandissaient. Son visage tendu avait perdu toutes ses couleurs, et elle avait ôté son petit bonnet de vison.

— Comment va-t-il? demandai-je.

— Je ne sais pas. On me dit simplement de ne pas m'inquiéter, fit-elle.

Elle était au bord des larmes.

Je m'assis auprès d'elle et lui pris la main.

— C'est bon de vous avoir, Alan, dit-elle.

Au bout d'un moment, la porte s'ouvrit et un jeune et blond docteur entra, son stéthoscope autour du cou.

— Madame Davidson, je crois... (Il hésita un instant)... Je crois que vous devriez aller voir votre mari.

Je devinai la signification de ses phrases anodines et de sa voix trop tranquille. Je le regardai bien en face et je compris que Bill se mourait.

— Je vais attendre.

— Bon.

J'attendis quatre heures, au cours desquelles je me familiarisai avec le dessin des rideaux et les craquelures du linoléum. Je songeai la plupart du temps à ce fil de fer.

Enfin, une infirmière se montra; elle était grave, jeune et jolie.

— Je suis absolument désolée... Le major Davidson est mort.

Elle me dit que Mme Davidson aimerait que je vienne le voir, si je voulais bien la suivre...

Elle m'entraîna, à travers de longs couloirs, jusque dans une petite chambre aux murs blancs; Scilla était assise auprès d'un lit.

Elle leva les yeux vers moi, incapable de parler.

Bill était allongé sur le lit; il était gris et silencieux. Fini. Mon meilleur ami.

CHAPITRE II

De bonne heure le lendemain matin, je ramenai Scilla, épuisée par la nuit qu'elle avait tenu à passer à veiller le corps de Bill et bourrée de calmants, à la maison des Cotswolds. Les enfants se précipitèrent au-devant d'elle sur le perron; leurs trois visages étaient graves. Derrière eux se tenait Joan, la jeune femme très compétente qui s'occupait d'eux et à qui j'avais téléphoné la nouvelle la veille au soir.

Scilla s'assit sur les marches et éclata en sanglots. Les enfants s'agenouillèrent auprès d'elle, passèrent leurs bras autour de son cou en s'efforçant de la consoler d'un chagrin qu'ils comprenaient assez vaguement.

Scilla finit par monter se coucher. Je tirai les rideaux, la bordai dans son lit et l'embrassai sur la joue. Elle était épuisée, et j'espérais qu'elle allait dormir un bon nombre d'heures.

Je gagnai ma chambre et me changeai. Je redescendis. Joan m'avait préparé du café, des œufs au bacon et des toasts sur la table de la cuisine. Je donnai aux enfants les tablettes de chocolat que j'avais achetées à leur intention le matin précédent (comme cela paraissait loin) et ils me tinrent compagnie pendant que je prenais mon petit déjeuner. Joan se versa une tasse de café.

— Alan, dit William. (Il avait cinq ans, c'était le benjamin, et il attendait toujours pour poser ses questions qu'on lui eût dit : « oui » pour lui prouver qu'on l'écoutait.)

— Oui? fis-je.

— Qu'est-ce qui est arrivé à papa?

Je leur racontai donc tout, sauf l'histoire du fil de fer.

Ils restèrent silencieux un long moment. Puis Henry, qui avait tout juste huit ans, demanda calmement :

— On va l'enterrer ou l'incinérer?

Je n'eus pas le temps de répondre; lui et sa sœur aînée, Polly, s'étaient déjà lancés dans une discussion animée qui témoignait d'une solide documentation sur les mérites respectifs de l'inhumation et de la crémation. J'étais horrifié, mais soulagé aussi, et Joan, surprenant mon regard, eut du mal à ne pas éclater de rire.

L'innocente cruauté de leur conversation me permit de repartir pour Maidenhead dans des dispositions moins lugubres. Je mis au garage la grosse voiture de Bill et repartis dans ma petite Lotus bleu marine. Le brouillard s'était complètement dissipé, mais je roulais lentement — pour moi — en réfléchissant à ce que j'avais de mieux à faire.

Je commençai par me rendre à l'hôpital. Je me fis remettre les vêtements de Bill, je signai des papiers, j'accomplis certaines formalités. Conformément au règlement, une autopsie était prévue pour le lendemain.

C'était un dimanche. Je regagnai le champ de courses, mais les grilles étaient fermées. Je revins en ville. Le bureau du directeur des Pistes était fermé.

Je lui téléphonai à son domicile, mais on ne me répondit pas.

J'hésitai un moment, puis j'appelai le commissaire général de la Société des Steeples, décidant de m'adresser directement à la plus haute autorité. Le maître d'hôtel de Sir Creswell Stamp me répondit qu'il allait voir si Sir Creswell était libre. J'insistai : il était de la plus haute importance que je puisse lui parler. Quelques instants plus tard, je l'avais au bout du fil.

— J'espère en effet que ce que vous avez à me dire est de la plus haute importance, monsieur York. Je suis en train de déjeuner avec mes invités.

— Savez-vous, monsieur, que le major Davidson est mort hier soir?

— En effet. J'en suis navré, tout à fait navré.

Il attendait. Je respirai un bon coup.

— Sa chute n'est pas due à un accident, lui dis-je.

— Que voulez-vous dire?

— Le cheval du major Davidson a buté sur un fil de fer, déclarai-je.

Je lui parlai de mes recherches au voisinage de l'obstacle et de ce que j'y avais trouvé.

— Vous avez mis M. Dace au courant? demanda-t-il. (M. Dace était le directeur des Pistes.)

J'expliquai que je n'avais pu le trouver.

— Alors vous m'avez appelé. Je vois. (Il marqua un temps.) Eh bien, monsieur York, si vous avez raison, cette affaire est trop sérieuse pour que la Société des Steeples soit seule alertée. Je crois que vous devriez sans délai avertir la police de Maidenhead. Faites-moi savoir ce soir sans faute ce qui se passe. Je vais essayer de prendre contact avec M. Dace.

Je raccrochai. « Allons, me dis-je, j'ai passé la

main. » J'imaginai le rosbif des Stampe en train de figer dans sa graisse pendant que Sir Creswell malmenait le téléphone.

Par ce dimanche, les passants étaient rares dans la rue où était situé le commissariat de police, un bâtiment sombre, poussiéreux et peu accueillant. J'entrai. J'aperçus trois tables derrière le comptoir; à l'une d'elles se tenait un jeune sergent de ville qui lisait un journal spécialisé dans le sang à la une. Histoire de rester dans le bain, me dis-je.

— Vous désirez, monsieur? dit-il en se levant.

— Il n'y a personne d'autre ici? demandai-je. Je veux dire, un gradé? C'est à propos... à propos d'un décès.

— Un instant, monsieur. (Il sortit par une porte du fond et reparut presque aussitôt.) Voulez-vous venir par ici?

Il s'écarta pour me laisser pénétrer dans un petit bureau et referma la porte derrière moi.

L'homme qui se leva pour m'accueillir était plutôt petit pour un policier, trapu, brun; il devait friser la quarantaine. Son bureau était jonché de papiers et de gros livres de droit. Le radiateur à gaz inondait la pièce d'une chaleur confortable, et le cendrier débordait. Ce policier-là aussi passait son dimanche après-midi à lire les faits divers.

— Bonjour. Je suis l'inspecteur Lodge, dit-il.

Il me désigna une chaise en face de son bureau et me pria de m'asseoir. Il se rassit à son tour et mit un peu d'ordre dans ses papiers.

— Vous venez à propos d'un décès? (Mes propres paroles, une fois répétées, me parurent stupides, mais il avait dit ça d'un ton très dégagé.)

— C'est au sujet du major Davidson... commençai-je.

— Oh! oui. Nous avons reçu un rapport. Il est

mort hier soir à l'hôpital à la suite d'une chute aux courses. (Il attendit poliment que je continue.)

— Cette chute a été provoquée, dis-je sans autre préambule.

L'inspecteur Lodge me regarda droit dans les yeux, puis il prit dans un tiroir une feuille de papier, dévissa le capuchon de son stylo et écrivit, comme je pus le voir, l'heure et la date. C'était un homme méthodique.

— Je crois que nous ferions mieux de commencer par le commencement, dit-il. Comment vous appelez-vous?

— Alan York.

— Age?

— Vingt-quatre ans.

— Adresse?

Je donnai l'adresse des Davidson, expliquant que j'y faisais de fréquents séjours.

— Où est votre domicile personnel?

— En Rhodésie du Sud, dis-je. Dans une ferme d'élevage, non loin d'un village qui s'appelle Induna, à vingt-cinq kilomètres environ de Bulawayo.

— Profession?

— Je représente mon père à son bureau de Londres.

— Et quelles sont les affaires de votre père?

— La Compagnie commerciale Bailey York.

— Quel commerce?

— Cuivre, plomb, bétail. De tout et de rien. Nous sommes surtout des transporteurs.

Il nota tout cela d'une petite écriture bien nette.

— Maintenant, dit-il en reposant son stylo, de quoi s'agit-il?

— Je ne sais pas de quoi il s'agit, dis-je. Mais voici ce qui s'est passé.

Je lui racontai toute l'histoire. Il m'écouta sans m'interrompre, puis il dit :

— Et vous avez tout de suite pensé que cette chute n'était pas normale? Hum. Le cheval avait-il des chances de gagner? reprit-il.

— Des chances certaines, dis-je.

— Et qui en fait a gagné?

— Moi, dis-je.

Lodge mordillait son stylo d'un air songeur.

— Comment les gardiens de champs de courses sont-ils recrutés?

— Je n'en sais absolument rien. Je crois qu'il s'agit de personnel volant engagé pour la réunion.

— Pourquoi un gardien de champ de courses aurait-il voulu nuire au major Davidson? (Il avait dit ça d'un ton faussement naïf, et je le regardai d'un air surpris.)

— Vous croyez que j'ai inventé toute cette histoire? demandai-je.

— Non, fit-il en soupirant. Sans doute que non. J'aurais sans doute dû m'exprimer ainsi : serait-il difficile à un individu désireux de nuire au major Davidson de se faire engager comme gardien du champ de courses?

— Très facile, dis-je.

— Il va falloir le vérifier. (Il réfléchit un moment.) C'est une façon très risquée d'assassiner les gens.

— Celui qui a fait le coup ne comptait sans doute pas le tuer, dis-je.

— Pourquoi donc?

— Parce que sa mort était très improbable. Je crois qu'il s'agissait simplement de l'empêcher de gagner.

— Vous dites qu'une chute pareille ne risquait

guère de provoquer la mort du major. Ça me paraît pourtant très dangereux.

— On voulait peut-être le blesser, dis-je. Généralement, quand un cheval va vite et qu'il heurte brutalement un obstacle au moment où on ne s'y attend pas, le cavalier est catapulté, vidé de sa selle. Il part en vol plané et il atterrit nettement plus loin que l'endroit où le cheval tombe. Ça peut faire pas mal de dégâts, mais c'est rarement mortel. Seulement voilà, Bill Davidson n'a pas été projeté en avant. Le bout de sa botte a dû se coincer dans l'étrier, encore que ce ne soit guère probable. Peut-être sa jambe a-t-elle heurté le fil de fer, ce qui l'a arrêté. Bref, il est tombé immédiatement et son cheval est venu s'écraser sur lui. Même dans ces conditions, c'est par pure malchance que l'arçon l'a touché au ventre. Même si on le voulait, on ne pourrait espérer tuer un homme de cette façon-là.

— Je vois. Vous avez l'air d'y avoir pas mal réfléchi.

— Oui.

— Voyez-vous quelqu'un qui pourrait vouloir du mal au major Davidson? demanda Lodge.

— Non, dis-je. Il était très aimé.

Lodge se leva et s'étira.

— Nous allons jeter un coup d'œil à votre fil de fer, dit-il. (Il passa la tête dans le grand bureau.) Right, allez voir si Hawkins est là, et dites-lui que je voudrais une voiture s'il y en a une de disponible.

Il y en avait une. Hawkins (du moins le supposai-je) était assis au volant. Je m'assis derrière avec Lodge. Le grand portail du champ de courses était toujours fermé, mais je constatai qu'il y avait moyen de s'arranger : un passe de la police ouvrit une autre porte, très discrète, aménagée dans la clôture.

— En cas d'incendie, dit Lodge, en voyant mon regard surpris.

Personne dans les bâtiments du champ de courses; le directeur n'était pas là. Hawkins traversa la piste, gagna la pelouse et se dirigea vers l'obstacle le plus éloigné. Nous cahotions pas mal sur le sol inégal. La voiture s'arrêta tout près de la haie et Lodge et moi descendîmes.

Je m'avançai vers l'extérieur de la haie.

— Le fil est par ici, dis-je.

Mais je me trompais.

Il y avait bien le poteau, le talus, l'herbe haute, la haie de bouleau. Mais pas trace de fil.

— Vous êtes sûr que c'est bien cet obstacle-là? fit Lodge.

— Oui, dis-je.

Nous regardions la piste qui s'étendait devant nous. Nous étions tout au bout du champ de courses, et les tribunes n'étaient dans le lointain qu'une masse indistincte. L'obstacle auprès duquel nous nous trouvions était situé sur une courte ligne droite entre deux virages, et le plus proche se dressait à trois cents mètres sur la gauche, à la suite d'un petit tournant.

— On saute cet obstacle, dis-je en le désignant du doigt. Puis, comme vous le voyez, il y a un bon morceau de ligne droite jusqu'à celui-ci, expliquai-je en tapotant la haie à côté de nous. Vingt mètres après avoir franchi celui-ci, il y a un brusque virage à gauche avant la ligne droite. L'obstacle suivant se trouve à une certaine distance sur la ligne droite; ça permet aux chevaux de retrouver leur équilibre après le virage, avant le prochain saut. C'est un terrain bien conçu.

— Vous n'auriez pas pu vous tromper dans le brouillard?

— Non, dis-je. C'est bien cet obstacle.

Lodge soupira.

— Eh bien, nous allons chercher plus soigneusement.

Mais on ne repéra qu'une entaille peu profonde sur le poteau peint en blanc qui se trouvait à l'intérieur de la piste et une entaille un peu plus marquée sur le poteau extérieur, là où le fil avait mordu dans le bois. Il fallait bien les regarder pour les distinguer; habituellement, on ne les aurait pas remarquées. Les deux entailles étaient au même niveau, à un mètre quatre-vingt-quinze du sol.

— On ne peut pas dire que ce soit concluant, dit Lodge.

Nous regagnâmes Maidenhead en silence. Consterné et conscient que je me rendais ridicule, je comprenais à présent que j'avais commis une erreur, la veille : je n'avais certes pu toucher aucun officiel, mais j'aurais dû me contenter du premier venu, ne fût-ce que le concierge, lui demander de m'accompagner jusqu'à l'obstacle et lui montrer le fil de fer.

J'appelai Sir Creswell Stampe du commissariat de Maidenhead. Cette fois, m'annonça-t-il, je l'avais arraché à ses toasts. La nouvelle de la disparition du fil de fer ne lui fit pas plaisir non plus.

— Vous auriez dû le montrer tout de suite à quelqu'un. Le photographier. L'enlever. Nous ne pouvons rien faire sans preuve. Je m'étonne que vous n'ayez pas eu le bon sens de vous activer un peu. Vous avez agi bien légèrement, monsieur York.

Sur ces bonnes paroles, il raccrocha.

Je rentrai, fort déprimé.

Je passai sans bruit la tête par la porte de Scilla : pas de lumière, mais j'entendis son souffle régulier. Elle dormait encore profondément.

Au rez-de-chaussée, Joan et les enfants, assis par

terre devant un agréable feu de bois, jouaient au poker. Je les avais initiés à ce jeu un jour de pluie où les enfants en avaient assez du jin rummy et qu'ils se rendaient insupportables par leurs disputes et leurs criailleries, ce qui énervait tout le monde. Le poker, qui était alors pour eux le jeu mystérieux des cow-boys de westerns, avait fait un miracle.

Henry devint en quelques semaines un joueur tel qu'il fallait y regarder à deux fois avant de s'attaquer à lui. Il était capable de bluffer un ange.

Polly jouait assez bien et perdait honorablement, et même William pouvait distinguer une quinte flush d'un full.

Ils jouaient depuis quelque temps déjà. Comme d'habitude, Henry avait devant lui une pile de jetons de poker trois fois plus haute que celles de ses adversaires.

— Henry avait gagné tous les jetons, expliqua Polly, alors il a fallu les partager et recommencer.

Henry sourit. Les cartes n'avaient pratiquement plus de secret pour lui.

Nous jouâmes un moment; je gagnai à Henry un nombre respectable de jetons. Puis ce fut l'heure du coucher des enfants, et je montai voir Scilla.

Elle était réveillée et restait dans le noir.

— Entrez, Alan.

Je m'approchai et j'allumai la lampe de chevet. Le premier choc était passé. Elle semblait calme, paisible.

— Vous avez faim? demandai-je. (Elle n'avait rien avalé depuis le déjeuner de la veille.)

— Figurez-vous que oui, Alan, dit-elle d'un air un peu étonné.

Je redescendis, et, avec l'aide de Joan, j'improvisai un semblant de dîner. Je montai le plateau et m'installai pour tenir compagnie à Scilla. Calée contre ses oreillers, seule dans le grand lit, elle se mit à me raconter sa rencontre avec Bill, leurs aventures et leurs joies. Ses yeux brillaient à l'évocation de ces souvenirs heureux. Elle parla longtemps, uniquement de Bill, et je ne l'arrêtai que quand ses lèvres commencèrent à trembler. Je lui fis alors prendre un des calmants que l'hôpital m'avait confiés, j'éteignis la lumière et je lui souhaitai le bonsoir.

Tandis que je me déshabillais dans ma propre chambre, la fatigue soudain s'abattit sur moi. Ça faisait plus de quarante heures que je n'avais pas fermé l'œil, et quarante heures plutôt mouvementées. Je m'écroulai sur mon lit. C'était un de ces moments où l'on s'endort avec volupté.

Une demi-heure plus tard, Joan me secoua pour m'éveiller. Elle était en robe de chambre.

— Alan, bon sang, réveillez-vous. Ça fait un temps fou que je frappe à votre porte.

— Qu'est-ce qui se passe?

— On vous demande au téléphone. C'est personnel.

— Oh! non! grognai-je.

Je m'imaginais qu'on était au milieu de la nuit. Je regardai ma montre : elle marquait onze heures.

Je descendis d'un pas vacillant, les yeux lourds de sommeil.

— Allô?

— Monsieur Alan York?

— Oui.

— Ne quittez pas, je vous prie. (Il y eut quelques déclics sur la ligne. Je bâillai.)

— Monsieur York? J'ai un message pour vous de la part de l'inspecteur Lodge, de la police de Maidenhead. Il vous demande de bien vouloir venir au commissariat demain après-midi, à quatre heures.

— J'y serai, dis-je.

Je raccrochai, me recouchai et je dormis à poings fermés.

Lodge m'attendait. Il se leva, me serra la main et me désigna un siège. Je m'assis. Un peu derrière moi, à une petite table de coin, était installé un sergent de ville en uniforme, crayon et bloc-notes sous la main.

— J'ai ici, fit Lodge en tapotant le dossier posé sur son bureau, quelques déclarations dont je veux vous parler. Et puis j'ai quelques questions à vous poser. (Il ouvrit le dossier et y prit deux feuilles de papier réunies par une agrafe.) Voici une déclaration du directeur des Pistes du champ de courses de Maidenhead. Il affirme que neuf des gardiens postés près des obstacles pour y faire des réparations provisoires pendant les courses, sont des employés réguliers. Trois autres, qui ont assisté à la réunion, étaient nouveaux.

Lodge reposa le document et en prit un autre.

— Voici une déclaration de George Watkins, un des employés du champ de courses. Selon lui, les gardiens tirent les obstacles au sort. A certains obstacles, ils sont deux. Le vendredi, ils ont tiré au sort comme d'habitude, mais samedi un des nouveaux s'est porté volontaire pour se poster près de l'obstacle le plus éloigné. Personne n'aime ce poste-là, dit Watkins, parce que ça les oblige à une trop longue trotte entre chaque course, lorsqu'ils ont envie de risquer quelques sous sur un cheval. Ils n'ont pas demandé mieux quand le nouveau venu s'est proposé pour cet obstacle et ils ont tiré les autres au sort.

— A quoi ressemblait cet employé? demandai-je.

— Vous l'avez vu vous-même, fit Lodge.

— Pas vraiment, dis-je. Je n'ai aperçu qu'une silhouette, je ne l'ai pas regardé. Il y a un gardien au moins à chaque obstacle. Je ne serais pas capable de les reconnaître si je les revoyais.

— Watkins pense qu'il reconnaîtrait ce type, mais il ne peut donner son signalement. Il dit que c'est un type moyen. Ni grand ni petit. Entre deux âges, à son avis. Qu'il avait une casquette, un vieux complet gris et un imperméable.

— Ils sont tous habillés comme ça, dis-je d'un ton maussade.

— Il a dit s'appeler Thomas Cook, fit Lodge. Il a raconté qu'il était en chômage, qu'il avait trouvé une place à partir de la semaine prochaine et qu'il faisait ça en attendant. C'est très plausible, dit Watkins; l'homme n'avait pas du tout l'air bizarre. Pourtant, il parlait comme un Londonien, il n'avait pas l'accent du Berkshire.

Lodge reposa la feuille de papier et en prit une autre.

— Voici la déclaration de John Russell, des Ambulances St. John. Il dit qu'il se tenait près du premier obstacle dans la ligne droite, et qu'il regardait les chevaux passer au bas de la descente. A cause du brouillard il ne pouvait voir que trois obstacles : celui près duquel il était, le suivant dans la ligne droite et le plus éloigné, celui où le major Davidson est tombé.

« Il a vu le major Davidson surgir du brouillard et il l'a vu tomber en passant la haie. Davidson n'est pas réapparu, bien que son cheval se soit relevé et soit reparti au galop sans cavalier. Russell s'est dirigé vers cet obstacle; et puis, quand vous, monsieur York, êtes passé devant lui en regardant en arrière, il s'est mis à courir. Il a trouvé le major Davidson étendu sur le sol.

— A-t-il vu le fil de fer?

— Non. Je lui ai demandé s'il n'avait rien vu

d'extraordinaire. Je n'ai pas fait mention du fil de fer. Il m'a dit qu'il n'avait rien remarqué de spécial.

— Il n'a pas vu le gardien embobiner le rouleau de fil de fer au moment où il s'est précipité?

— Je lui ai demandé s'il avait pu voir le major Davidson et le gardien au moment où il arrivait. Mais, à cause du virage et des barrières, il n'a pu les apercevoir qu'en arrivant sur eux.

— Je vois, dis-je, déçu. Et que faisait le gardien quand Russell est arrivé sur les lieux?

— Il était debout et regardait le major Davidson. Le gardien avait l'air affolé. Ça a surpris Russell car le major Davidson, bien que sonné, ne lui paraissait pas grièvement blessé. Il a agité son drapeau blanc, l'infirmier le plus proche l'a vu et a agité le sien, et le message a été ainsi relayé à travers le brouillard tout le long du champ de courses, jusqu'à l'ambulance.

— Qu'a fait alors le gardien?

— Rien de spécial. Il est resté près de l'obstacle après le départ de l'ambulance qui emmenait le major Davidson, et Russell dit qu'il y est resté jusqu'au moment où on a annoncé l'annulation de la dernière course.

Je m'évertuais à trouver un indice.

— Est-ce qu'il est revenu avec les autres gardiens pour toucher sa paye? demandai-je.

Lodge me regarda avec intérêt.

— Non, dit-il, il n'y est pas allé.

Il prit une autre feuille du dossier.

— Voici une déclaration de Peter Smith, le garçon de voyage de l'écurie Gregory, qui entraîne Amiral. Selon lui, quand Amiral s'est retrouvé sans cavalier à Maidenhead, il a essayé de sauter une haie d'épines. Il s'y est enfoncé, il s'est affolé et s'est mis en sang. Le poitrail et les membres antérieurs de la bête sont couverts de coupures et d'écorchures. (Il leva les yeux sur moi.) Si le fil a laissé la moindre marque sur le cheval, on ne peut plus la distinguer.

— Vous êtes minutieux, dis-je, et rapide.

— Oui. Pour une fois, nous avons eu la chance de trouver immédiatement tous les gens que nous voulions toucher.

Il ne restait plus qu'une feuille dans son dossier. Lodge la prit.

— Voici, dit-il lentement, le rapport de l'autopsie pratiquée sur le corps du major Davidson. La mort a été causée par des contusions internes multiples. Il y avait éclatement du foie et de la rate.

Il se cala dans son fauteuil et regarda le bout de ses doigts.

— Maintenant, monsieur York, on m'a prié de vous poser certaines questions qui... (Ses yeux noirs se levèrent brusquement sur moi)... qui ne vous plairont sans doute pas. Je vous demande simplement d'y répondre, ajouta-t-il avec un demi-sourire amical.

— Allez-y, foncez, dis-je.

— Etes-vous amoureux de Mme Davidson?

Je me redressai sur mon siège, surpris.

— Non, dis-je.

— Mais vous habitez chez elle?

— J'habite avec toute la famille, dis-je.

— Pourquoi?

— Je n'ai pas de domicile en Angleterre. Lorsque j'ai fait la connaissance de Bill Davidson, il m'a invité chez lui, à un week-end. Je m'y suis plu et je suppose que je leur ai plu aussi. En tout cas, ils m'ont invité souvent. Peu à peu, les week-ends se sont allongés, et puis Bill et Scilla m'ont proposé d'établir mes quartiers chez eux. Je passe toutes les semaines une ou deux nuits à Londres.

— Depuis combien de temps habitez-vous chez les Davidson? demanda Lodge.
— Environ sept mois.
— Vos relations avec le major Davidson étaient-elles amicales?
— Oui, très.
— Et avec Mme Davidson?
— Oui.
— Mais vous n'êtes pas amoureux d'elle?
— J'ai beaucoup d'affection pour elle. Comme pour une sœur aînée, dis-je en m'efforçant de maîtriser ma colère. Elle a dix ans de plus que moi.
L'expression de Lodge disait clairement que l'âge n'avait rien à voir dans l'affaire. Je me rendis compte à cet instant que le policier installé à la table du coin notait mes réponses.
Je me détendis et déclarai tranquillement :
— Elle était très amoureuse de son mari, et lui d'elle.
L'ombre d'un sourire plissa la bouche de Lodge. Chose étrange, il avait l'air de s'amuser. Puis il reprit :
— Il paraît que le major Davidson était le meilleur jockey d'obstacles d'Angleterre, chez les amateurs?
— Oui.
— Et vous-même vous vous êtes classé second, il y a un an, après votre première saison de courses en Angleterre?
Je le dévisageai.
— Pour quelqu'un qui, il y a vingt-quatre heures, connaissait à peine l'existence des courses d'obstacles, vous n'avez pas perdu de temps.
— Occupiez-vous la seconde place derrière le major Davidson sur la liste des cavaliers amateurs l'année dernière? Et n'allait-il pas en être de même

cette année? N'est-il pas probable que maintenant qu'il n'est plus là, vous allez arriver en tête de classement?

— Mais oui, et je l'espère bien, dis-je.

Puis j'attendis. Une longue minute s'écoula. Lodge sourit enfin.

— Eh bien, je crois que c'est tout, monsieur York. Les renseignements que vous nous avez donnés hier et vos réponses d'aujourd'hui vont être réunis en une seule déclaration, et je vous demanderai de bien vouloir la lire et la signer.

Le policier-secrétaire se leva et passa dans l'autre bureau.

— L'enquête du coroner sur la mort du major Davidson doit avoir lieu jeudi, reprit Lodge. Il faudra que vous vous présentiez comme témoin; et Mme Davidson aussi, pour l'identification. Nous la joindrons.

Il se leva et me tendit une main que je serrai. Je le trouvais sympathique. Je me demandais qui l'avait « prié » de m'asticoter pour savoir si je n'avais pas organisé moi-même l'attentat dont je lui avais fait part.

CHAPITRE III

Deux jours plus tard, je pris part à une course à Plumpton.

La police s'était montrée très discrète dans son enquête; Sir Creswell aussi, car au pesage, je n'entendis aucun commentaire sur la mort de Bill.

Je me plongeai dans le tohu-bohu habituel d'un jour de course : l'inconfort d'un vestiaire trop étroit pour le nombre des jockeys, les plaisanteries impubliables, les rires, les hommes à demi dévêtus et frileusement assemblés autour du poêle.

Clem me tendit ma tenue de course, la grosse casaque de laine à carreaux café et crème, et la casquette de satin marron. J'enfilai le chandail et je posai la casquette par-dessus mon casque protecteur. Je les mettrais avant de monter.

— Une seule course aujourd'hui, monsieur? dit Clem.

Il tira de la grande poche de son tablier deux gros élastiques qu'il me passa aux poignets. Ils étaient destinés à serrer les manches de mon chandail et à empêcher le vent de se couler le long de mes bras.

— Oui, dis-je, pour l'instant en tout cas. (J'avais toujours de l'espoir.)

— Vous voulez emprunter une selle légère? Je crois que vous êtes tout près du poids limite.

— Non, dis-je. Je préférerais utiliser ma selle, si je puis. Je monterai sur la balance avec celle-ci; je connaîtrai ainsi mon excédent de poids.

— Très bien, monsieur.

Je pris donc ma selle de course de six livres et me fis peser; mon casque était perché sur mon crâne, en équilibre précaire. J'arrivais au total de soixante-sept kilos cinq cents, soit près de deux kilos de plus que le poids fixé pour le handicap.

Clem reprit la selle et je reposai mon casque sur le banc.

— Je crois que je vais garder cette surcharge, Clem, dis-je.

— Bon.

Il s'en fut s'occuper d'un autre jockey.

J'aurais pu arriver au poids convenable — tout juste — en utilisant une selle format timbre-poste, en mettant une casaque de soie au lieu d'un chandail et des bottes légères. Mais comme c'était mon cheval personnel que je montais, je pouvais faire ce que je voulais; c'était une bête anguleuse et j'en aurais sans doute écorché les côtes si j'avais utilisé une selle trop petite.

Ce cheval, « Enfant Perdu », ma dernière acquisition, était un solide hongre brun qui n'avait que cinq ans. Il ferait sans doute un bon cheval d'obstacles d'ici un an ou deux, mais, en attendant, je le montais dans les épreuves de débutants, pour lui donner une expérience dont il avait cruellement besoin.

C'était un sauteur instable, ce qui avait incité Scilla, la veille au soir, à me supplier de ne pas le monter à Plumpton, un terrain semé de traquenards pour les jockeys qui ne se méfient pas.

Elle était à bout de nerfs, car elle affrontait pour

la première fois son chagrin sans l'aide des calmants.

— Non, Alan. Pas dans une course de débutants à Plumpton. Vous le savez, votre Enfant Perdu n'est pas sûr.

— Très peu de gens se tuent dans des courses d'obstacles, dis-je.

— Mais Bill...

— Il n'y en a guère plus d'un par an, sur des centaines de jockeys, repris-je.

— Bill est le second depuis Noël.

— En effet.

Je l'examinai attentivement. Ses yeux étaient encore brillants de larmes.

— Scilla, Bill n'avait pas eu d'ennuis récemment?

— Pourquoi me demandez-vous ça? fit-elle, surprise de ma question.

— Il n'en avait pas?

— Bien sûr que non.

— Rien ne le tracassait? insistai-je.

— Non. Vous lui trouviez l'air préoccupé?

— Non.

C'était la vérité. Jusqu'au moment de sa chute, Bill s'était montré tel que je l'avais toujours connu, joyeux, équilibré, sûr. Il avait pour son plus grand bonheur une jolie femme, trois charmants enfants, une belle maison de campagne en pierre grise, une fortune considérable et le meilleur sauteur d'Angleterre. C'était un homme heureux.

— Alors, reprit Scilla, pourquoi me demandez-vous ça?

Je lui expliquai peu à peu, avec tous les ménagements possibles, que la chute de Bill n'était pas un accident ordinaire. Je lui parlai du fil de fer et de l'enquête de Lodge.

Elle m'écoutait, pétrifiée.

— Oh! non, fit-elle. Oh! non! Oh! non!

Après ça, elle ne s'était plus opposée à ma participation à la course de Plumpton; ce que je lui avais raconté avait chassé toute autre préoccupation de son esprit.

Une main ferme s'abattit sur mon épaule, une main que je connaissais bien. Celle de Pete Gregory, l'entraîneur, un gaillard de près d'un mètre quatre-vingts, qui commençait à s'empâter et que la calvitie guettait, mais ç'avait été dans son temps, à ce qu'on m'avait dit, le plus vaillant cavalier qu'on eût jamais vu en course.

— Salut, Alan. Je suis content de te voir. J'ai déjà « appuyé » ton cheval dans la seconde.

— Comment va-t-il? demandai-je.

— Très bien. Encore un peu maigre. (Enfant Perdu n'était à l'entraînement chez lui que depuis un mois.) A ta place, je le laisserais aller en montant le coteau la première fois, sinon il s'essoufflera avant le finish. Il a besoin de temps.

— Bon, dis-je.

— Viens voir un peu comment ça se présente, dit Pete. Je voudrais te parler. (Il remonta la courroie de son étui à jumelles sur son épaule.)

Nous descendîmes sur la piste pour tâter le terrain du talon. On enfonçait de plus de deux centimètres.

— Pas mal, dis-je, quand on pense à toute la neige qui a fondu il y a quinze jours.

— Bon terrain, un véritable édredon pour te recevoir si tu tombes, dit Pete avec un humour un peu gros.

Puis il reprit brusquement :

— As-tu vu Amiral tomber à Maidenhead?

Il se trouvait en Irlande où il achetait un cheval quand c'était arrivé et il venait tout juste de rentrer.

— Oui. J'étais à une dizaine de longueurs derrière lui, dis-je tout en examinant la piste et en concentrant mon attention sur les obstacles.

— Alors?

— Alors quoi? fis-je.

— Qu'est-ce qui s'est passé? Pourquoi est-il tombé?

Je le regardai. Ses yeux gris me regardaient intensément, sans sourire. Poussé par un instinct que je ne comprenais pas, je restai dans le vague.

— Il est tombé, voilà tout, dis-je. Lorsque j'ai franchi l'obstacle, il était par terre, et Bill coincé sous lui.

— Amiral a mal pris l'obstacle, alors? insista-t-il.

— Je n'en ai pas eu l'impression. Il a dû accrocher le haut de la haie. (C'était assez proche de la vérité.)

— Il n'y avait... rien d'autre? fit Pete en me regardant comme s'il voulait lire dans ma pensée.

— Qu'est-ce que vous voulez dire? (J'évitais de répondre directement.)

— Rien. (Il se détendit.) Si tu n'as rien vu...

Nous revînmes sur nos pas. Ça m'ennuyait de ne pas avoir dit la vérité à Pete. Il s'était montré trop soupçonneux, comme s'il se tenait un peu trop sur ses gardes. Il n'était certainement pas homme à mettre en péril la vie d'un grand cheval comme Amiral, encore moins celle d'un ami, mais pourquoi avait-il l'air tellement soulagé, maintenant qu'il croyait que je n'avais rien remarqué?

— Tu montes dans la course des Amateurs, Alan? (Il avait repris son air normal et il souriait.)

— Non, dis-je. Ecoutez, Pete...

Mais il m'interrompit :

— J'ai un nouveau cheval; il est arrivé chez moi il y a cinq ou six jours; il est engagé dans la course des Amateurs d'aujourd'hui. Un alezan. Un bel animal. Il a l'air en assez bonne forme — il vient d'une petite écurie de l'Ouest — et sa propriétaire tient beaucoup à le faire courir. J'ai essayé de t'appeler ce matin pour t'en parler, mais tu étais déjà parti.

— Comment s'appelle-t-il? demandai-je, car tout ce préambule de Pete n'était destiné, je le savais, qu'à m'amener en fin de compte à accepter une corvée.

— Feu du Ciel.

— Jamais entendu parler de lui. Qu'est-ce qu'il a fait? demandai-je.

— Ma foi, pas grand-chose. Evidemment, il est jeune...

Je l'interrompis.

— Qu'est-ce qu'il a fait exactement?

Pete soupira et se rendit :

— Il n'a couru que deux fois, dans le Devon, l'automne dernier. Il n'est pas tombé, mais... hum... il s'est à chaque fois débarrassé de son jockey. Cependant il n'a pas mal sauté mes barrières d'entraînement ce matin. Je ne crois pas que tu aies beaucoup de mal à le tenir en main, et, à ce stade, c'est le principal.

— Pete, ça m'ennuie de vous dire non, mais..., commençai-je.

— Sa propriétaire espère tellement que tu vas le monter. C'est son premier cheval, et il court pour la première fois sous ses nouvelles couleurs. Je l'ai amenée avec moi. Elle est très excitée. Je lui ai dit que je te demanderais...

— Je ne crois pas que..., répétai-je.

— Laisse-moi au moins te la présenter, dit Pete.

— Si vous me la présentez, vous savez que ça me sera bien plus difficile de refuser de monter son cheval.

Pete en convint.

— J'imagine, repris-je, que c'est encore une de vos chères vieilles dames mûres pour la maison de retraite. Elle ne risque guère d'en sortir et elle veut s'offrir une dernière fantaisie avant que les destins ne s'accomplissent?

C'était la pitoyable histoire que Pete m'avait servie peu de temps auparavant pour me décider à monter un mauvais cheval qui ne me disait rien. Or, j'avais souvent revu la vieille dame à d'autres courses. La maison de retraite et les destins l'attendaient sans doute encore.

— Celle-ci, dit Pete, n'est pas une chère vieille dame.

Nous nous arrêtâmes au paddock, Pete regarda autour de lui et fit signe à quelqu'un. Du coin de l'œil, je vis une femme qui s'approchait de nous. Trop tard pour m'esquiver sans témoigner d'une impardonnable grossièreté.

— Alan York, Miss Ellery-Penn, dit Pete.

Elle n'eut pas le temps de prononcer un mot : j'étais vaincu. Je ne trouvai à dire que ceci :

— Je serai enchanté de monter votre cheval.

Pete se mit à se bidonner.

Elle était très belle. Des traits fins, une peau magnifique, des yeux gris qui souriaient, de somptueux cheveux bruns qui retombaient presque jusqu'à ses épaules. Et elle était habituée à l'effet qu'elle produisait sur les hommes : comment aurait-elle pu s'en empêcher?

— Bon, dit Pete. Je vais t'inscrire pour la course des Amateurs... c'est la quatrième. Je donnerai les couleurs à Clem.

Il s'éloigna vers la salle de pesage.

— Je suis contente que vous ayez accepté de monter mon cheval, dit la jeune fille (Elle avait une voix posée au timbre assez grave.) C'est un cadeau d'anniversaire. Mon oncle George, qui est un ange, quoiqu'un tout petit peu timbré, a fait passer une annonce dans le *Times* pour trouver un cheval de course. Ma tante prétend qu'il a reçu cinquante réponses et qu'il a acheté ce cheval-là sans le voir parce que le nom lui plaisait. Il dit que ce serait plus amusant, un cheval comme cadeau d'anniversaire, au lieu du classique collier de perles.

— Votre oncle George m'a l'air d'un personnage fascinant, dis-je.

— Mais un peu fatigant à vivre.

— Vous vivez avec lui? demandai-je.

— Oui. Mes parents ont divorcé dans un lointain passé. Le foyer dispersé aux quatre vents, vous voyez le genre.

— Je suis navré.

— Ne gaspillez pas votre pitié. Je ne me souviens pas d'eux. Ils m'ont pour ainsi dire abandonnée sur le seuil d'oncle George à l'âge de deux ans.

— Votre oncle George a fait du bon travail, dis-je en la contemplant d'un air d'admiration non déguisée.

Elle accepta le compliment sans gaucherie, presque comme si c'était tout naturel.

— En fait, c'est tante Deb. Elle est un tout petit peu moins timbrée qu'oncle George. Mais ce sont deux choux, tous les deux.

— Ils sont ici aujourd'hui? demandai-je.

— Non, dit Miss Ellery-Penn. Oncle George est d'avis que maintenant qu'il m'a donné un passeport pour un univers de vaillants et charmants jeunes gens, ça gâcherait tout de m'encombrer le chemin en y postant des membres de la famille un peu âgés.

— Oncle George m'est de plus en plus sympathique, dis-je.

Miss Ellery-Penn me gratifia d'un sourire divin, mais qui ne promettait rien.

— Vous avez vu mon cheval? Vous ne trouvez pas que c'est un amour? dit-elle.

— Je ne l'ai pas vu. Figurez-vous que j'en ignorais jusqu'à l'existence il y a cinq minutes. Comment se fait-il qu'oncle George l'ait envoyé à Gregory? Il a choisi l'écurie en piquant une épingle sur une liste les yeux fermés?

— Non, fit-elle en riant, je ne crois pas. Il avait tout prévu. Il pensait qu'un certain major Davidson le monterait si le cheval allait chez M. Gregory. (Elle prit un air songeur.) Il était dans tous ses états lundi quand il a lu dans le journal que le major Davidson s'était tué.

— Il le connaissait? demandai-je d'un ton détaché, tout en observant la courbe délicieuse de ses lèvres.

— Non, je suis certaine qu'il ne le connaissait pas personnellement. Il a sans doute connu son père. En général, il connaît les pères de la plupart des gens. Il a simplement dit : « Bonté divine, Davidson est mort », d'un air bouleversé, puis il a continué à grignoter son toast. Mais il ne nous a pas entendues, tante Deb et moi, quand nous lui avons proposé trois fois de la confiture!

— Et c'est tout?

— Oui. Pourquoi? fit Miss Ellery-Penn avec curiosité.

— Oh! comme ça, dis-je. Bill Davidson et moi étions bons amis.

— Je comprends, fit-elle en hochant la tête. (Elle changea de sujet.) Voyons, qu'est-ce que je dois faire dans mon nouveau rôle de propriétaire de cheval de course? Je ne voudrais pas me ridiculiser le premier jour. Je suis toute prête à suivre vos conseils et vos instructions, monsieur York.

— Je m'appelle Alan, dis-je.

Elle me toisa de la tête aux pieds puis sourit et dit :

— Moi, c'est Kate.

— Vous vous y connaissez en courses de chevaux? demandai-je.

— Pas du tout. C'est la première fois que je mets les pieds sur un champ de courses.

— Vous montez vous-même?

— Absolument pas.

— Peut-être votre oncle George aime-t-il les chevaux? Peut-être qu'il chasse? suggérai-je.

— Oncle George est un des hommes les moins passionnés de chevaux que j'aie rencontrés. Il dit que ce sont des bêtes qui ruent par un bout et qui mordent par l'autre, et pour ce qui est de chasser, il pense qu'il y a des choses plus agréables à faire que de traquer des bêtes inintéressantes dans les conditions les plus inconfortables, à travers des campagnes marécageuses, et au cœur de l'hiver.

Je ne pus m'empêcher de rire.

— Peut-être qu'il parie. Sans aller sur les champs de courses? demandai-je.

— Le jour de la finale de la Coupe, oncle George a demandé qui avait gagné le Derby.

— Alors pourquoi Feu du Ciel?

— Pour élargir mon horizon, affirme oncle George.

— En tant que propriétaire, dis-je, vous n'avez rien de spécial à faire, sinon à vous approcher de ces stalles, tout là-bas, précisai-je en lui montrant le bâtiment du doigt. Avant la quatrième course, pour voir seller votre cheval. Ensuite, vous irez au pesage avec Pete et vous vous contenterez d'émettre de brillantes remarques sur la pluie et le beau temps, en attendant mon arrivée au moment de la course.

— Qu'est-ce que je fais s'il gagne?

— Vous vous attendez à ce qu'il gagne? demandai-je.

Je me demandais ce qu'elle savait des possibilités de son cheval.

— M. Gregory dit qu'il ne gagnera pas.

Je fus soulagé. Je ne souhaitais pas qu'elle fût déçue.

— Attendons la course. Elle nous en apprendra plus sur son compte. Mais s'il arrive dans les trois premiers, on lui ôtera sa selle face à la salle de pesage. Sinon, vous le retrouverez sur la pelouse.

C'était presque l'heure de la première course. J'escortai la délicieuse Miss Ellery-Penn jusqu'aux tribunes et la présentai à quelques vaillants et charmants jeunes gens. Je songeai sans plaisir qu'à mon retour de la course des novices, je n'avais aucune chance de figurer parmi les « placés » dans les faveurs de Miss Ellery-Penn.

Je la regardai faire la conquête d'un groupe de mes amis. Kate, me dis-je inopinément, resterait infiniment séduisante en dépit de l'âge. L'idée me vint que, si Scilla avait possédé cette vitalité printanière et non la passivité tranquille et sereine qui la caractérisait, les allusions de l'inspecteur Lodge auraient pu trouver quelque justification.

J'allai donc me faire peser pour la course. Je me retournai une dernière fois; Kate se dirigeait vers le bar, suivie d'une traînée d'admirateurs, un peu comme une comète et sa queue. Comète étincelante, ensorcelante.

Pour la première fois de ma vie, je regrettais de monter en course.

CHAPITRE IV

Au vestiaire, Sandy Mason pérorait, les mains sur les hanches. Ses cheveux roux étaient drus, ses jambes solidement plantées et posées sur ses pieds écartés comme des poteaux. De la tête aux pieds, il irradiait l'énergie. C'était un homme trapu, d'une trentaine d'années, plutôt petit, très robuste, aux yeux bruns et aux sourcils d'un roux clair assez inattendu.

Il possédait un sens de l'humour aussi vigoureux que son physique et, si je trouvais à part moi que certaines de ses plaisanteries étaient trop cruelles ou trop délibérément obscènes, il semble que je faisais partie d'une minorité.

Le bruit avait couru, quelque temps auparavant, que Sandy avait « freiné » certains chevaux, ce qui lui avait valu des récompenses somptueuses de la part des bookmakers. Mais on n'avait rien prouvé et l'enquête officielle n'avait guère duré plus d'une heure. Les victimes habituelles des farces impitoyables de Sandy le croyaient capable de tout. Mais on était généralement d'avis qu'il était bien incroyable qu'un jockey habitué à gagner par tous les moyens — ce qui avait failli lui attirer des ennuis — ait essayé de freiner un cheval.

Pour « freiner » un cheval, on peut manquer le départ, perdre quelques longueurs et rester en queue de peloton. Le jockey fait donner la bête à partir de l'avant-dernier obstacle, quand il est sous les yeux de la foule et qu'il est certain qu'il ne pourra plus gagner. Mais c'est assez rare, car un jockey qui récidive ne tarde pas à se retrouver en chômage.

Je courais depuis une saison et demie et je n'avais vu ça que deux fois. Et les deux fois, le coupable était un blondinet au visage de pleine lune du nom de Joe Nantwich. La seconde fois, deux mois plus tôt, environ, il avait failli de peu perdre sa licence.

Je partis avec ma selle en direction des écuries, où Pete m'attendait déjà avec Enfant Perdu. Il le sella et le lad conduisit le cheval au pesage. Pete et moi le suivîmes, en parlant des autres chevaux engagés dans la course. Pas trace de Kate.

Le moment venu, je montai en selle et débouchai sur la piste. J'avais retrouvé l'excitation familière. La mort de Bill, le chagrin de Scilla, la pensée de Kate en train de conquérir le cœur d'un inconnu ne pouvaient rien contre le grisant bonheur que j'éprouvais toujours lorsque je trottais vers la starting gate.

Le starter fit l'appel pour s'assurer que tous les chevaux étaient arrivés; nous tournions en rond en vérifiant nos sangles. J'aperçus Joe Nantwich, qui trottait près de moi. Il avait son expression habituelle, toujours aussi peu agréable, moitié boudeuse, moitié crâneuse.

— Tu retournes chez les Davidson après la course, Alan? demanda-t-il. (Il s'adressait toujours à moi avec une familiarité qui m'agaçait un peu, mais je m'efforçais de n'en rien montrer.)

— Oui, dis-je. (Puis je pensai à Kate.) Mais je ne partirai peut-être pas tout de suite.

— Tu peux me déposer à Epsom?

— Je ne passe pas par là, dis-je d'un ton courtois.

— Mais tu passes par Dorking. Je pourrai prendre un car à Dorking si tu ne veux pas aller jusqu'à Epsom. Je suis venu avec quelqu'un qui rentre dans le Kent, alors faut que je trouve un moyen de transport.

Il insistait; à mon avis, il aurait pu facilement trouver une voiture pour Epsom, en cherchant bien, mais je finis par accepter de l'emmener.

Nous prîmes place sur la ligne de départ. Joe et Sandy me flanquaient, et à en juger par les regards qu'ils échangeaient, ils ne s'adoraient pas. Sandy avait un sourire mauvais; le visage poupin de Joe s'était renfrogné comme celui d'un enfant qui essaie de ne pas éclater en sanglots. Sandy avait dû piquer la vanité de Joe en lui adressant une de ses célèbres plaisanteries. Il adorait fourrer de la confiture dans les bottes de ses collègues.

Puis ce fut le départ et je consacrai toute mon attention à ma monture. Il s'agissait de la guider aussi rapidement que possible et sans bavures. Il était encore très inexpérimenté et il avait tendance à hésiter à l'approche des obstacles, mais l'élan y était. Il marchait si bien que, durant plus de la moitié de la course, je restai en troisième position; je m'étais placé vers l'extérieur pour lui permettre de bien voir les obstacles. Mais les quatre cents derniers mètres de montée étaient trop pour lui et il termina sixième. J'étais satisfait, et Scilla serait rassurée.

Sandy Mason termina devant moi. Puis je vis passer le cheval de Joe Nantwich, sans cavalier, les rênes pendantes; en me retournant, j'aperçus la minuscule silhouette de Joe qui revenait en clopinant vers les tribunes.

Je dessellai mon cheval, revins au pesage, passai la casaque de Kate, chargeai Clem de me préparer la charge de quatre livres et demie dont j'avais besoin pour la course des Amateurs, et je m'en allai voir ce qu'il advenait de Miss Ellery-Penn.

Appuyée à la balustrade, elle regardait tantôt les chevaux, tantôt — avec bien de l'indulgence, me semblait-il — Dane Hillman, un des vaillants et charmants jeunes gens que je lui avais présentés.

— M. Hillman me racontait, dit Kate, que ce misérable sac d'os là-bas, le cheval qui a la tête à la hauteur des genoux et les oreilles pendantes, est le plus rapide. Est-ce que je dois le croire?

— C'est le meilleur, répondis-je. Pas en apparence, je vous l'accorde, mais, dans la compagnie où il se trouve aujourd'hui, c'est un gagnant certain.

— Les chevaux qui marchent la tête basse, reprit Dane, sont presque toujours de bons sauteurs. Ils regardent où ils vont.

— Mais j'aime bien cette superbe bête qui arrive maintenant, dit Kate, en regardant un bai au cou élancé qui portait haut la tête. (Son corps disparaissait presque entièrement sous une couverture pour le protéger du froid de février, mais on voyait luire les rondeurs de sa croupe.)

— Il est beaucoup trop gros, fit Dane. Il a dû se gaver pendant que les terrains étaient enneigés et il n'a pas pris assez d'exercice depuis. Si peu qu'on le sollicite, il s'essoufflera.

Kate soupira.

— Les chevaux ont l'air aussi paradoxaux que G.K. Chesterton. Les toquards ont l'air bien, et ceux qui sont bien ont l'air de toquards.

— Pas toujours! nous écriâmes-nous en chœur, Dane et moi.

— Je serais très heureux, dit Dane, de vous faire un cours sur la race chevaline, Miss Ellery-Penn.

— J'apprends lentement, monsieur Hillman.

— Tant mieux! fit Dane joyeusement.

— Vous ne montez pas aujourd'hui, Dane? demandai-je avec une lueur d'espoir.

— Dans les deux dernières, mon vieux. Ne vous inquiétez pas, je prendrai soin de Miss Ellery-Penn à votre place pendant que vous monterez son cheval, ajouta-t-il en souriant.

— Vous êtes jockey aussi, monsieur Hillman? demanda Kate d'un ton surpris.

— Oui, fit Dane sans insister.

C'était un des espoirs de la profession, et il allait certainement accéder au premier rang des jockeys. C'était Pete Gregory qui l'avait découvert, ce qui, sans parler d'une sympathie naturelle, nous avait beaucoup rapprochés. On nous prenait souvent l'un pour l'autre. Nous avions le même âge, nous étions bruns tous les deux, tous les deux de taille moyenne. A cheval, la différence était plus grande : c'était un bien meilleur jockey que moi.

— Je croyais qu'on reconnaissait tous les jockeys au fait qu'ils semblent arriver droit de Lilliput, dit Kate, mais vous êtes tous les deux d'une taille très convenable. (Elle levait les yeux pour nous parler; elle-même était pourtant assez grande.)

Nous éclatâmes de rire.

— Les jockeys d'obstacles, expliquai-je, sont presque tous d'une taille convenable. C'est plus facile de tenir sur les grandes haies, quand on a des jambes longues pour s'accrocher.

— Il y a d'ailleurs des jockeys de plat aussi grands que nous, fit Dane. Mais ils n'ont bien sûr que la peau sur les os.

— Voilà toutes mes illusions qui s'en vont, dit Kate.

— J'aime bien votre nouveau cheval, Alan, fit Dane.

Ça fera un bon cheval d'obstacles l'année prochaine.

— Vous montez vos chevaux aujourd'hui aussi? demanda Kate à Dane.

— Non. Je n'en ai pas, répondit Dane. Je suis un professionnel, alors je n'ai pas le droit de posséder de chevaux de courses.

— Un professionnel? (Kate haussa les sourcils. Elle avait certainement remarqué la coupe remarquable du complet sous le court manteau en poil de chameau, la voix agréable, les façons courtoises. Encore une illusion qui s'en allait, constatai-je avec amusement.)

— Oui. Je cours pour gagner ma vie, expliqua Dane en souriant. Contrairement à Alan, je ne possède pas un père honteusement riche. Mais on me paye pour faire ce que j'aime le mieux au monde. Ça n'est pas désagréable.

Kate nous examina longuement tous les deux.

— Peut-être qu'un jour je finirai par comprendre ce qui vous pousse à risquer votre élégant squelette, dit-elle.

— Quand vous l'aurez trouvé, ne manquez pas de nous avertir, fit Dane. C'est encore un mystère pour moi.

Nous regagnâmes les tribunes pour suivre la troisième course. Le cheval aux allures de toquard gagna au petit trot, avec vingt longueurs d'avance. Le favori de Kate fut semé au bout de quinze cents mètres et se déroba trois obstacles avant la fin.

— Ne croyez pas que nous prévoyons toujours le gagnant, fit Dane. Les jockeys n'ont jamais de bons tuyaux. Mais celui-ci, c'était une certitude. Il les a tous enterrés.

Il les a tous enterrés... Cette expression chère aux parieurs me fit l'effet d'une piqûre d'aiguille. L'homme qui s'était attaqué à Bill Davidson était certain aussi qu'Amiral allait gagner, qu'il allait tous les enterrer. Les enterrer...

Le cheval de Kate, pour un canasson acheté par correspondance, n'était pas aussi mauvais que je le craignais. Au second obstacle, il prit la haie trop court et fut obligé de donner un coup de reins. Je sautai en l'air et retombai sur ma selle plus par chance que par habileté. Ce devait être ainsi que Feu du Ciel s'était débarrassé de son précédent jockey, auquel j'accordai immédiatement toute ma sympathie. Il recommença au troisième fossé, mais le reste du parcours se déroula sans histoire. Le cheval adopta même un train auquel je ne m'attendais pas dans la montée; il dépassa plusieurs concurrents fatigués et se plaça quatrième.

Kate était ravie.

— Bénie soit l'intuition d'oncle George, dit-elle. Je n'ai jamais été aussi heureuse de ma vie.

— J'ai cru qu'au second tu t'envolais, Alan, dit Pete Gregory, tandis que je desserrais les sangles.

— Moi aussi, dis-je avec conviction. C'est pure chance que ce ne me soit pas arrivé.

Pete observait la façon dont Feu du Ciel respirait : les côtes se soulevaient et s'abaissaient, mais il ne semblait pas peiner.

— Etant donné les circonstances, dit-il, il est dans une condition remarquable. Je crois que nous gagnerons une course ou deux avec lui avant la fin de la saison.

— Si nous allions tous arroser ça au champagne? proposa Kate, dont les yeux brillaient d'excitation.

— Attendez d'en gagner une pour boire le champagne, dit Pete en riant. J'aurais volontiers porté un toast un peu plus modeste à notre avenir, mais j'ai un cheval dans la prochaine. Je suis sûr qu'Alan vous accompagnera.

Il me lança un coup d'œil en coulisse; ma capitulation totale devant les charmes de Miss Ellery-Penn le divertissait.

— Vous voulez bien m'attendre, Kate? demandai-je. Il faut que j'aille me faire peser, puisque nous avons fait quatrième. Je me change et je reviens le plus vite possible.

— Je vous attendrai devant le pesage, promit Kate.

Je me fis peser, remis ma selle à Clem, pris une douche et passai une tenue de ville. Kate m'attendait dehors.

Nous gagnâmes le bar et nous nous décidâmes pour une tasse de café.

— Oncle George sera bien étonné d'apprendre que nous avons bu à la santé de Feu du Ciel de façon aussi peu éthylique, dit Kate. L'alcool n'a donc pas place dans votre vie?

— Oh! si, bien sûr. Mais je n'ai jamais pu m'y faire à trois heures de l'après-midi. Et vous?

— Le champagne au petit déjeuner, c'est ma passion, dit Kate en souriant.

Je lui demandai alors si elle voulait bien passer la soirée avec moi, mais elle me répondit qu'elle ne pouvait pas. Tante Deb avait, paraît-il, un dîner, et oncle George brûlerait de savoir comment s'était comporté son cadeau d'anniversaire.

— Demain, alors?

Kate hésita et baissa les yeux sur son verre.

— Je... hum... je sors avec Dane demain.

— Le salaud, dis-je, furieux.

Kate éclata de rire.

— Vendredi? proposai-je.

— Avec plaisir, dit Kate.

Nous regagnâmes les tribunes pour voir Dane gagner la cinquième d'une courte tête. Kate l'applaudit sans retenue.

CHAPITRE V

Une violente bagarre se déroulait dans le parc de stationnement. Comme je franchissais la grille pour rentrer à la maison après la dernière course, je m'arrêtai net. Dans l'espace libre situé entre la grille et le premier rang des voitures garées, une vingtaine d'hommes se battaient, et pour de bon. Même au premier coup d'œil, on reconnaissait au style du combat un acharnement qui n'avait rien à voir avec les règles du noble art.

Je trouvai ça très étonnant. Les heurts entre deux ou trois hommes sont choses assez courantes sur les champs de courses, mais une bagarre de cette ampleur et de cette gravité avait sûrement des causes plus sérieuses qu'un désaccord à propos d'un pari.

Je m'approchai. Le doute n'était pas permis. Certains des hommes étaient armés de coups-de-poings américains. Un bout de chaîne de bicyclette m'apparut un instant dans la mêlée. J'avisai, tout près de moi, deux combattants renversés sur le sol, presque immobiles, raidis dans leur épuisement, comme confondus dans quelque étrange rite indigène. Les doigts de l'un étaient serrés autour du poignet de l'autre, dont la main tenait un couteau muni d'une méchante lame de six ou sept centimètres. Pas assez longue pour tuer, mais apte à lacérer et à défigurer.

Ils se battaient dans un silence incongru. On n'entendait que leur souffle rauque et quelques grognements. Les turfistes qui les observaient bouche bée formaient un groupe de plus en plus nombreux, mais nul ne se sentait l'envie d'intervenir dans la mêlée pour essayer de rétablir le calme.

A côté de moi se tenait un vendeur de journaux.

— Qu'est-ce qui se passe? demandai-je. (A peu près rien de ce qui concerne les courses n'échappe aux marchands de journaux.)

— Ce sont des chauffeurs de taxi, dit-il. Il y a deux bandes rivales, une de Londres et une de Brighton. Ça fait généralement du vilain quand ils se rencontrent.

— Pourquoi?

— Je ne pourrais pas vous le dire, monsieur York. Mais ça n'est pas la première fois que ça arrive.

Mon attention revint aux combattants. Un ou deux d'entre eux avaient encore leur casquette de chauffeur. Il y en avait qui roulaient sur le sol, d'autres ahanaient et haletaient au voisinage des taxis, qui occupaient deux rangs de parking. Tous les chauffeurs se battaient.

Les poings et toute la quincaillerie dont ils étaient munis faisaient pas mal de dégâts. Deux hommes penchés en avant, les mains crispées sur le ventre, semblaient souffrir le martyre. Ils avaient presque tous le visage en sang et des vêtements déchirés. Ils continuaient à se battre avec une fureur terrifiante, sans se soucier le moins du monde de la foule qui grossissait autour d'eux.

— Ils vont se tuer, dit une femme, près de moi, en observant la scène avec un mélange d'horreur et de fascination.

Je levai les yeux sur l'homme qui se tenait près

d'elle, un grand gaillard de plus d'un mètre quatre-vingts, au teint hâlé. Il suivait la bagarre d'un air désapprobateur. Je n'arrivais pas à me rappeler son nom, et pourtant j'avais l'impression que j'aurais dû le reconnaître.

La bagarre avait provoqué un embouteillage. Un policeman survint, jeta un coup d'œil et partit en hâte chercher des renforts. Il revint en compagnie de quatre sergents de ville à pied et d'un garde à cheval, tous armés de matraques. Ils plongèrent dans la mêlée, mais il leur fallut plusieurs minutes pour ramener la paix.

D'autres policiers arrivèrent et s'emparèrent des chauffeurs de taxi qu'ils répartirent en deux groupes. Les hommes des deux camps semblaient en aussi triste état et personne n'avait l'air d'avoir gagné. Le champ de bataille était jonché de casquettes, de lambeaux de vestes et de chemises. Deux chaussures, une marron, une noire, gisaient à trois mètres l'une de l'autre. Des taches de sang maculaient le sol. La police se mit à rassembler les armes restées sur le terrain.

L'excitation passée, les gens commencèrent à se disperser. Un petit groupe qui s'apprêtait à prendre des taxis voulut savoir combien de temps la police comptait garder les chauffeurs. Le grand type bronzé qui se trouvait près de moi s'y joignit.

Un chroniqueur hippique s'arrêta dans le voisinage, pour jeter hâtivement quelques notes sur son calepin.

— Qui est donc ce grand type-là, John? lui demandai-je.

Il leva les yeux.

— Je crois qu'il s'appelle Tudor. Il est propriétaire de deux ou trois chevaux. Le genre nouveau riche. Je ne sais pas grand-chose de lui. Il n'a pas l'air très content de la situation actuelle dans les transports urbains.

Tudor, en effet, semblait furieux. Je me répétais toujours qu'il y avait chez cet homme quelque chose qui aurait dû éveiller en moi un souvenir, mais la mémoire me faisait défaut. Il n'avait aucun succès auprès du policeman qui secouait la tête. Les taxis restaient vides et les chauffeurs absents.

— Pourquoi cette bagarre? demandai-je au journaliste.

— La guerre des gangs, à ce que me disent mes espions, fit-il gaiement.

Cinq des chauffeurs de taxi étaient étendus sur le sol froid et humide. L'un d'eux gémissait sans cesse.

— Je crois qu'on va les répartir équitablement entre l'hôpital et le commissariat, reprit le journaliste. Quel article!

L'homme qui gémissait roula sur le flanc et se mit à vomir.

— Je m'en vais toujours téléphoner ça au bureau, dit le journaliste. Vous rentrez maintenant?

— J'attends cet enquiquineur de Joe Nantwich, dis-je. J'ai promis de le déposer à Dorking, mais je ne l'ai pas revu depuis la quatrième course. Ce serait bien de lui d'avoir dégoté un chauffeur et d'oublier de m'en prévenir.

— La dernière fois que je l'ai vu, il échangeait des propos dépourvus d'aménité avec Sandy aux lavabos, et il n'avait pas le dessus.

— Ils se détestent vraiment, ces deux-là, dis-je.

— Vous savez pourquoi?

— Aucune idée. Et vous? demandai-je.

— Non, dit le journaliste.

Il prit congé sur un petit sourire et s'en alla téléphoner.

Deux ambulances arrivèrent et ramassèrent les

chauffeurs de taxis blessés. Un policeman monta derrière et un autre s'assit devant, près du conducteur. Les ambulances repartirent lentement avec leur chargement.

J'allais renoncer à attendre Joe quand il franchit la grille et me héla, sans s'excuser de son retard. Mais je ne fus pas le seul à remarquer son arrivée. Le nommé Tudor s'approcha de nous.

— Nantwich, soyez assez gentil pour nous déposer à Brighton, dit-il d'un ton autoritaire. Comme vous le voyez, il n'y a pas de taxi, et j'ai un rendez-vous important à Brighton dans vingt minutes.

Joe regarda d'un air surpris les chauffeurs de taxis.

— Qu'est-ce qui s'est passé? dit-il.

— Peu importe pour l'instant, dit Tudor d'un ton impatient. Où est votre voiture?

Joe le regarda d'un air stupide. Son cerveau semblait fonctionner au ralenti.

— Oh!... fit-il... elle n'est pas là, monsieur. C'est un ami qui va m'y conduire.

— Vous? fit Tudor en se tournant vers moi.

J'acquiesçai. Joe ne nous avait pas présentés. C'était bien dans sa manière.

— Je vous serais obligé si vous vouliez me conduire à Brighton, fit Tudor. Je vous paierai le prix de la course en taxi.

Il avait l'air décidé et pressé. Difficile de lui refuser un service qui me coûtait si peu et auquel il semblait tenir tant.

— Ce sera pour rien, dis-je. Mais vous allez être un peu serrés. J'ai une voiture de sport et il n'y a que deux places.

— Si nous n'y tenons pas tous, Nantwich peut rester ici et vous reviendrez le prendre, fit Tudor d'un ton sans réplique.

Joe ne manifesta aucune surprise, mais je songeai

que ce M. Tudor était un tantinet sans-gêne.

Nous dépassâmes le groupe des chauffeurs de taxis blessés et nous frayâmes un chemin jusqu'à la voiture. Tudor s'installa. Il était si grand qu'il nous fut impossible de caser Joe également.

— Je reviendrai te prendre, Joe, dis-je en maîtrisant mon irritation. Attends-moi sur la grand-route.

Je me mis au volant, sortis lentement du parking, pris la route du champ de courses et tournai en direction de Brighton. La circulation était trop dense pour que je puisse pousser la Lotus et, comme je roulais à soixante-dix, je pus accorder toute mon attention à mon énigmatique passager.

En baissant les yeux pour changer de vitesse, je notai sa main posée sur son genou, ses doigts écartés et crispés. Et je me rappelai soudain où je l'avais vu. C'était sa main, tannée par le soleil, aux ongles légèrement bleuâtres, que je reconnaissais.

Je l'avais vu au bar de Sandown; il me tournait le dos et sa main était posée sur le comptoir, devant son verre. Il parlait à Bill; j'avais attendu derrière lui, car je ne voulais pas interrompre leur conversation. Puis Tudor avait vidé son verre et il était parti; j'avais pu alors parler à Bill.

Je relevai les yeux sur lui.

— C'est moche, ce qui est arrivé à Bill Davidson, dis-je.

La main brune tressaillit légèrement sur son genou. Il tourna la tête vers moi.

— Ça, oui, fit-il lentement. Je comptais qu'il monterait un de mes chevaux à Cheltenham.

— Un grand homme de cheval, dis-je.

— C'est vrai.

— J'étais juste derrière lui quand il est tombé, dis-je, et j'ajoutai inopinément : c'est un accident bien bizarre.

Je sentis que le grand corps de Tudor s'agitait près de moi. Je devinais qu'il me regardait toujours et sa présence me pesait.

— Je le suppose, dit-il.

Il hésita, mais n'ajouta rien. Il regarda sa montre.

— Voulez-vous me conduire à l'hôtel Pavillon Plaza. J'ai un rendez-vous d'affaires à cet endroit, dit-il. Je vais vous montrer le chemin, précisa-t-il d'un ton qui me reléguait au rang de chauffeur.

Nous fîmes quelques kilomètres en silence. Mon passager semblait plongé dans ses pensées. Lorsque nous arrivâmes à Brighton, il m'indiqua le chemin de l'hôtel.

— Merci, dit-il assez froidement tout en s'extrayant tant bien que mal de ma voiture.

Il fit deux pas, puis se retourna et dit :

— Comment vous appelez-vous?

— Alan York, dis-je. Au revoir.

Je démarrai sans attendre la réponse. Moi aussi, je pouvais me montrer grossier. Un coup d'œil dans le rétroviseur me le montra, planté sur le trottoir, en train de me regarder partir.

Je regagnai le champ de courses.

Joe m'attendait, assis sur le bord de la route. Il eut quelques difficultés à ouvrir la portière et s'effondra sur son siège en marmonnant. Il vint donner contre moi, et je constatai qu'il était ivre.

La nuit était presque tombée. J'allumai les phares. J'aurais souhaité une autre occupation; ça ne m'emballait pas de rouler sur les routes sinueuses qui menaient à Dorking, en compagnie d'un Joe qui puait l'alcool. Je poussai un soupir et j'embrayai.

Joe en voulait à quelqu'un. Comme d'habitude. Chaque fois que quelque chose allait mal, selon lui, c'était la faute de quelqu'un d'autre. Il avait à peine vingt ans, et c'était un râleur perpétuel.

— J'aurais dû gagner cette course, fit-il d'un ton geignard.

— Ne dis pas de bêtises, Joe, fis-je.

— Non, franchement, Alan, j'aurais gagné. J'avais bien placé mon cheval. Les autres étaient battus. A plate couture. Comme ça.

— Tu es fou de boire tant quand tu cours, dis-je.

— Hein? fit-il, l'œil vague.

Puis il se remit à gémir.

— Ce salaud de Mason...

Comme je ne disais mot, il revint à la charge.

— Ce salaud de Sandy, il m'a fait valser. Il m'a bel et bien fait valser par-dessus la balustrade. J'aurais gagné cette course dans un fauteuil, et il le savait, alors il m'a fait valser par-dessus la balustrade.

— Ne dis pas de bêtises, Joe.

— Tu ne vas pas prétendre que je n'aurais pas gagné la course! dit Joe d'un ton mauvais.

— Je ne prétend pas non plus que tu l'aurais gagnée, dis-je. Tu es tombé à plus de quinze cents mètres de l'arrivée.

— Je ne suis pas tombé. Je te le répète. C'est ce salaud de Sandy Mason qui m'a fait valser par-dessus la balustrade.

— Comment ça? demandai-je machinalement tout en concentrant mon attention sur la route.

— Il m'a coincé contre la barrière. Je lui ai crié de me laisser de la place. Et tu sais ce qu'il a fait? Tu le sais? Il a ri. Il m'a ri au nez. Puis il m'a fait valser. Il m'a donné un coup de genou et vlan, je suis passé par-dessus la balustrade, conclut-il.

Je le regardai. Deux larmes roulaient sur ses joues rondes. Elles luisaient à la lumière du tableau de bord et tombèrent sur le col de fourrure de sa canadienne.

— Sandy ne ferait jamais une chose pareille, dis-je tranquillement.

— Oh! que si! Il m'a dit qu'il me réglerait mon compte. Que je le regretterais. Mais je ne pouvais pas faire autrement, Alan, vraiment, je ne pouvais pas.

Deux autres larmes coulèrent sur ses joues.

— Tu as toujours été chic avec moi, Alan, tu n'es pas comme les autres. Tu es mon ami...

Il posa lourdement sa main sur mon bras, dans un geste affectueux, se pencha vers moi et j'eus droit à son haleine chargée d'alcool.

Je le secouai.

— Bon Dieu, Joe, redresse-toi, ou tu vas nous flanquer dans le fossé, dis-je.

Mais il pensait trop à ses malheurs pour m'entendre. Il me prit de nouveau par le bras. Il y avait un terre-plein un peu plus loin. Je ralentis et garai la voiture sur le bas-côté.

— Redresse-toi et fiche-moi la paix, ou alors descends et rentre à pied, dis-je en essayant de l'impressionner par mon ton énergique.

Mais il suivait toujours son idée et s'était mis à pleurer bruyamment.

— Tu ne sais pas ce que c'est, toi, quand on est dans le pétrin, sanglota-t-il.

Je me résignai à l'écouter. Plus vite il aurait vidé son sac, plus vite il se calmerait et s'endormirait.

— Quel pétrin? dis-je, sans être le moins du monde intéressé.

— Alan, je vais te le dire parce que tu es un copain, un vrai copain.

Il posa la main sur mon genou. Je la repoussai. Son visage ruisselait de larmes; il reprit d'une voix balbutiante :

— Je devais freiner un cheval et je ne l'ai pas fait,

et Sandy a perdu beaucoup d'argent et m'a dit qu'il me réglerait mon compte, il me répétait ça depuis des jours et des jours et je savais bien qu'il me ferait un sale coup. Eh bien, c'est fait. (Il s'arrêta pour reprendre haleine.) Encore heureux que je sois tombé sur du gazon, sinon j'aurais pu me casser le cou. Ça n'était pas drôle. Et ce salaud de Sandy qui riait. Je vais lui rentrer son rire dans la gorge, un de ces jours.

Cette dernière phrase me fit sourire. Joe, avec son visage de bébé, était peut-être doué d'une certaine force physique, mais il n'avait aucun caractère, et il ne faisait pas le poids devant le rude et vigoureux Sandy, qui avait dix ans de plus que lui et infiniment plus d'assurance.

— Quel cheval n'as-tu pas freiné? demandai-je. Et comment Sandy savait-il que tu devais en freiner un?

Je crus un instant que la prudence allait le réduire au silence, mais après une légère hésitation, il se remit à parler.

D'une voix à peine intelligible et secouée de hoquets, il me fit un récit assez navrant. Dépouillé des jurons qui l'ornaient et réduit à l'essentiel, voici de quoi il s'agissait : Joe avait été grassement payé pour freiner un cheval en diverses occasions; en effet, je l'avais vu faire ça deux fois. Mais, menacé de perdre sa licence, il s'était assagi. Ultérieurement, on lui demanda encore de freiner un cheval; il accepta; mais il avait les nerfs en pelote — ce qui est fort compréhensible — et il manœuvra assez mal au départ; sur la fin de la course, il comprit que s'il la perdait, il allait perdre en même temps sa licence. Il gagna donc. Ça s'était passé dix jours auparavant.

Cette affaire m'intriguait.

— Sandy est le seul à t'avoir attaqué?

— Il m'a fait valser par-dessus la balustrade... (Il était prêt à tout recommencer. Je l'interrompis.)

— Ce n'est tout de même pas Sandy qui te payait pour perdre?

— Non. Je ne crois pas. Je ne sais pas, reprit-il d'un ton geignard.

— Tu veux dire que tu ne sais pas qui te payait?

— Un homme me téléphonait chaque fois qu'il voulait que je freine un cheval, et ensuite je recevais l'argent par la poste.

— Combien de fois l'as-tu fait? demandai-je.

— Dix fois, fit Joe. Dans les six derniers mois.

J'ouvris des yeux ronds. Il tenta maladroitement de s'excuser :

— C'était souvent facile. Même si j'y avais mis du mien, ces ordures de canassons n'auraient pas gagné.

— Combien touchais-tu?

— Cent livres. Deux fois, ç'a été deux cents cinquante.

— Qu'est-ce que Sandy t'a dit le jour où tu as gagné? demandai-je.

— Qu'il avait joué le cheval que j'avais battu et qu'il me réglerait mon compte, dit Joe.

— Tu n'as pas reçu ton fric, j'imagine?

— Non, dit Joe en reniflant.

— Tu ne sais absolument pas d'où ça venait? repris-je.

— Quelquefois, l'enveloppe portait le cachet de Londres. Je ne faisais pas très attention. (Il devait être trop occupé à compter les billets pour examiner l'enveloppe de près.)

— Ma foi, dis-je, il est certain que maintenant que Sandy a eu sa petite vengeance, tu ne risques plus rien. Si tu t'arrêtais un peu de pleurer? C'est fini. Pourquoi te mets-tu dans des états pareils?

Pour toute réponse Joe tira de sa veste un bout de papier qu'il me tendit.

— Autant que tu sois au courant. Je ne sais pas quoi faire. Aide-moi, Alan. J'ai peur.

A la lueur du tableau de bord, je l'examinai et je m'aperçus que c'était vrai. Et il se dégrisait peu à peu.

Je dépliai le papier et j'allumai le plafonnier. C'était une simple feuille de papier machine ordinaire. J'y lus quatre mots en majuscules, écrits au stylo à bille : BOLINGBROKE, TU SERAS PUNI.

— Bolingbroke, c'est le cheval que tu devais freiner?

— Oui.

— Quand as-tu reçu ça? demandai-je.

— Je l'ai trouvé dans ma poche aujourd'hui en remettant ma veste après m'être changé. Juste avant la cinquième course. Le papier n'y était pas quand j'ai ôté ma veste.

— Et tu as passé le restant de l'après-midi au bar, à noyer ton chagrin dans l'alcool, j'imagine.

— Oui... et j'y suis revenu pendant que tu raccompagnais M. Tudor à Brighton. Depuis que Bolingbroke a gagné, j'ai peur. Et, juste au moment où je commençais à me dire que les ennuis étaient finis, voilà que Sandy me fait valser par-dessus la balustrade et que je trouve cette lettre dans ma poche. C'est quand même moche...

Il gémissait en s'attendrissant sur lui-même. Je lui rendis le papier.

— Qu'est-ce que je dois faire? dit-il.

Je ne pouvais pas le renseigner, car je n'en savais rien. J'éteignis le plafonnier, redémarrai et repris la route. Comme je l'espérais bien, Joe ne tarda pas à s'endormir. Il se mit à ronfler bruyamment.

Comme nous approchions de Dorking, je l'éveillai. J'avais quelques questions à lui poser.

— Joe, qui est ce M. Tudor que j'ai conduit à Brighton? Il te connaît.

— C'était le propriétaire de Bolingbroke, dit Joe. Je monte souvent pour lui.

J'étais étonné.

— Il était content quand Bolingbroke a gagné? demandai-je.

— Je suppose. Il n'était pas là. Mais il m'a envoyé mes dix pour cent avec une lettre de remerciements. Comme d'habitude.

— Ça ne fait pas longtemps qu'il est dans les courses, n'est-ce pas? dis-je.

— Il s'est pointé à peu près en même temps que toi, dit Joe, qui commençait à retrouver son assurance. Vous êtes arrivés tous deux, avec votre teint hâlé, en plein hiver.

J'avais quitté l'été brûlant de l'Afrique pour trouver, à ma descente d'avion, l'accueil glacé d'un octobre anglais : mais au bout de dix-huit mois, j'avais la peau aussi pâle que celle d'un Londonien. Tudor, lui, avait conservé son hâle.

— Tu sais pourquoi M. Clifford Tudor habite Brighton? fit Joe en ricanant. Ça lui donne une excuse pour rester bronzé tout le long de l'année. En fait, c'est la goutte de sang noir.

En entendant ça, je n'eus plus aucun scrupule à déposer Joe à l'arrêt du car d'Epsom. Il était clair que, pour l'instant du moins, ça l'avait requinqué de me confier ses malheurs.

Je regagnai les Cotswolds. Je songeai tout d'abord à Sandy Mason et je me demandai comment il avait appris que Joe devait freiner Bolingbroke.

Mais, pendant la dernière heure de trajet, ce fut à Kate que je pensai.

CHAPITRE VI

Le lendemain matin, après un petit déjeuner avalé à la hâte, j'emmenai Scilla à Maidenhead pour assister à l'enquête.

Lodge devait nous attendre, car il nous accueillit à notre arrivée. Il tenait à la main une liasse de papiers et il avait l'air sérieux et affairé. Je le présentai à Scilla et son regard aigu parut apprécier sa charmante pâleur. Mais ce qu'il dit me surprit :

— Je voudrais vous présenter mes excuses, commença-t-il. Des insinuations quelque peu déplaisantes vous ont été faites, concernant vos relations, M. York et vous. (Il se tourna vers moi.) Nous avons maintenant la certitude que vous n'êtes absolument pas responsable de la mort du major Davidson.

— C'est bien aimable à vous, dis-je d'un ton désinvolte, mais ses paroles m'avaient fait plaisir.

— Evidemment, reprit Lodge, vous pouvez dire ce que vous voulez au coroner à propos du fil de fer. Mais j'aime autant vous avertir tout de suite que ça ne l'emballera pas. Il a horreur des idées en l'air, et vous n'avez aucune preuve. Ne vous inquiétez pas si vous n'êtes pas d'accord avec son verdict — il conclura, je pense, à une mort accidentelle — car, si besoin est, on peut toujours rouvrir l'enquête.

De sorte que je ne m'émus guère lorsque le coroner, un homme d'une cinquantaine d'années nanti d'une grosse moustache, écouta assez attentivement mon récit de la chute de Bill mais balaya assez cavalièrement ma théorie du fil de fer. Lodge témoigna qu'il m'avait accompagné sur le champ de courses pour chercher le fil dont je lui avais signalé la présence, mais qu'il n'en avait pas trouvé.

On appela aussi le jockey qui me suivait immédiatement quand Bill était tombé. C'était un amateur qui habitait le Yorkshire, et il avait dû faire un long trajet pour se présenter. Il déclara, en me lançant un regard d'excuse, qu'il n'avait rien vu de suspect sur l'obstacle et qu'à son avis c'était une chute tout à fait ordinaire. Inattendue peut-être, mais nullement mystérieuse. Il irradiait le bon sens.

M. York avait-il averti qui de droit de l'existence possible de ce fil le jour de la course? s'enquit le coroner d'une voix très méfiante. M. York n'en avait rien fait.

Le coroner résuma les déclarations du médecin légiste, de la police et des autres témoins, et il conclut que le major Davidson avait succombé à ses blessures à la suite d'une chute de cheval, lors d'une course d'obstacles.

L'enterrement de Bill eut lieu discrètement au village le vendredi matin; seuls, sa famille et ses proches amis y assistaient. Je portais un des angles du cercueil sur mon épaule et j'adressai un dernier et silencieux adieu à Bill. Je me jurai que je n'aurais de cesse que sa mort n'eût été vengée. Comment allais-je m'y prendre, je l'ignorais, et la chose, étrangement, ne me paraissait pas urgente. Mais je lui promis que, le moment venu, je m'y mettrais sérieusement.

Le vendredi soir, j'attendis avec impatience l'heure

de mon rendez-vous avec Kate. Débarrassée du lourd manteau et des bottes fourrées qu'elle portait à Plumpton, elle était plus ravissante que jamais. La soirée fut un rêve et, pour moi en tout cas, pleinement satisfaisante; nous dînâmes, nous dansâmes, nous bavardâmes.

Tandis que nous oscillions languissamment sur la piste de danse au rythme d'un slow langoureux, Kate donna soudain à la conversation, pour la première fois de la soirée, une note de gravité.

— J'ai lu un article sur l'enquête à propos de la mort de votre ami dans le journal de ce matin, dit-elle.

J'effleurai ses cheveux d'un baiser. L'odeur en était douce.

— Mort accidentelle, marmonnai-je. Je n'y crois pas.

— Comment? fit Kate en levant les yeux.

— Je vous en parlerai un jour, quand je saurai toute l'histoire.

— Racontez-moi, fit Kate d'un air intéressé. S'il ne s'agissait pas d'une mort accidentelle, qu'est-ce que c'était?

J'hésitai. Je ne tenais pas à ce que la réalité dissipât la magie de cette soirée.

— Allons, allons, insista-t-elle en souriant. Ne vous en tenez pas là. Je brûle de savoir.

Je lui parlai donc du fil de fer. Elle en fut bouleversée et s'arrêta de danser; on s'immobilisa au milieu de la piste, tandis que les autres couples s'écartaient ou nous rentraient dedans.

— Bonté divine! fit-elle. Comme... comme c'est moche.

Elle voulut que je lui donne la raison de ce verdict. Je lui expliquai que la disparition du fil de fer nous privait de notre seule preuve.

— Je ne puis imaginer que quelqu'un commette impunément une action aussi vile, fit-elle.

— Moi non plus, dis-je, et je vous promets que le coupable ne s'en tirera pas, si ça ne dépend que de moi.

— Tant mieux, dit-elle gravement.

Elle se remit à se balancer au rythme de la musique, je la pris dans mes bras et nous nous mêlâmes au flot des danseurs. Nous ne reparlâmes plus de Bill.

A la fin de la soirée, je l'escortai jusqu'à la voiture de maître qu'oncle George avait envoyée du Sussex pour la ramener. J'avais découvert la souffrance d'aimer. J'étais à la fois fébrile, pris au piège et dévoré d'angoisse, car je devinais qu'elle ne me payait pas tout à fait de retour.

J'avais compris que je désirais l'épouser. Mais je songeais amèrement qu'elle n'était peut-être pas d'accord.

Le lendemain, j'allai aux courses de Kempton Park. Devant la salle de pesage, je tombai sur Dane. Nous parlâmes de la réunion, de la pluie et du beau temps, des derniers projets de Pete à notre sujet, et des chevaux. La conversation habituelle des jockeys. Puis Dane me dit :

— Tu es sorti avec Kate, hier soir?

— Oui.

— Où êtes-vous allés?

— Au River Club, dis-je. Où l'as-tu emmenée?

— Elle ne t'a pas dit? fit Dane.

— Elle m'a prié de te le demander.

— Au River Club, fit Dane.

— Bon sang! fis-je. (Mais je ne pus m'empêcher de rire.)

— Une manche partout, fit Dane.

— Elle t'a invité chez l'oncle George? demandai-je d'un ton méfiant.

— J'y vais aujourd'hui, après les courses, répondit Dane en souriant. Et toi?

— Samedi prochain, fis-je d'un air lugubre. Tu sais, Dane, elle nous fait abominablement marcher.

— Je peux tenir le coup, fit Dane. (Il me tapa sur l'épaule.) N'aie pas l'air si navré. Il n'en résultera peut-être rien.

— C'est bien ce que je crains, dis-je en soupirant.

Il éclata de rire et entra dans la salle de pesage.

Ce fut une journée sans histoire. Je montai ma grande jument noire dans une course de débutants et Dane me battit de deux longueurs. L'après-midi terminé, nous regagnâmes ensemble le parking.

— Comment Mme Davidson s'en sort-elle? demanda Dane.

— Pas mal, quand on pense que la base de son univers s'est écroulée.

— Cette hantise des femmes de jockeys... La voilà devenue réalité.

— Oui, dis-je.

— Tout de même, ça vous fait hésiter à demander à une femme de se soumettre à ce genre d'inquiétude continuelle, fit Dane d'un ton songeur.

— C'est pour Kate que tu dis ça? demandai-je.

Il se retourna en souriant.

— Sans doute. Ça t'ennuie?

— Oui, dis-je en m'efforçant de parler d'un ton léger. Ça m'ennuie beaucoup.

Nous nous arrêtâmes d'abord à sa voiture, et il posa ses lunettes de course et sa casquette sur la banquette. Sa valise était sur le siège arrière.

— Salut, mon vieux, dit-il. Je te tiendrai au courant.

Je le regardai s'éloigner et je répondis à son petit geste de la main. Il m'arrivait rarement d'envier quelqu'un, mais à ce moment-là, j'enviais terriblement Dane.

Je montai dans la Lotus et tournai son capot bleu en direction de la maison.

Ce fut sur la route qui traverse le petit bois de Maidenhead que j'aperçus le fourgon à chevaux, garé sur le bas-côté; le capot était levé et des outils répandus tout autour sur le sol. Il était arrêté en face de moi, comme s'il était tombé en panne en roulant vers Maidenhead. Un homme promenait un cheval devant le fourgon, en le tenant par la bride.

Le chauffeur, debout près du capot, se grattait la tête; quand il me vit venir, il me fit signe d'arrêter. Je stoppai à sa hauteur. Il fit le tour de la voiture et se pencha à la vitre : c'était un homme entre deux âges, d'aspect parfaitement banal et portant un blouson de cuir.

— Vous vous y connaissez en moteurs, monsieur? demanda-t-il.

— Pas autant que vous, je le crains, répondis-je en souriant.

Il avait du cambouis sur les mains. Si un chauffeur de poids lourd n'était pas fichu de repérer une panne de moteur, alors qui?

— Si vous voulez, je vais vous reconduire à Maidenhead. Vous y trouverez sûrement quelqu'un qui pourra vous dépanner.

— C'est extrêmement aimable à vous, monsieur, dit-il d'un ton fort civil. Je vous remercie beaucoup. Mais... voilà... il y a une petite difficulté. (Il regarda dans ma voiture et aperçut mes jumelles sur la banquette. Son visage aussitôt s'éclaira.) Vous vous y connaissez peut-être en chevaux, monsieur?

— Un peu, dis-je.

— Eh bien, voilà, monsieur. J'ai deux chevaux que je dois conduire au port de Londres. Exportation. Celui-ci va très bien, fit-il en désignant le cheval qui se promenait sur la route. Mais l'autre n'a pas l'air en très bonne forme. Il transpire beaucoup depuis une heure, il cherche à se mordre le ventre. Il veut toujours s'allonger. Il a l'air malade. Le lad est avec lui, et je vous assure qu'il est inquiet.

— C'est peut-être une colique, dis-je. Si c'est ça, il faudrait le faire marcher. C'est la seule façon qu'il se sente mieux. Il faut absolument les faire bouger quand ils ont la colique.

Le chauffeur semblait très ennuyé.

— C'est beaucoup vous demander, monsieur, dit-il d'un ton hésitant. Mais vous voudriez bien venir l'examiner? Les moteurs, ça me connaît, mais pas les chevaux, sauf pour jouer. Et ces lads n'ont pas inventé la lune. Je ne voudrais pas que le patron m'engueule et me reproche de n'avoir pas fait le nécessaire.

— Bon, dis-je, je vais jeter un coup d'œil. Mais je ne suis pas vétérinaire, vous savez. Loin de là.

Il eut un sourire soulagé.

— Merci, monsieur. En tout cas, vous me direz sûrement s'il faut que je fasse venir un vétérinaire tout de suite.

Je garai ma voiture derrière le fourgon. La porte s'entrouvrit et une main, celle du garçon d'écurie, à ce que je crus, se tendit vers moi et me saisit par le poignet pour m'aider à grimper.

Mais elle ne me lâcha pas.

Trois hommes m'attendaient à l'intérieur du fourgon. Pas de cheval en vue, malade ou non. Il me fallut à peu près dix secondes pour m'habituer à la pénombre, et je me retrouvai adossé à l'une des cloisons intérieures.

Le fourgon était divisé en trois stalles séparées par

deux cloisons, plus un espace libre qui occupait toute la largeur de l'arrière du fourgon et où se tiennent habituellement les lads qui accompagnent les chevaux.

Deux des hommes m'avaient empoigné par les bras. Ils se tenaient chacun d'un côté de la cloison, en arrière de moi, et ils tiraient sur mes épaules d'une façon désagréable. Le poteau de soutien de la cloison était protégé par un rembourrage de paille, comme c'est l'usage dans les fourgons à chevaux, pour éviter aux bêtes de se blesser pendant le voyage. La paille me chatouillait le cou.

Le chauffeur monta à son tour et referma la porte. Il demeurait incroyablement déférent, mais ses manières avaient pris un air de triomphe. Ce n'était que trop juste, car il m'avait tendu un piège bien agencé.

— Tout à fait navré d'être obligé de faire ça, monsieur, dit-il avec courtoisie.

— Si c'est de l'argent que vous voulez, dis-je, vous n'avez pas de chance. Je ne parie guère et la journée n'a pas été fameuse. J'ai peur que vous ne vous soyez donné beaucoup de mal pour huit malheureuses livres.

— Nous ne voulons pas de votre argent, monsieur, dit-il. Mais, puisque vous nous le proposez, nous pourrions aussi bien le prendre.

Toujours souriant, il glissa une main sous ma veste et en tira mon portefeuille.

Je lui allongeai un coup sur le tibia, aussi violent que possible, mais le poteau me gênait. En sentant que je bougeais, les deux hommes postés derrière moi me ramenèrent douloureusement les bras en arrière.

— A votre place, dit le chauffeur en se frottant la jambe, je ne ferais pas ça, monsieur.

Il ouvrit mon portefeuille et en sortit l'argent,

qu'il plia soigneusement avant de le fourrer dans son blouson de cuir. Il examina le contenu de mon portefeuille, puis s'approcha de moi et le remit dans ma poche. Il souriait toujours.

Je demeurai immobile.

— Voilà qui est mieux, dit-il d'un ton approbateur.

— Qu'est-ce que ça veut dire? demandai-je.

— Vous le savez sûrement, monsieur, fit le chauffeur.

— Je n'en ai aucune idée.

— On m'a prié de vous transmettre un message, monsieur York.

Il savait donc qui j'étais. Et il ne l'avait pas découvert en ouvrant mon portefeuille, car, à première vue, il ne contenait que de l'argent, des timbres et un carnet de chèques. Dans un compartiment intérieur, se trouvaient un ou deux documents à mon nom, mais il ne les avait pas vus.

— Qu'est-ce qui vous fait croire que je m'appelle York? demandai-je, en essayant sans succès de paraître étonné et outragé.

— M. Alan York, monsieur, allait de Kempton Park aux Cotswolds; il devait passer sur cette route vers cinq heures et quart, samedi, 27 février, au volant d'une Lotus Elite bleu marine, immatriculée KAB 890. Il faut que je vous remercie, monsieur, de m'avoir permis aussi facilement de vous intercepter. On pourrait passer un mois sur cette route sans rencontrer une seule voiture comme la vôtre. J'aurais eu du mal à vous repérer, si, par exemple, vous aviez piloté une Ford ou une Austin, ajouta-t-il d'un ton désinvolte.

— Transmettez-moi ce message, je vous écoute, dis-je.

— Les gestes sont plus éloquents que les mots, fit doucement le chauffeur.

Il s'approcha et déboutonna ma veste, tout en me regardant droit dans les yeux, comme pour me défier de lui décocher un coup de pied. Je ne bougeai pas. Il dénoua ma cravate, ouvrit le col de ma chemise. Nous nous affrontâmes du regard. Je souhaitai avoir l'air aussi impassible que lui. J'abandonnai mes bras à l'étreinte des deux hommes postés derrière moi; leur poigne se desserra légèrement.

Le chauffeur recula et se tourna vers le quatrième homme qui, silencieux, était resté adossé à la cloison du fourgon.

— A toi de jouer, Sonny. Transmets-lui le message, dit-il.

Sonny était jeune, large comme un buffet; pourtant, ce ne fut pas tellement son visage que je regardai, mais ses mains.

Il tenait un couteau. A pleines mains, les doigts légèrement resserrés sur le manche, mais pas crispés. Un style de professionnel.

La déférence railleuse du conducteur n'était pas du goût de Sonny. Il aimait son boulot. Il se planta devant moi et appuya la pointe de son couteau sur mon sternum. Si légèrement que ce fut à peine si je le sentis.

J'eus la certitude que cette scène de mélodrame était destinée à me calmer un peu en me faisant peur. Je m'appuyai contre le poteau, comme pour échapper à la lame. Un pâle sourire se dessina sur les lèvres de Sonny.

Je pris appui sur le poteau, me lançai de tout mon poids en effaçant mon corps, décochai un maître coup de pied au bas-ventre de Sonny et m'arrachai à l'étreinte momentanément relâchée de mes deux adversaires.

Je me ruai sur la porte et l'ouvris. L'espace, à l'intérieur du fourgon, était trop exigu mais j'espérais pouvoir m'en sortir si je parvenais jusqu'au petit bois voisin. Mon cousin du Kenya m'avait enseigné quelques coups assez vicieux que lui avaient appris les Mau-Mau.

Mais je n'y parvins pas.

J'essayai d'ouvrir la porte, mais elle était lourde et pivotait lentement. Le conducteur m'attrapa par la cheville, je me dégageai, mais j'avais perdu une précieuse seconde. Les deux hommes à qui j'avais échappé s'agrippèrent à mes vêtements. Par la porte ouverte, j'aperçus l'homme qui promenait le cheval. Il regardait le fourgon avec curiosité. Je l'avais oublié, celui-là.

Je me débattis furieusement à coups de pied, de poings et de coudes, mais ils étaient trop nombreux. Ils me ramenèrent au poteau, m'y coincèrent et me tirèrent les bras en arrière. Cette fois, les deux hommes y allaient sans douceur. Ils me plaquèrent contre le poteau et pesèrent de tout leur poids sur mes bras. Ils m'écrasèrent les épaules, la poitrine et même le ventre. Je serrai les dents.

Sonny, qui se tenait l'abdomen à deux mains, à moitié assis, à moitié agenouillé dans le coin, observait la scène avec satisfaction.

— Ça lui a fait mal, à ce salaud, Peaky, dit-il. Remets ça.

Peaky et son acolyte obéirent.

Sonny se mit à rire. Un vilain rire.

Si ça continuait, ça finirait par des déchirures et une épaule démise.

Le chauffeur referma la porte du fourgon et ramassa le couteau tombé sur le plancher. Il n'avait plus l'air tout à fait aussi calme. Mon poing l'avait touché au nez et un filet de sang en coulait. Mais son humeur ne semblait pas altérée.

— Arrête! Arrête, Peaky, fit-il. Le patron a dit qu'il ne fallait pas le blesser. Il a beaucoup insisté là-dessus. Tu ne voudrais pas que le patron apprenne que tu lui as désobéi, non? ajouta-t-il d'un ton légèrement menaçant.

La tension exercée sur mes bras se relâcha lentement. Le sourire de Sonny fit place à une moue maussade. Je n'avais plus qu'à remercier le patron, pour si peu que ce fût.

— Voyons, monsieur York, dit le chauffeur d'un ton de reproche, en s'essuyant le nez avec un mouchoir bleu. Tout ça était bien inutile. Nous voulions seulement vous transmettre un message.

— Je déteste faire la conversation sous la menace d'un couteau, dis-je.

— Très bien, monsieur, dit le chauffeur en soupirant. Je comprends qu'on a commis une erreur. C'était pour vous faire entendre que l'avertissement était sérieux. Si vous n'en tenez pas compte, vous vous attirerez de sales histoires. Je peux vous l'assurer.

— De quel avertissement parlez-vous? fis-je, intrigué.

— Cessez de poser des questions à propos du major Davidson, dit-il.

— Quoi? fis-je en ouvrant des yeux ronds, tant c'était inattendu. Je n'ai posé aucune question à propos du major Davidson, fis-je sans grande conviction.

— Moi, vous savez, je ne suis pas au courant, dit le chauffeur. C'est le message qu'on devait vous transmettre, et vous feriez bien d'en tenir compte, monsieur. Je vous dis ça dans votre intérêt. Le patron n'aime pas que les gens mettent le nez dans ses affaires.

— Qui est-ce, le patron? demandai-je.

— Voyons, monsieur, ça n'est pas vous qui allez me poser des questions aussi naïves. Sonny, va dire à Bert que nous avons fini. On va rentrer le cheval.

Sonny se leva en gémissant et se dirigea vers la porte; il se tenait toujours le ventre. Il hurla quelques mots par la fenêtre.

— Restez tranquille, monsieur York, et il ne vous arrivera aucun mal, reprit le chauffeur, toujours aussi poli.

Il se tamponna avec son mouchoir et l'examina pour voir si son nez saignait toujours. Il y avait encore du sang. Je suivis son conseil et je restai tranquille. Il ouvrit la porte et descendit du fourgon. Pendant un moment, Sonny et moi nous nous foudroyâmes du regard, mais personne ne dit mot.

Puis j'entendis qu'on tournait un boulon et qu'on retirait une goupille, et un des flancs du fourgon s'abaissa jusqu'au sol pour former une rampe. Le cinquième homme, Bert, fit grimper la rampe au cheval et l'attacha dans la stalle la plus proche. Le chauffeur releva la rampe et remit le panneau en place.

A la lueur du jour finissant, j'avais tourné la tête du mieux que je pouvais et je m'étais efforcé de bien examiner Peaky. Ce que je vis ne me surprit pas, mais ça me rendit tout à fait perplexe.

Le chauffeur remonta dans la cabine, claqua la portière et remit le moteur en route.

— Amène-le à la porte, dit Bert.

Je ne me le fis pas dire deux fois.

Le camion démarra. Bert ouvrit la porte. Peaky et son copain lâchèrent mes bras et Bert me poussa. Je me retrouvai à terre au moment où le fourgon accélérait et quittait le bas-côté pour rouler sur la chaussée. Heureusement que j'avais l'habitude de tomber de cheval : instinctivement, j'atterris sur l'épaule et me laissai rouler.

Je restai un instant assis par terre à regarder le fourgon qui s'éloignait. Une épaisse couche de poussière en obscurcissait presque entièrement la plaque minéralogique, mais j'eus quand même le temps de distinguer les lettres : APX.

La Lotus était toujours sur l'accotement. Je me relevai, m'époussetai tant bien que mal et me dirigeai vers la voiture. Mon intention était de suivre le fourgon et de voir où il allait. Mais le chauffeur avait pris ses précautions. La voiture refusa de partir. Soulevant le capot pour apprécier l'étendue des dégâts, je constatai que trois des quatre bougies avaient été retirées. Elles étaient proprement rangées sur la batterie. Il me fallut dix minutes pour les remettre en place, parce que mes mains tremblaient.

Je n'avais dès lors plus d'espoir de rattraper le fourgon ni de trouver un passant qui aurait remarqué la direction qu'il avait prise. Je m'installai au volant et refermai le col de ma chemise. Quant à ma cravate, elle avait disparu.

Je pris le guide de l'Automobile Club pour découvrir la région indiquée par les lettres PX. Le fourgon avait une immatriculation du West Sussex, mais ça me faisait une belle jambe. Si le numéro n'était pas truqué, ça me permettrait peut-être d'en découvrir l'actuel propriétaire. Je restai un quart d'heure à réfléchir. Puis je mis le moteur en marche, repris la route et gagnai Maidenhead.

La ville était brillamment éclairée, mais la plupart des magasins étaient fermés. La porte du commissariat de police était grande ouverte. J'entrai et je demandai l'inspecteur Lodge.

— Il n'est pas encore arrivé, dit le policeman de service en levant les yeux sur la pendule. (Il était six heures dix.) Si vous voulez l'attendre, monsieur, il va être là d'une minute à l'autre.

— Pas encore là? Vous voulez dire qu'il commence seulement maintenant?

— Oui, monsieur. Il fait la soirée. C'est animé, ici, le samedi soir, reprit-il en souriant. Avec les bals, les pubs et les accidents de la circulation.

Je lui rendis son sourire, m'assis sur le banc et attendis. Cinq minutes plus tard, Lodge arriva et ôta son manteau.

— Bonsoir, Small. Quoi de neuf? dit-il au policier de garde.

— Il y a un monsieur qui veut vous voir, dit Small en me désignant. Il vous attend depuis quelques minutes.

Lodge se retourna. Je me levai.

— Bonsoir, dis-je.

— Bonsoir, monsieur York.

Lodge me lança un regard pénétrant, mais ne manifesta aucune surprise en me voyant. Son regard se posa sur le col de ma chemise et il haussa imperceptiblement les sourcils. Mais il se contenta de dire :

— Qu'est-ce que je peux faire pour vous?

— Vous êtes très occupé? demandai-je. Si vous avez le temps, j'aimerais vous raconter... comment j'ai perdu ma cravate.

Je calai au milieu de ma phrase, car je renonçai à lui dire tout à trac que j'avais été molesté. Small me regarda avec curiosité, estimant certainement que j'étais fou de venir trouver un inspecteur pour lui expliquer que j'avais perdu ma cravate.

Mais Lodge comprit qu'il y avait anguille sous roche.

— Venez dans mon bureau, monsieur York, fit-il.

Il m'y précéda. Il accrocha son chapeau et son manteau et alluma le radiateur à gaz, mais les rampes incandescentes ne réussirent pas à donner un air de confort à l'austère petite pièce encombrée de classeurs métalliques.

Lodge prit place derrière son bureau, et moi, comme la première fois, en face de lui. Il m'offrit une cigarette et me donna du feu. Tout en avalant la fumée, je me demandai par où commencer.

— Avez-vous progressé dans l'affaire du major Davidson depuis avant-hier? demandai-je.

— Non, malheureusement. L'enquête n'a plus la priorité, en ce qui nous concerne. Nous en avons discuté hier en conférence et nous avons consulté le commissaire général, Sir Creswell Stampe. Vu le verdict du coroner, on considère dans l'ensemble votre histoire comme le fruit d'une imagination juvénile et surexcitée. Personne que vous n'a vu le fil de fer. Les entailles sur les poteaux de l'obstacle en sont peut-être la conséquence. Ou peut-être pas. Mais rien ne nous permet de savoir *quand* elles ont été faites. Il paraît que c'est une pratique courante chez les employés chargés de l'entretien du terrain de tendre un fil à travers les obstacles pour empêcher les cavaliers amateurs de sauter et de faire des trous dans la haie. (Il s'interrompit, puis reprit :) Sir Creswell dit que d'après la Société des Steeples, dont il a consulté plusieurs membres par téléphone, vous avez sûrement fait une erreur. Si vous avez vu un fil, affirment-ils, c'est qu'il avait dû y être placé par un des employés.

— Les a-t-on interrogés? dis-je.

Lodge soupira.

— Le jardinier-chef dit qu'il n'a laissé aucun fil sur la piste, mais l'un de ses hommes est un vieux type aux idées assez confuses et on ne peut avoir aucune certitude.

Nous nous regardâmes dans un morne silence.

— Et vous, demandai-je enfin, quel est votre avis?

— Je crois, dit Lodge, que vous avez vu ce fil de fer et que c'est lui qui a provoqué la chute du major Davidson. Il y a un fait que je considère personnellement comme assez significatif. C'est que l'employé qui a déclaré s'appeler Thomas Cook n'est pas venu toucher sa paye. Selon mon expérience, il faut une raison particulière pour empêcher un travailleur de venir toucher sa paye, conclut-il avec un sourire ironique.

— Je puis vous citer un autre fait montrant que la chute du major Davidson n'était pas accidentelle, dis-je. Mais une fois de plus il faudra vous fier à ma parole. Je n'ai pas de preuves.

— Allez-y.

— Quelqu'un s'est donné beaucoup de mal pour m'avertir de ne pas poser de questions gênantes à propos de cet accident. (Je lui racontai ce qui m'était arrivé et j'ajoutai :) Croyez-vous que ce soit également le produit d'une imagination juvénile et surexcitée?

— Quand est-ce arrivé? interrogea Lodge.

— Il y a environ une heure.

— Et qu'avez-vous fait depuis une heure?

— Je réfléchissais, répondis-je en écrasant ma cigarette.

— Bien, dit Lodge. Avez-vous songé aux invraisemblances de votre histoire? Elle ne va pas plaire à mon chef.

— Alors, fis-je en souriant, ne dites rien. Mais voici probablement l'invraisemblance la plus criante : on a mobilisé cinq hommes, un cheval et un fourgon pour donner un avertissement qu'on aurait pu facilement envoyer par la poste.

— C'est assurément l'indice d'une organisation

d'une ampleur inhabituelle, dit Lodge avec un soupçon d'ironie dans la voix.

— Ils sont au moins dix, dis-je. Mais il doit y en avoir un ou deux à l'hôpital.

Lodge se redressa sur son fauteuil.

— Que voulez-vous dire? Comment le savez-vous?

— Les cinq hommes qui m'ont attaqué aujourd'hui sont tous des chauffeurs de taxi. Soit de Londres, soit de Brighton, je ne sais pas. Je les ai vus aux courses de Plumpton il y a trois jours, en train de livrer une bataille rangée contre une bande rivale.

— Quoi? s'exclama Lodge. (Il fit une pause et reprit :) En effet, j'ai vu quelques lignes là-dessus dans un journal. Vous êtes sûr de ce que vous dites?

— Absolument. Sonny avait également tiré son couteau à Plumpton, mais il a été neutralisé par un robuste gaillard et n'a guère eu l'occasion de s'en servir. Cependant j'ai parfaitement vu son visage. Peaky a un physique bien reconnaissable. Les trois autres faisaient partie du même groupe à Plumpton. J'attendais quelqu'un que je devais prendre dans ma voiture et j'ai eu le temps de regarder les chauffeurs de taxi une fois la bagarre terminée. Bert, l'homme qui promenait le cheval, avait un œil au beurre noir aujourd'hui, et quant à celui qui me tenait le bras droit, et dont j'ignore le nom, il avait un bout d'albuplast sur le front. Mais pourquoi étaient-ils tous en liberté? La dernière fois que je les ai vus, j'ai bien cru qu'on les emmenait au bloc pour scandale sur la voie publique.

— On les a peut-être libérés sous caution, ou alors ils s'en sont tirés avec une amende. Je ne peux pas vous le dire sans avoir vu le rapport. Mais pourquoi, à votre avis, en a-t-on expédié une troupe vous mettre en garde?

— Quand on y réfléchit, dis-je en souriant, c'est assez flatteur pour moi. Peut-être que les affaires vont mal pour les taxis, et qu'ils n'avaient rien d'autre à faire. Ou alors, comme l'a dit le chauffeur du fourgon, c'était pour que je comprenne mieux.

— Ce qui m'amène à une autre invraisemblance, reprit Lodge. Pourquoi, alors qu'on vous appuyait la pointe d'un couteau sur la poitrine, vous êtes-vous lancé en avant? Vous cherchiez les ennuis?

— Je n'y aurais pas mis un tel entrain si la pointe m'avait piqué un peu plus haut; mais elle était à la hauteur du sternum. Il faudrait un marteau pour planter un couteau à cet endroit-là. J'ai calculé que le couteau allait sauter de la main de Sonny au lieu de s'enfoncer dans ma poitrine, et c'est ce qui s'est passé.

— Vous ne vous êtes absolument pas coupé?

— Presque pas, dis-je.

— Voyons, dit Lodge en se levant et en faisant le tour du bureau.

Je rouvris ma chemise. Entre le second et le troisième bouton, je remarquai une éraflure de deux ou trois centimètres à la hauteur du sternum. Le sang avait formé une petite croûte; quelques gouttes avaient coulé. Ma chemise portait trois ou quatre petites taches. Une bagatelle. Je n'avais pour ainsi dire rien senti.

Lodge se rassit. Je reboutonnai ma chemise.

— Voyons, dit-il, en prenant son stylo dont il se mit à mordiller le bout, quelles questions avez-vous posées à propos du major Davidson et à qui les avez-vous posées?

— C'est ce qu'il y a de plus surprenant dans toute cette affaire, dis-je. Je n'ai pratiquement rien demandé à personne. Et je n'ai certes obtenu aucune réponse intéressante.

— Mais vous avez dû toucher un nerf à vif quelque part, dit Lodge. (Il prit une feuille de papier dans le tiroir.) Donnez-moi les noms de tous ceux à qui vous avez parlé du fil de fer.

— Vous, fis-je aussitôt. Et Mme Davidson. Et tout le monde à l'enquête m'a entendu dire que je l'avais trouvé.

— J'ai remarqué que les journaux n'en ont guère parlé. D'ailleurs, vous avez accepté le verdict très calmement, vous aviez l'air d'accord.

— C'est que vous m'aviez prévenu qu'il fallait s'y attendre.

La liste portée sur la grande feuille de papier avait l'air bien courte et sans grand intérêt.

— C'est tout? fit-il.

— Oh!... une amie... une Miss Ellery-Penn. Je lui en ai parlé hier soir.

— Un flirt? demanda-t-il carrément. (Il nota son nom.)

— Oui, dis-je.

— Personne d'autre?

— Non.

— Pourquoi? demanda-t-il en repoussant le papier.

— J'ai estimé que je risquais de compliquer votre tâche si je posais trop de questions. De mettre les gens sur leurs gardes, de les pousser à préparer leurs réponses, que sais-je? Mais vu que vous venez de me dire qu'on abandonnait l'enquête, il semble que j'aurais aussi bien pu continuer, ajoutai-je amèrement.

Lodge me dévisagea longuement.

— Vous n'encaissez pas l'histoire de l'imagination juvénile et surexcitée?

— A vingt-quatre ans, dis-je, on n'est plus un enfant. Il me semble me rappeler que l'Angleterre a eu jadis un premier ministre de cet âge-là. Il ne s'en est pas trop mal tiré.

— Ça n'a aucun rapport, et vous le savez, dit-il.

Je souris.

— Que comptez-vous faire? dit-il.

— Rentrer à la maison, fis-je en regardant ma montre.

— Je voulais dire : à propos du major Davidson.

— Poser toutes les questions qui me passeront par la tête, répliquai-je.

— Malgré cet avertissement?

— A cause de lui, dis-je. Le fait même qu'on ait envoyé cinq hommes pour m'en dissuader signifie qu'il y a pas mal de choses à découvrir. Bill Davidson, vous le savez, était un bon ami à moi. Je ne peux tout de même pas laisser le responsable de sa mort s'en tirer tranquillement. (Je réfléchis un moment.) Tout d'abord, il faut que je trouve le nom du propriétaire des taxis que conduit la bande de Peaky.

— Eh bien, officieusement, je vous souhaite bonne chance, fit Lodge. Mais soyez prudent.

— Bien sûr, dis-je en me levant.

Lodge m'accompagna jusqu'à la porte du commissariat et me serra la main.

— Tenez-moi au courant, dit-il.

— Je n'y manquerai pas.

Il me fit un petit signe amical de la main et rentra. Je repris mon voyage interrompu vers les Cotswolds. Mes épaules me faisaient abominablement mal, mais en m'efforçant de réfléchir à l'accident de Bill, je parvins à les oublier.

Il était rassurant de songer que mon adversaire n'était pas un homme d'une intelligence surhumaine. Il pouvait faire des erreurs. Sa plus grosse, jusqu'à présent, me dis-je, avait été de se donner tant de mal pour me transmettre un avertissement inutile dont le seul effet avait été de m'inciter à l'action.

Pendant deux jours, je ne fis rien. Mieux valait donner l'impression que j'avais pris l'avertissement au sérieux.

Je jouai au poker avec les enfants et je laissai Henry gagner, car mon esprit était absorbé par les affaires de son père.

— Tu ne penses pas à ce que tu fais, Alan, dit Henry, d'un ton faussement apitoyé, tout en me raflant dix jetons avec une double paire.

— Il doit être amoureux, dit Polly, en tournant vers moi un regard lourd d'intuition féminine. (Elle avait un peu raison, d'ailleurs.)

— Peuh! fit Henry en distribuant les cartes.

— Qu'est-ce que c'est, être amoureux? dit William, qui jouait aux constructions avec ses jetons, au grand agacement d'Henry.

— De la guimauve, dit Henry. C'est quand on s'embrasse et tout ça.

— Maman est amoureuse de moi, dit William, un enfant très câlin.

— Ne dis pas de bêtises, fit Polly du haut de ses onze ans. Amoureux, ça veut dire des mariages, des voiles blancs, des confettis et tout ça.

— Allons, Alan, dit Henry d'un ton méprisant, tâche de n'être plus amoureux, sinon tu vas perdre tous tes jetons.

William ramassa ses cartes. Il ouvrit de grands yeux. Ça voulait dire qu'il avait au moins deux as. C'étaient les seules cartes sur lesquelles il relançait. Je vis Henry lui jeter un bref coup d'œil, puis son regard revint à sa propre main. Il écarta trois cartes, en prit trois autres et, quand son tour fut venu, il repoussa ses cartes. Je les retournai. Deux reines et deux dix. Henry était un réaliste. Il savait quand le moment était venu de renoncer. Et William, qui sautait d'enthousiasme, ne gagna que quatre jetons avec trois as et une paire de cinq.

Ce n'était pas la première fois que je m'émerveillais des caprices de l'hérédité. Bill était un ami sincère, aux qualités solides. Scilla était tendre et affectueuse. Aucun d'eux n'avait de grands dons intellectuels, et pourtant leur fils aîné était doté d'une intelligence exceptionnellement aiguë.

Et comment aurais-je pu deviner, en coupant les cartes pour Polly et en aidant William à faire tenir sa pile de jetons en équilibre, qu'Henry recélait, dans sa petite tête de huit ans, la clé de l'énigme de la mort de son père. Il l'ignorait, d'ailleurs.

CHAPITRE VII

Les courses du Festival de Cheltenham commencèrent le mardi 2 mars. Courir à Cheltenham, c'était un honneur; gagner à Cheltenham, c'était une sensation qu'on n'oubliait jamais. Les jockeys amateurs accouraient au Festival avec une hâte passionnée.

Mais un certain jockey amateur du nom d'Alan York n'éprouvait rien de cette hâte passionnée tout en garant sa voiture dans le parking. Chose inexplicable, pour une fois, la perspective de monter trois bons chevaux à la réunion ne m'excitait absolument pas.

A l'entrée principale, je cherchai le vendeur de journaux à qui j'avais parlé à Plumpton. C'était un petit cockney bedonnant, doté d'une grosse moustache et d'un tempérament jovial. Il me vit arriver et me tendit un journal.

— Bonjour, monsieur York, me dit-il. Votre cheval est en bonne forme aujourd'hui?

— Vous pourriez jouer une broutille sur lui, dis-je. Mais pas votre chemise. Il y a cet Irlandais dont il faut tenir compte.

— Vous le passerez, j'en suis sûr.

— Ma foi, j'espère. (J'attendis qu'il vende un journal à un vieux monsieur qui portait d'énormes jumelles en bandoulière. Puis je repris :) Vous vous souvenez de la bagarre des chauffeurs de taxi à Plumpton?

— Pas de danger que je l'oublie, fit-il avec un sourire rayonnant.

— Vous m'avez raconté qu'une des bandes venait de Londres et l'autre de Brighton.

— C'est exact.

— Qui venait d'où? dis-je. (Il n'eut pas l'air de comprendre.) Laquelle de ces bandes venait de Londres et laquelle venait de Brighton? repris-je.

— Ah! bon!

Il vendit un journal à deux dames mûres en gros tweed et en bas de laine à côtes et leur rendit la monnaie. Puis il se retourna vers moi.

— Quelle bande venait d'où? Hum... Je les vois assez souvent, vous savez, mais ils sont pas causants. Ils vous parlent pas. C'est pas comme les chauffeurs de maîtres, vous saisissez? Pourtant, je reconnaîtrais ceux de Brighton, si je les revoyais. Je les connais de vue, vous saisissez?

Il se mit à hurler : « Midi Spécial! » à pleins poumons, ce qui lui valut de vendre trois autres journaux. J'attendis patiemment.

— A quoi les reconnaîtriez-vous? demandai-je.

— A leur tête. C't'idée! (Il avait l'air de trouver ma question stupide.)

— Bon. Vous pourriez me les décrire?

— Oh! ça... il y en a de tous les acabits.

— Vous ne pouvez pas m'en décrire au moins un? demandai-je.

Il plissa les yeux d'un air songeur et tira sur sa moustache.

— En décrire un? Oh! il y a bien ce type à l'air mauvais, avec ses yeux en amandes. J'aimerais pas monter dans son taxi. Je crois que vous le reconnaîtrez facilement à ses cheveux. Ils poussent presque jusqu'à ses sourcils. Une drôle de bouille. C'est pourquoi que vous le voulez?

— Je ne le veux pas, dis-je. Je veux simplement savoir d'où il vient.

— De Brighton, répondit-il d'un air radieux. Y en a un autre que je vois quelquefois. Un jeune gars avec des favoris; il passe son temps à se curer les ongles avec un couteau.

— Merci beaucoup, dis-je.

Je lui donnai un billet d'une livre et son sourire s'élargit encore tandis qu'il fourrait le billet dans sa poche.

— Bonne chance, monsieur, dit-il.

Je pris congé. Ses « Midi Spécial » me cornèrent un moment aux oreilles. J'entrai dans la salle des Balances, en réfléchissant que mes agresseurs venaient de Brighton.

L'homme qui me les avait envoyés ne pouvait se douter que je les avais déjà vus et que je pourrais les retrouver.

Plongé que j'étais dans mes méditations, je m'aperçus tout d'un coup que Pete Gregory me parlait.

— ... ils ont crevé en route, mais ils ont quand même fini par arriver sans encombre, c'est le principal. Tu écoutes, Alan?

— Oui, Pete. Excusez-moi, je réfléchissais.

— Ravi d'apprendre que tu en es capable, fit Pete avec un gros rire. (Son sens de l'humour n'était pas très développé. Les blagues de collégien représentaient pour lui le summum de l'esprit; mais on s'y faisait.)

— Comment va Palindrome? demandai-je. (C'était mon meilleur cheval.)

— Il va bien. Je te disais justement qu'ils avaient

crevé... (Il s'interrompit, exaspéré. Il avait horreur de se répéter.) Bah!... veux-tu aller jusqu'aux écuries voir comment il est?

— Avec plaisir.

Nous gagnâmes les écuries. Je caressai dans son box mon beau cheval, un bai de huit ans à la robe semée de points noirs, et lui donnai un morceau de sucre.

— Si tu calcules bien ton coup, dit Pete, tu devrais gagner. Garde l'œil sur cet Irlandais, Barney. Il va essayer de te semer en démarrant brusquement après l'open ditch, pour attaquer la montée avec six longueurs d'avance. Je l'ai vu faire ça je ne sais combien de fois. Ils se lancent tous à sa poursuite comme des forcenés dans la montée, ils épuisent toutes les réserves dont ils auraient besoin dans les derniers mètres. Donc, ou tu files avec lui et tu fais la montée à son allure, mais pas plus vite, ou tu te laisses semer, tu prends calmement la montée et tu mets toute la gomme en redescendant la pente. C'est clair?

— Limpide, dis-je.

On pouvait penser ce qu'on voulait des plaisanteries de Pete, mais ses conseils sur la conduite en course étaient précieux, et je lui devais beaucoup.

Je caressai une dernière fois Palindrome et nous sortîmes dans la cour. C'était l'endroit le plus tranquille de tout le champ de courses.

— Pete, dis-je brusquement, est-ce qu'à votre connaissance Bill avait des ennuis?

Il ferma la porte du box de Palindrome et fit lentement demi-tour, puis il se figea sur place et me regarda d'un air vague pendant si longtemps que je commençai à me demander s'il avait entendu ma question.

— Ennuis, c'est un grand mot, dit-il enfin. Il est arrivé quelque chose...

— Quoi donc? dis-je comme il retombait dans son mutisme.

Au lieu de répondre, il me demanda :

— Pourquoi penses-tu qu'il avait... des ennuis?

Je lui parlai du fil de fer. Il m'écouta d'un air tranquille, sans manifester aucune surprise, mais une lueur s'était allumée dans ses yeux gris.

— Pourquoi ne nous as-tu pas parlé de ça plus tôt? dit-il.

— J'en ai parlé à Sir Creswell Stampe et à la police la semaine dernière, dis-je. Mais le fil disparu, ils n'avaient aucun indice pour poursuivre une enquête, et ils ont abandonné.

— Mais pas toi? fit Pete. Je te comprends. Je ne peux malheureusement pas t'aider beaucoup. Il n'y a qu'une chose... Bill m'a dit qu'il avait reçu un coup de téléphone qui l'avait fait beaucoup rire. Mais je ne l'ai pas bien écouté... je pensais à mes chevaux, tu comprends? C'était à propos d'une chute d'Amiral. Il a pensé que c'était une plaisanterie et je n'en ai pas discuté avec lui, je ne croyais pas la chose importante. Quand Bill s'est tué, je me suis demandé si cette affaire n'était pas un peu bizarre, mais je t'ai interrogé, et tu m'as dis que tu n'avais rien remarqué...

— C'est vrai et j'en suis désolé. Combien de temps avant l'accident Bill vous a-t-il fait part de ce coup de téléphone?

— La dernière fois que je lui ai parlé, répondit Pete. C'était le vendredi matin, juste avant que je prenne l'avion pour l'Irlande. Je lui ai téléphoné pour l'avertir que tout était prêt pour la course d'Amiral à Maidenhead le lendemain.

Nous repartîmes vers la salle des Balances. Mû par une soudaine impulsion, je lui demandai :

— Pete, vous utilisez quelquefois les taxis de Brighton?

— Pas souvent, dit-il. Pourquoi?

— Il y a un ou deux chauffeurs de taxi de Brighton à qui j'aimerais dire deux mots, fis-je.

— A ma connaissance, il y a plusieurs compagnies de taxis à Brighton, dit-il. Pourquoi n'essaies-tu pas la gare? C'est généralement là que je les prends. Ils attendent les trains de Londres.

Nous changeâmes de sujet et nous nous mîmes à parler des performances de l'Irlandais tout en regagnant la salle des Balances.

Je cherchai Clem qui était très occupé; je m'assurai avec lui que tout mon équipement était prêt et qu'il connaissait le poids que je devais porter sur Palindrome.

Kate m'avait dit qu'elle ne viendrait pas à Cheltenham et je tâchai, pour me consoler, d'avoir de ses nouvelles.

Dane occupait un bout de banc dans le plus petit des deux vestiaires, près du poêle, ce qui indiquait une situation assez élevée dans la hiérarchie des jockeys. En vertu d'une loi non écrite, ce sont les champions qui ont droit aux places les plus tièdes. Les débutants claquent des dents près des portes qui ferment mal.

Il était en chemise et en pantalon, et il enfilait ses chaussettes de nylon. Il avait de longs pieds étroits et de longues mains fines, mais robustes.

— Ta journée est chargée? demandai-je.

— Trois montes, y compris le championnat d'Obstacles, répondit Dane. Pete a engagé la moitié de l'écurie dans cette épreuve. (Il me regarda en souriant.) Mais je trouverai peut-être quand même le temps de te parler de la famille Penn, si c'est ça que tu cherches. Faut-il que je commence par l'oncle

George, par la tante Deb ou bien... (Il s'interrompit pour passer sa culotte de soie et ses bottes. Son habilleur, Walter, lui tendit son chandail et une casaque orange et rose particulièrement criarde)... Ou bien veux-tu que je te parle de Kate? conclut-il en enfilant un blouson par-dessus son affreuse casaque.

« Oncle George est un type merveilleux. Je ne veux pas lui gâcher ses effets en te parlant de lui. Tante Deb est, pour toi et moi, l'Honorable Mme Penn, et tante Deb pour Kate seulement. Je lui ai déplu au premier coup d'œil. Je crois qu'en principe tout ce qui touche aux courses lui déplaît.

— Continue, dis-je. (J'avais hâte qu'il en vienne à la partie la plus intéressante de sa chronique avant que quelqu'un ne lui mît le grappin dessus.)

— Ah! oui : Kate! la somptueuse, la divine Kate. Tout à fait entre nous, tu sais, elle s'appelle Kate Ellery; il n'y a pas de Penn du tout. Oncle George a ajouté le tiret et le Penn quand il l'a adoptée. Elle m'a chargé de bien des choses pour toi, ajouta-t-il en souriant.

J'éprouvai une délicieuse sensation de chaleur.

— Merci, dis-je en m'efforçant de ne pas sourire trop stupidement.

Dane me regarda d'un air songeur; je remis la conversation sur les courses et je lui demandai s'il avait jamais associé le nom de Bill Davidson à quelque événement bizarre.

— Non, jamais, déclara-t-il d'un ton catégorique. (Je lui racontai l'histoire du fil de fer. Sa réaction fut celle que j'attendais.)

— Pauvre Bill, dit-il avec colère. Pauvre vieux Bill. Quelle saleté...

— Alors, si tu entends quoi que ce soit qui puisse avoir la moindre signification...

— Je te le ferai savoir, promit-il.

Sur ces entrefaites, Joe Nantwich entra et percuta Dane comme s'il ne l'avait pas vu. Il s'arrêta sans s'excuser, recula d'un pas, puis repartit vers le vestiaire. Il avait l'œil vague et vide.

— Il est ivre, fit Dane d'un air d'incrédulité. Quand il respire, on se croirait devant un alambic.

— Il a des ennuis, dis-je.

— Il en aura davantage avant la fin de l'après-midi. Attends un peu qu'un des commissaires respire cette haleine alcoolisée.

Joe réapparut. C'était vrai, on le reniflait à un bon mètre. Il s'adressa directement à moi.

— J'en ai reçu un autre.

Il sortit un papier de sa poche. Un papier tout froissé à force d'avoir été roulé en boule et redéplié, mais le message écrit au stylo à bille était encore parfaitement lisible. BOLINGBROKE. CETTE SEMAINE' y lisait-on.

— Quand l'as-tu reçu? demandai-je.

— En arrivant. Je l'ai trouvé dans la case du courrier.

— Tu n'as pas mis longtemps à faire le plein, dis-je.

— Je ne suis pas ivre, protesta Joe d'un air indigné. J'ai juste pris deux petits verres au bar en face de la salle des Balances.

Dane et moi haussâmes le sourcil à l'unisson.

Quel plus sûr moyen pour un jockey que de se suicider professionnellement en buvant « deux petits verres » à ce bar avant la première course! Joe émit un hoquet.

— Deux doubles petits verres, j'imagine, fit Dane en souriant et en m'empruntant le papier pour le lire. Qu'est-ce que ça veut dire, BOLINGBROKE. CETTE SEMAINE? Pourquoi ça te met-il dans un état pareil?

Joe lui arracha le papier et le fourra dans sa poche. Il paraissait enfin s'apercevoir que Dane écoutait.

— Ce ne sont pas tes affaires, dit-il avec hargne.

J'eus grande envie de rétorquer que ça n'étaient pas les miennes non plus. Mais il se tourna vers moi :

— Qu'est-ce que je dois faire? dit-il d'une voix geignarde.

— Tu montes aujourd'hui? demandai-je.

— Dans la quatrième et dans la dernière. Ces satanés amateurs ont deux courses pour eux tout seuls aujourd'hui. C'est quand même un peu fort, tu ne trouves pas, de ne nous laisser que quatre courses pour gagner notre vie? Ces gentlemen riders de mes fesses, pourquoi ne courent-ils pas dans les rallies? C'est bien assez bon pour eux, ajouta-t-il.

Il y eut un petit silence. Dane éclata de rire. Si ivre qu'il fût, Joe se rendit compte qu'il avait mal choisi son interlocuteur pour enfourcher son dada favori. Il reprit de son ton le plus onctueux :

— Bien sûr, Alan, ce n'est pas pour toi que je disais ça...

— Si tu veux encore mon avis, malgré l'opinion que tu as des jockeys amateurs, dis-je en m'efforçant de garder mon sérieux, tu devrais boire trois tasses de café bien noir et te montrer le moins possible.

— Je veux dire : qu'est-ce que je dois faire à propos de ce billet? reprit Joe, qui avait la peau plus épaisse qu'une valise de cuir.

— Ne t'en fais pas, dis-je. A mon avis, son auteur veut jouer sur tes nerfs. Il sait peut-être que tu aimes noyer tes chagrins dans le whisky et il compte bien que tu te détruiras tout seul et qu'il lui suffit de t'envoyer des lettres pour te flanquer la frousse. C'est une jolie vengeance, efficace et sans bavure.

— Personne ne jouera à ce petit jeu-là avec moi, fit-il.

Son agressivité allait probablement diminuer avec sa teneur en alcool.

Il sortit en titubant; il partait probablement à la recherche d'un café noir. Dane n'eut pas le temps de me demander de quoi il retournait; il reçut une grande claque dans le dos; c'était Sandy Mason, qui suivait Joe d'un regard exempt d'aménité.

— Qu'est-ce qu'il a, cette andouille? demanda-t-il. (Mais il n'attendit même pas la réponse.) Ecoute, Dane, sois chic et donne-moi quelques tuyaux sur le cheval de Gregory que je monte dans la première. Je ne l'ai jamais vu. Je crois que si je le monte, c'est uniquement parce que son propriétaire aime bien les rouquins.

Le rire contagieux de Sandy lui valut quelques sourires à la ronde.

— C'est sûrement ça, fit Dane.

Ils se lancèrent dans une discussion technique et j'allais m'éloigner, mais Dane me toucha le bras.

— Est-ce que je peux parler aux gens, à Sandy, par exemple, de Bill et de l'histoire du fil de fer?

— Mais oui. Peut-être que tu tomberas sur quelqu'un que je n'aurai pas pensé à interroger. Mais sois prudent. (Je faillis lui parler de mon aventure avec les gars du fourgon, mais c'était une trop longue histoire.) N'oublie pas que tu as affaire à des gens prêts au meurtre, même par erreur.

Il me regarda, interloqué.

— Oui, tu as raison, dit-il. Je serai prudent.

Nous revînmes tous les deux vers Sandy.

— Qu'est-ce qui vous rend si graves, tous les deux? Est-ce que quelqu'un vous a soufflé cette succulente brune à qui vous faisiez la cour? dit-il.

— Il s'agit de Bill Davidson, fit Dane.

— Et alors?

— La chute qui l'a tué a été causée par un fil tendu sur l'obstacle. Alan l'a vu.

Sandy eut l'air atterré.

— Alan l'a vu, répéta-t-il. (Puis, comprenant toute la portée des paroles de Dane, il ajouta :) Mais c'est un meurtre!

Je soulignai les raisons que j'avais de supposer que le meurtre n'était pas intentionnel. Sandy, bouche bée, m'écoutait.

— Je crois que tu as raison, dit-il. Qu'est-ce que tu vas faire?

— Il essaie de trouver ce qui se cache derrière tout ça, fit Dane. Nous avons pensé que tu pourrais nous aider. As-tu des tuyaux qui pourraient expliquer cette affaire? Les gens vous disent des tas de choses, tu sais.

Sandy passa ses fortes mains brunes dans sa tignasse rousse et se frotta la nuque. Mais ce massage cervical ne produisit aucune idée sensationnelle.

— Oui, mais le plus souvent on me parle des petites amies, des paris, des trucs comme ça. On ne m'a pas parlé du major Davidson. Nous n'étions pas précisément copains, car il était persuadé que j'avais retenu un cheval appartenant à un de ses amis. Ma foi, ajouta Sandy avec un charmant sourire, c'était peut-être vrai. En tout cas, on a eu des mots, comme on dit, il y a quelques mois.

— Vois donc si tes amis bookmakers ont entendu des rumeurs, fit Dane. Leurs oreilles traînent généralement partout.

— D'accord, fit Sandy. Je vais passer le tuyau et voir ce que ça donne.

Nous ressortîmes. Dane fut aussitôt abordé par deux chroniqueurs hippiques qui voulaient son avis sur le cheval qu'il devait monter dans la Golden Cup, deux jours plus tard.

L'après-midi s'avançait. Les courses commencèrent. Par cette belle journée ensoleillée, la joyeuse humeur de la foule répandait sur le champ de courses une atmosphère de fièvre presque palpable.

Sandy fit sauter le premier fossé à sa jument, mais il ne réapparut pas après l'obstacle suivant. Il regagna ses quartiers avec un large sourire, en jurant comme un sapeur.

Joe reparut après la seconde course; il avait l'air moins ivre, mais plus effrayé. Je l'évitai sans vergogne.

Dane, qui montait comme un démon, remporta le championnat d'Obstacles d'une courte tête. Pete, qui flattait son cheval et partageait avec le propriétaire les félicitations de la foule qui se pressait au pesage, était tellement ravi qu'il pouvait à peine parler.

Il était si content que, comme nous attendions, un peu plus tard, le départ de la course d'amateurs, il en oublia de faire sa plaisanterie habituelle à propos de Palindrome, dont il disait qu'il marchait en arrière aussi bien qu'en avant. J'appliquai ses directives; je suivis l'Irlandais comme son ombre lorsqu'il essaya de me semer, je restai à moins d'une longueur derrière lui jusqu'au dernier obstacle et le passai dans un dernier élan cinquante mètres avant le poteau : Pete déclara que son bonheur était complet.

J'étais si content que je l'aurais embrassé. Certes, j'avais gagné plusieurs courses en Rhodésie, et une trentaine depuis que j'étais en Angleterre, mais c'était ma première victoire à Cheltenham. Palindrome était à mes yeux le cheval le plus beau, le plus intelligent, le plus parfait du monde. Je marchais sur les nuages. J'allai me faire peser, puis je me changeai et quand je ressortis, je n'étais pas encore redescendu sur terre. J'avais complètement oublié la triste humeur que j'avais à mon arrivée.

L'affaire Davidson me semblait bien loin, et ce fut seulement parce que j'en avais décidé ainsi au début de l'après-midi, que je me dirigeai vers le park de stationnement des fourgons.

Le parking était bourré. Une vingtaine de chevaux participaient à chacune des courses ce jour-là, et il avait fallu faire appel à presque tous les fourgons disponibles. Je passai devant les véhicules alignés, en fredonnant et en regardant les plaques minéralogiques d'un œil distrait.

Tout d'un coup, je tombai dessus.

A P X 708.

Ma joie creva soudain comme une bulle.

Pas de doute, c'était le même fourgon. Pas tout jeune, et la peinture était un peu fatiguée. Pas de nom de propriétaire ou d'entraîneur sur les portes ou sur la carrosserie.

Il n'y avait personne dans la cabine. Je gagnai l'arrière, ouvris la porte et y grimpai.

Le box à chevaux était vide, à l'exception d'un seau, d'une botte de fourrage et d'une couverture, matériel habituel des courses. Le plancher était jonché de paille, alors que trois jours plus tôt, il était absolument nu.

Je ne découvris pas le moindre indice.

J'allai retrouver Pete, il ne me parut pas d'humeur à répondre à aucune question difficile. Adossé au mur de la salle de pesage, une coupe de champagne d'une main et un cigare dans l'autre, il était entouré d'un groupe d'amis également pourvus. A en juger par leurs visages roses et souriants, je devinai qu'on fêtait cette glorieuse journée depuis un bout de temps.

Dane me fourra une coupe dans la main.

— Où étais-tu? Beau travail sur Palindrome. Un peu de champagne. C'est le propriétaire qui paie, béni soit-il.

Dans ses yeux brillait cette lueur d'allégresse que j'avais connue quelques instants plus tôt, et qui m'enveloppait de nouveau. Après tout, c'était un grand jour. Les mystères pouvaient attendre.

Je bus une gorgée de champagne :

— Tu t'en es pas mal tiré non plus, mon salaud, fis-je. A la Golden Cup, maintenant.

— Ça m'étonnerait, dit Dane. Dans cette course-là, je n'ai pas beaucoup de chance.

A voir son visage épanoui, je compris que ça lui était d'ailleurs égal. Nous vidâmes nos coupes.

— Je vais chercher une autre bouteille, annonça-t-il en plongeant dans la foule.

En me retournant, j'aperçus Joe Nantwich, bloqué dans un coin, non loin, par le gigantesque M. Tudor. C'était ce dernier qui parlait, d'un air animé. Son visage basané était presque noyé dans l'ombre. Joe, toujours en tenue de course, l'écoutait d'un air très malheureux.

Dane rapporta une bouteille qu'il venait d'ouvrir et emplit nos coupes. Il suivit mon regard.

— Je ne sais si Joe était dégrisé, mais il a fait un joli gâchis dans la dernière course, dit-il.

— Je n'ai pas vu.

— Mon vieux, tu as manqué un beau spectacle! Il n'a pas couru un seul mètre. Son cheval s'est pratiquement arrêté sur l'obstacle dans la ligne droite opposée aux tribunes, et pourtant on le donnait comme second favori. Ce que tu vois maintenant, à mon avis, ajouta-t-il en braquant la bouteille sur Joe, c'est notre copain qui reçoit un savon mérité.

— Cet homme est le propriétaire de Bolingbroke, dis-je.

— Exact. Ce sont les mêmes couleurs. Quel crétin que ce Joe! Les propriétaires de cinq ou six bons chevaux, ça ne court plus les rues.

Clifford Tudor avait presque fini. Comme il se retournait vers nous, nous entendîmes sa péroraison.

— ... Vous croyez que vous pouvez vous payer ma tête comme ça. Je vous assure bien que si les commissaires veulent vous coller un avertissement, ce n'est pas moi qui les en empêcherai.

Il passa devant nous en nous faisant un petit salut, ce qui me surprit, et il sortit.

Joe s'adossa au mur comme pour y chercher un appui. Son visage blême ruisselait de sueur. Il avait l'air malade. Il fit quelques pas chancelants dans notre direction.

— J'ai reçu un coup de téléphone ce matin. Toujours la même voix. On m'a simplement dit : « Ne gagne pas la sixième » et on a raccroché avant que j'aie pu ouvrir la bouche. Et puis ce billet : « Bolingbroke, cette semaine »... je ne comprends pas... Je n'ai pas gagné la course et voilà maintenant que ce salaud m'avertit qu'il va se chercher un autre jockey... et les commissaires ont demandé une enquête sur ma façon de monter... et je me sens malade.

— Bois un peu de champagne, fit Dane d'un ton encourageant.

— Te prends pas pour l'Armée du Salut, dit Joe qui se tenait le ventre à deux mains et s'éloignait vers le vestiaire.

Pete, toujours entouré d'une cohorte d'amis, avait décidé qu'il était temps de rentrer. Ses amis n'étaient pas de cet avis. Les bars du champ de courses étaient encore ouverts, selon eux.

Je m'approchai de Pete, ce qui lui fournit un prétexte pour se défiler. Nous repartîmes ensemble en direction de la grille.

— Fichtre, quelle journée! dit Pete, en s'épongeant le front avec un mouchoir blanc et en jetant le mégot de son cigare.

— Une magnifique journée, dis-je en le dévisageant attentivement.

— Tu peux te dispenser de me couver du regard, Alan, mon garçon. Je suis parfaitement à jeun et je rentre en voiture tout seul.

— Bon. Dans ce cas, vous n'aurez aucun mal à répondre à une petite question.

— Vas-y.

— Dans quel fourgon Palindrome est-il arrivé à Cheltenham? dis-je.

— Comment? Oh! j'en ai loué un. J'avais cinq chevaux qui couraient aujourd'hui. Il a fallu que j'en loue un pour Palindrome et pour celui que Dane a monté dans la première.

— A qui l'avez-vous loué?

— A la maison à laquelle je m'adresse généralement, Littlepeths, de Steyning. (Il fronça les sourcils.) Attends. Ils m'ont d'abord répondu que tous leurs fourgons étaient loués, et puis ils m'ont dit qu'ils pouvaient m'en trouver un, si ça m'était égal d'en avoir un vieux.

— Qui l'a conduit ici? demandai-je.

— Un de leurs chauffeurs habituels. Il avait l'air furieux de conduire une aussi vieille guimbarde.

— Vous le connaissez bien?

— Pas vraiment. Il conduit souvent les fourgons de louage, voilà tout. De toute façon, c'est un rouspéteur. Mais pourquoi toutes ces questions?

— Il se pourrait que ça ait un rapport avec la mort de Bill, dis-je, mais je ne vois pas très bien lequel. Pouvez-vous savoir d'où vient réellement le fourgon? Interroger la maison qui vous l'a loué? Si ça ne vous ennuie pas, ne parlez pas de moi.

— C'est important? demanda Pete.
— Oui.
— Alors, je leur téléphonerai demain matin.

Sitôt qu'il me vit le lendemain, Pete me dit :
— Je me suis renseigné à propos du fourgon. Il appartient à un fermier qui habite près de Steyning. J'ai son nom et son adresse. (Il tira de la poche de sa veste un bout de papier qu'il me remit.) Le fermier utilise ce fourgon pour transporter ses chevaux de chasse et les chevaux de concours hippiques de ses enfants en été. Il le met quelquefois à la disposition de la maison de louage, quand il n'en a pas besoin. C'est ça ce que tu voulais savoir?
— Oui, merci beaucoup, fis-je en rangeant le papier dans mon portefeuille.

CHAPITRE VIII

Le samedi matin, j'étais assis avec Scilla, les enfants et Joan autour de la grande table de la cuisine, et nous prenions un solide petit déjeuner, quand le téléphone sonna.

Scilla alla répondre et revint bientôt en disant :

— C'est pour vous, Alan. Il n'a pas voulu donner son nom.

Je passai dans le salon et je pris le combiné.

— Alan York à l'appareil, dis-je.

— Monsieur York, je vous ai donné un avertissement il y a une semaine aujourd'hui. Vous avez choisi de ne pas en tenir compte.

Mon poil se hérissa sur ma nuque. C'était une voix douce, murmurante, un peu rauque. Mon interlocuteur parlait sans brutalité, presque comme si nous échangions des banalités.

Je ne répondis pas. La voix reprit :

— Monsieur York? Vous êtes toujours là?

— Oui.

— Monsieur York, je ne suis pas un homme violent. A vrai dire, j'ai la violence en horreur. Je me donne du mal pour l'éviter, monsieur York. Mais parfois elle m'est imposée, parfois c'est la seule façon d'obtenir un résultat. Vous me comprenez, monsieur York?

— Oui.

— Si j'étais un homme violent, monsieur York, je vous aurais donné un avertissement un peu plus rude la semaine dernière. Et je vous laisse encore une chance, pour vous montrer combien je répugne à vous faire du mal. Occupez-vous de vos affaires et cessez de poser des questions stupides. C'est tout. Cessez seulement de poser des questions, et il ne vous arrivera rien. (Il y eut un silence, puis la voix douce reprit, d'un ton un tantinet menaçant.) Bien entendu, si je constate que la violence est absolument nécessaire, je m'arrange toujours pour que d'autres en usent à ma place. Pour que je ne sois pas obligé de regarder. Pour que ce ne me soit pas trop pénible. Vous me comprenez, j'espère, monsieur York?

— Oui, répétai-je en pensant à Sonny, à son sourire mauvais et à son couteau.

— Ma foi, c'est tout. J'espère sincèrement que vous allez vous montrer raisonnable. Au revoir, monsieur York. (Il y eut un déclic; il avait raccroché.)

Je reposai l'appareil et regagnai la table du petit déjeuner.

— Qui était-ce? demanda Henry en étalant une épaisse couche de confiture sur son toast.

— Rien d'important, dis-je.

— Autrement dit, fit Polly : ne pose pas de questions et on ne te mentira pas.

Henry lui fit la grimace et mordit dans son toast. La confiture lui coula au coin de la bouche. Il la fit disparaître d'un coup de langue.

— Henry veut toujours savoir qui est au téléphone, dit William.

— Oui, chéri, dit Scilla d'un ton absent en essuyant un peu de jaune d'œuf qui était tombé sur son chandail. Tu devrais te pencher sur ton assiette quand tu manges, William, dit-elle en posant un baiser sur sa tête blonde.

Je tendis ma tasse à Joan pour qu'elle la remplisse de café.

— Tu nous emmèneras prendre le thé à Cheltenham, Alan? dit Henry. Est-ce qu'on pourra avoir un peu de ces gros gâteaux à la crème comme la dernière fois, et des ice-cream sodas avec des pailles, et des cacahuètes pour le chemin du retour?

— Oh! voui! renchérit William d'un ton d'extase.

— J'aimerais bien, dis-je, mais aujourd'hui je ne peux pas. Nous ferons ça la semaine prochaine, peut-être.

Le jour de ma visite chez Kate était enfin arrivé. Je devais passer deux nuits chez elle et je comptais consacrer une journée au bureau le lundi.

Devant le visage déçu des enfants, j'expliquai :

— Aujourd'hui, je vais chez des amis. Je ne rentrerai que lundi soir.

— Quelle barbe, dit Henry.

La Lotus dévorait les kilomètres qui séparaient les Cotswolds du Sussex, avec le ronronnement d'un chat satisfait. J'allais voir Kate. Enfin.

Elle habitait à une demi-douzaine de kilomètres de Burgess Hill, dans le Sussex.

J'arrivai à Burgess Hill à une heure vingt, repérai la gare, me rangeai dans un angle derrière un grand break. J'entrai dans la gare et j'achetai un aller-retour pour Brighton. Je ne voulais pas partir en reconnaissance à Brighton en voiture : la Lotus m'avait déjà valu une embuscade, et j'hésitais à l'afficher dans une ville où elle pouvait se faire remarquer par n'importe quel taxi conduit par Peaky, Sonny, Bert ou un de leurs copains.

Le trajet dura seize minutes. Le train ralentit pour entrer en gare de Brighton. Je descendis sur le quai et me dirigeai vers la sortie au milieu d'un groupe de voyageurs, mais je m'attardai un moment dans le hall avant de me risquer dans la cour. Il y avait une douzaine de taxis en stationnement; les chauffeurs, debout près de leurs voitures, guettaient les clients possibles parmi les voyageurs qui débarquaient. J'examinai soigneusement les chauffeurs, l'un après l'autre.

C'étaient tous des inconnus. Aucun d'eux ne s'était trouvé à Plumpton.

Quelque peu découragé, je trouvai un endroit commode d'où je pouvais très bien distinguer les taxis qui arrivaient, et je m'y postai, résolu à ne pas tenir compte du courant d'air glacé qui me soufflait dans le cou. Les taxis arrivaient et repartaient, telles des abeilles affairées; ils déversaient des voyageurs et en embarquaient. Les trains de Londres les attiraient comme du miel.

J'attendis près de deux heures; je me congelais peu à peu et les employés de la gare me lançaient des regards de plus en plus intrigués. Je regardai ma montre. Le dernier train qui me permettait d'arriver à une heure convenable chez Kate allait partir dans six minutes. Je me redressai et massai mon cou fripé par le froid; je m'apprêtais à m'en aller prendre ce train quand, enfin, ma patience fut récompensée.

Trois taxis noirs et poussiéreux surgirent à la queue-leu-leu et s'arrêtèrent au bout du parking. Je distinguai des écussons jaunes un peu passés sur les portières. Les chauffeurs descendirent.

L'un d'eux était le conducteur du fourgon, celui qui s'était montré si poli. Il avait l'air d'un honnête citoyen : entre deux âges, très banal d'aspect, l'air tranquille. Je ne connaissais pas les autres.

Il me restait trois minutes. Je constatai avec exaspération que les lettres noires peintes sur les écussons jaunes étaient minuscules. Impossible de m'approcher suffisamment pour les lire sans me faire voir du chauffeur de fourgon, et je ne pouvais attendre son départ. Je me dirigeai vers le guichet où j'attendis impatiemment : une femme réclamait le demi-tarif pour son enfant qui avait certainement plus de douze ans. Je pus enfin poser une simple question à l'employé.

— Comment s'appellent les taxis munis d'écussons jaunes sur les portières?

Le jeune employé me lança un regard indifférent.

— Les Marconicars, monsieur. Ce sont des radio-taxis.

— Merci, fis-je en me précipitant au pas de course vers le quai.

Kate habitait une demeure Reine Anne admirablement proportionnée, et que des générations victoriennes, entichées de ruines gothiques, avaient par miracle laissée intacte. L'intérieur en était charmant; l'ameublement en était un tantinet défraîchi comme si, malgré leur fortune, les habitants de cette maison ne voyaient pas la nécessité de déployer un faste extravagant.

Kate m'accueillit à la porte, me prit par le bras et m'entraîna au salon.

Une femme d'environ soixante-dix ans était installée sur un divan situé dans un angle de la pièce, non loin d'un beau feu de bois. Auprès d'elle, une petite table ronde chargée d'un plateau d'argent et d'un service à thé assorti. Un basset au poil marron dormait à ses pieds.

Kate traversa la pièce et dit d'un ton un peu cérémonieux :

— Tante Deb, permettez-moi de vous présenter Alan York.

Tante Deb me tendit une main que je me contentai de serrer.

— Je suis ravie de vous connaître, monsieur York, dit tante Deb.

Elle avait parlé d'une voix dépourvue de chaleur et de vraie cordialité. Malgré son âge, ou peut-être même à cause de son âge, c'était encore une femme extrêmement belle. Des sourcils bien droits, un nez parfait, une bouche admirablement dessinée. Des cheveux gris coupés et coiffés par un homme de l'art. Un corps mince, ferme et droit, des jambes élégantes croisées aux chevilles. Une fine blouse de soie sous un tailleur de tweed, des chaussures sur mesure. Elle avait tout. Tout, sauf ce feu intérieur qui, au même âge, ferait que Kate vaudrait six tantes Deb.

Elle me versa du thé dans une tasse que Kate me tendit. Il y avait des sandwiches au pâté, du cake et, bien que le thé fût un repas que j'évitais autant que possible, je m'aperçus que mon expédition à Brighton et l'absence de déjeuner me donnaient de l'appétit. Je mangeai et je bus, et tante Deb parla.

— Kate me dit que vous êtes jockey, monsieur York, fit-elle d'un ton qui donnait à croire que j'avais un casier judiciaire. Je suis persuadée, bien sûr, que vous devez trouver ça très amusant, mais quand j'étais jeune, on ne considérait pas ça comme une occupation acceptable parmi ses relations. Mais Kate est ici chez elle, et elle peut inviter qui elle veut, comme elle le sait.

— Mais, répliquai-je d'un ton suave, Aubrey Hastings et Geoffrey Bennett étaient tous deux jockeys et on les considérait comme des gens fréquentables quand vous étiez... hum... plus jeune?

Elle haussa les sourcils d'un air surpris.

— Mais c'étaient des gentlemen, dit-elle.

Je regardai Kate. Elle avait mis sa main devant sa bouche, mais ses yeux brillaient d'une lueur moqueuse.

— Oui, fis-je, impassible. Evidemment, toute la différence est là.

— Peut-être vous rendrez-vous compte alors, dit-elle en me regardant d'un air moins glacial, que je n'approuve pas entièrement les nouveaux sujets d'intérêt de ma nièce. C'est une chose d'être propriétaire d'un cheval de course, mais c'en est une autre que de se lier avec les jockeys qu'on emploie. J'aime beaucoup ma nièce. Je ne désire pas la voir contracter une union... indésirable. Elle est peut-être trop jeune et peut-être a-t-elle mené une vie trop recluse pour comprendre ce qui se fait et ce qui ne se fait pas. Mais je suis sûre que ce n'est pas votre cas, monsieur York.

— Tante Deb! fit Kate en rougissant jusqu'aux oreilles. (Ça devenait pis que ce à quoi elle s'attendait.)

— Je vous comprends très bien, madame Penn, dis-je poliment.

— Bien, dit-elle. Dans ce cas, j'espère que votre séjour chez nous sera agréable. Puis-je vous verser encore un peu de thé?

M'ayant ainsi fermement remis à ma place et ayant obtenu de moi ce qu'elle considérait comme un accusé de réception, elle était disposée à se conduire comme une charmante hôtesse. Elle avait la calme autorité des gens dont les désirs sont des ordres depuis leur petite enfance. Elle se mit à parler assez aimablement de la pluie, du beau temps et de son jardin.

Puis la porte s'ouvrit et un homme entra. Je me levai.

— Oncle George, dit Kate, je te présente Alan York.

Il paraissait dix ans de moins que sa femme. Il avait des cheveux gris et drus bien coiffés, et le teint rose; il me serra la main; sa paume était douce et un peu moite.

Tante Deb, avec une nuance de désapprobation dans la voix, prit la parole :

— George, M. York est un des amis jockeys de Kate.

— Oui, fit-il en hochant la tête, Kate m'a dit que vous veniez. Enchanté de vous voir ici.

Il regarda tante Deb lui verser une tasse de thé et la prit en lui faisant un sourire extrêmement tendre. Il était trop gras pour sa taille, mais ce n'était pas seulement de l'embonpoint. Sa graisse était répartie sur toute sa personne, il avait l'air capitonné. Ça donnait un effet de plaisante rondeur.

— Je suis très heureux de faire votre connaissance, monsieur York, dit-il en s'asseyant et en me faisant signe de l'imiter.

Il me toisa de la tête aux pieds, tout en me demandant ce que je pensais de Feu du Ciel. Nous discutâmes avec Kate des possibilités du cheval, ce qui veut dire que ce fut moi qui parlai presque tout le temps, car ce qu'ils connaissaient tous deux en matière de chevaux aurait tenu dans un dé à coudre.

— Pourquoi avez-vous offert un cheval de course à votre nièce? demandai-je.

Oncle George ouvrit la bouche, la referma et battit des cils; puis il dit :

— J'ai pensé qu'elle devrait voir plus de monde. Ici, avec nous, elle ne voit guère de gens de son âge, et je crains que nous ne lui ayons donné une éducation un peu surannée.

Tante Deb, que la conversation sur les chevaux

avait réduite au silence, intervint sur ces entrefaites :

— Allons donc, fit-elle d'un ton sans réplique. Elle a été élevée comme moi, c'est-à-dire bien.

Oncle George détourna la conversation avec une telle brusquerie que je crus presque entendre un déclic; il me demanda d'où j'étais :

— De Rhodésie du Sud, répondis-je.

— Vraiment? fit tante Deb. Vos parents ont l'intention de s'y installer de façon permanente? (C'était là l'interrogatoire délicatement mené par une femme rompue aux usages du monde.)

— Ils y sont nés tous les deux, fis-je.

— Et viendront-ils vous voir en Angleterre? demanda oncle George.

— Ma mère est morte quand j'avais dix ans. Mon père pourrait venir un jour s'il n'est pas trop pris par ses affaires.

— Qu'est-ce qu'il fait? demanda oncle George, intéressé.

— Du commerce, dis-je.

C'était la réponse peu compromettante que je donnais généralement à cette question. Le mot « commerce » est assez vague; ça veut dire aussi bien chiffonnier que ce qu'était réellement mon père : propriétaire de la plus grosse affaire de commerce de la Fédération d'Afrique du Sud. Oncle George et tante Deb parurent tous les deux peu satisfaits par cette réponse, mais je n'y ajoutai rien. Ça aurait gêné tante Deb et cela aurait été injuste pour Dane, qui avait dû affronter son snobisme sans disposer des armes qui étaient les miennes.

Kate se leva.

— Je vais montrer sa chambre à Alan, dit-elle.

— Vous êtes venu en voiture? demanda oncle George.

J'acquiesçai.

— Alors, veux-tu demander à Culbertson de mettre la voiture de M. York au garage, ma chérie? fit-il.

— Oui, oncle George, dit Kate en lui souriant.

Nous traversâmes le vestibule pour aller chercher ma valise dans la voiture et nous revînmes dans la maison.

— Pourquoi n'avez-vous pas expliqué à tante Deb que vous étiez jockey amateur, que vous étiez riche et tout le bataclan? fit Kate.

— Pourquoi ne l'avez-vous pas fait vous-même? demandai-je. Avant mon arrivée.

Elle fut prise au dépourvu.

— Je... je... c'est parce que...

Comme elle répugnait à m'en donner la vraie raison, je l'exprimai tout haut à sa place.

— A cause de Dane?

— Oui, à cause de Dane, fit-elle, un peu gênée.

— Je n'y vois aucun inconvénient, dis-je d'un ton léger. Et je trouve ça très bien de votre part.

Je lui posai un baiser sur la joue, elle éclata de rire et tourna les talons pour se précipiter dans l'escalier; elle était soulagée.

Après le déjeuner, le dimanche, j'eus l'autorisation d'emmener Kate en promenade. Nous allâmes faire un tour dans le jardin et Kate me parla des habitudes d'oncle George.

— Il passe le plus clair de son temps dans son cabinet de travail. C'est la petite pièce à côté de la salle à manger où l'on prend le petit déjeuner, expliqua-t-elle. Il bavarde au téléphone avec tous ses amis pendant des heures, et il écrit un traité, une monographie ou je ne sais quoi sur les Indiens, et il ne sort de sa tanière que pour les repas.

— Ça doit être un peu ennuyeux pour votre tante, dis-je.

— Bah, il l'emmène à Londres une fois par semaine. Elle va chez le coiffeur et il consulte des ouvrages à la bibliothèque du British Museum. Ensuite, ils font un bon déjeuner au Ritz ou dans un endroit huppé du même genre, puis ils vont à une matinée théâtrale ou à une exposition. Une véritable vie de débauche, fit Kate avec un sourire éblouissant.

Après le déjeuner, oncle George m'invita à venir dans son cabinet pour me montrer ce qu'il appelait « ses trophées ». C'était une collection d'objets appartenant à diverses peuplades primitives ou barbares qui, pour autant que je puisse en juger, aurait fait honneur à un petit musée.

— Je n'étudie qu'une peuplade à la fois, expliqua-t-il. Ça m'occupe depuis que j'ai pris ma retraite, et je trouve ça passionnant. Saviez-vous que dans les îles Fidji, les hommes avaient coutume d'engraisser les femmes comme du bétail pour les manger?

Ses yeux brillaient. Peut-être avait-il besoin de prendre un antidote intellectuel contre les déjeuners au Ritz et les matinées au théâtre.

— Quelle peuplade étudiez-vous en ce moment? dis-je. Kate m'a parlé d'Indiens...

Il parut ravi de l'intérêt que je prenais à ses travaux.

— En effet. Je procède à une étude de toutes les anciennes peuplades de l'Amérique et les Indiens de l'Amérique du Nord constituent mon dernier sujet d'études. Voici ma documentation.

Il me désigna un coin de la pièce. La collection de plumes, de colliers, de couteaux et de flèches ressemblait de façon ridicule à ce qu'on voit dans les westerns, mais je ne doutai pas de leur authenticité. Au milieu, il y avait une crinière de cheveux noirs sous laquelle pendait une matière desséchée et devant, il y avait une étiquette avec une mention laconique : « scalp ».

Je me retournai et surpris oncle George qui m'observait avec un amusement non dissimulé. Il tourna son regard vers la vitrine.

— Oh! oui! fit-il. C'est un vrai scalp. Il n'a qu'une centaine d'années.

— Intéressant, fis-je sans me compromettre.

— Je viens de commencer l'étude des Mayas, dit-il en posant sa main potelée sur un classeur. C'étaient des astronomes et des mathématiciens étonnants, vous savez. Très civilisés. Je les trouve passionnants. Ils ont découvert que le caoutchouc rebondissait et ils en ont fait des balles bien avant qu'il fût connu en Europe. Pour l'instant, j'étudie leurs guerres. J'essaie de découvrir ce qu'ils faisaient de leurs prisonniers de guerre. Plusieurs de leurs fresques montrent des prisonniers en train de les supplier. (Il s'interrompit et fixa son regard sur moi, comme s'il cherchait à m'évaluer.) Voudriez-vous m'aider à collationner les références que j'ai recueillies jusqu'à maintenant? dit-il.

— Ma foi... c'est que... commençai-je.

— Je pensais bien que non, fit oncle George en secouant ses bajoues. Vous préférez sans doute emmener Kate faire un tour en voiture.

Comme je m'étais demandé comment tante Deb réagirait à une telle proposition, c'était une occasion inespérée. Sur le coup de trois heures, nous nous dirigions donc, Kate et moi, vers le grand garage situé derrière la maison, après avoir obtenu de tante Deb l'autorisation d'être absents à l'heure du thé. Elle nous l'accorda sans enthousiasme.

— Vous vous rappelez que je vous ai parlé la semaine dernière, pendant que nous dansions, de la mort de Bill Davidson, dis-je d'un ton détaché, tout en aidant Kate à ouvrir les portes du garage.

— Comment aurais-je pu l'oublier?

— Vous n'y auriez pas par hasard fait allusion devant quelqu'un le lendemain matin? Vous n'aviez aucune raison de vous en dispenser... Mais j'aimerais beaucoup savoir si vous l'avez fait.

Elle fronça son joli nez.

— Je ne me souviens pas vraiment, mais je ne crois pas. Je n'en ai parlé qu'à tante Deb et à oncle George, bien entendu, au petit déjeuner. Je ne vois personne d'autre. Je ne pensais d'ailleurs pas que c'était un secret, acheva-t-elle. En était-ce un?

— Pas du tout, fis-je d'un ton rassurant, en refermant la porte. Qu'est-ce qu'il faisait, oncle George, avant de prendre sa retraite et de se passionner pour l'anthropologie?

— Sa retraite? fit-elle. Oh! ce n'est qu'une de ses plaisanteries. Il a pris sa retraite quand il avait une trentaine d'années, je crois bien, lorsqu'il a touché l'énorme héritage de son père. Pendant trente ans, tous les deux ou trois ans, tante Deb et lui s'en sont allés faire le tour du monde, pour recueillir ces abominables reliques qu'il vous a montrées dans son cabinet de travail. Qu'est-ce que vous en avez pensé?

Je ne pus maîtriser une grimace de dégoût, et elle me dit en riant :

— C'est mon avis aussi, mais je ne voudrais pas qu'il s'en doute. Il y tient tellement.

Le garage était une ancienne grange aménagée. Il yavait largement la place pour les quatre voitures qui y étaient garées. La Daimler, un cabriolet couleur crème, ma Lotus, et, un peu à l'écart, la Cendrillon, une vieille petite conduite intérieure noire. Toutes, y compris la mienne, magnifiquement astiquées.

— Nous nous servons de cette vieille voiture pour

faire les courses au village, dit Kate. Ce somptueux machin couleur crème est à moi. Oncle George me l'a donné il y a un an, quand je suis rentrée de Suisse. N'est-ce pas qu'elle est absolument ravissante? fit-elle en la caressant tendrement.

— Pouvons-nous nous servir de la vôtre, au lieu de la mienne? demandai-je. Si ça ne vous ennuie pas, j'aimerais beaucoup.

Elle en fut enchantée. Elle abaissa la capote, se noua un foulard de soie bleue autour des cheveux et nous sortîmes du garage en plein soleil, puis nous descendîmes l'allée jusqu'à la route qui menait au village.

— Où allons-nous? fit-elle.

— J'aimerais aller à Steyning, dis-je.

— C'est un drôle d'endroit pour une promenade, dit-elle. Pourquoi pas au bord de la mer?

— Je voudrais aller voir un fermier à Washington, près de Steyning; j'ai des renseignements à lui demander à propos de son fourgon, expliquai-je. (Je lui racontai mon aventure avec les individus qui m'avaient énergiquement prié de ne plus poser de questions sur la mort de Bill.) Le fourgon appartenait à ce fermier de Washington. Je voudrais savoir qui le lui a loué samedi dernier.

— Bonté divine, fit Kate. Quelle histoire!

Elle accéléra. Je me penchai vers elle pour admirer son charmant profil, son foulard bleu fouetté par le vent, sa bouche rouge et bien dessinée. Il y avait de quoi vous tourner la tête.

Washington était distant d'une quinzaine de kilomètres. Nous nous arrêtâmes au village et je demandai à des enfants qui rentraient de l'école du Dimanche où habitait un fermier du nom de Lawson.

— Par là, dit la plus grande des filles en m'indiquant la direction du doigt.

Ses indications nous menèrent jusqu'à une ferme assez opulente. Kate entra dans la cour où elle arrêta la voiture; nous fîmes à pied le tour du bâtiment, traversâmes un jardin et arrivâmes devant la porte principale.

Nous sonnâmes et, après une longue attente, elle s'ouvrit. Un homme assez jeune, pas mal de sa personne et qui tenait un journal à la main nous toisa d'un air interrogateur.

— Pourrais-je parler à M. Lawson, je vous prie? dis-je.

— C'est moi, Lawson, dit-il en bâillant.

— C'est votre ferme? demandai-je.

— Oui. Qu'est-ce que je peux faire pour vous? fit-il en bâillant de nouveau.

Il avait, lui expliquai-je, un fourgon à louer. Il se frotta le nez du pouce tout en nous examinant.

— Il est très vieux, fit-il, et puis quand vous le faut-il?

— Est-ce que nous pourrions le voir? demandai-je.

— Oui, fit-il. Attendez un instant.

Il sortit de la pièce, nous l'entendîmes appeler, et une voix de femme lui répondit. Puis il revint sans journal.

— Par ici, fit-il en nous montrant le chemin.

Le fourgon n'était abrité que par une grande meule de paille. APX 708. Une vieille connaissance.

Je déclarai alors à Lawson que je ne voulais pas lui louer son fourgon; je désirais savoir qui le lui avait loué huit jours plus tôt. Je lui expliquai aussi les raisons de ma question.

— Ce n'était certainement pas mon fourgon, dit-il aussitôt.

— Mais si, dis-je.

— Je ne l'ai loué à personne il y a huit jours. Il est resté ici toute la journée.

— Il était à Maidenhead, dis-je d'un ton obstiné.

Il me regarda pendant près d'une demi-minute. Puis il dit :

— Si vous ne vous trompez pas, on me l'a pris à mon insu. Ma famille et moi étions partis au dernier week-end. Nous étions à Londres.

— Beaucoup de gens savaient que vous n'étiez pas là? demandai-je.

— Une douzaine de millions, à mon avis, fit-il en riant. Nous participions à un jeu télévisé familial vendredi soir : ma femme, mon fils aîné, ma fille et moi. Ma femme a dit au cours de l'émission que nous allions tous au zoo le samedi, à la Tour de Londres le dimanche, et que nous ne rentrerions que lundi.

Je soupirai.

— Et quand vous a-t-on prévenu que vous deviez participer à cette émission de jeux?

— Quinze jours avant. Tous les journaux locaux ont annoncé que nous y allions.

— Pourriez-vous demander aux membres de votre personnel s'ils n'ont vu personne emprunter votre fourgon?

— C'est possible. C'est presque l'heure de traire les vaches. Ils ne vont pas tarder à rentrer. Mais je persiste à croire que vous vous êtes trompé de numéro.

— Avez-vous un pur-sang bai, dis-je, avec une étoile blanche sur le front, une oreille pendante et une longue queue?

Son scepticisme disparut brusquement.

— En effet, dit-il, il est dans l'écurie.

Nous allâmes l'examiner. C'était bien le cheval que Bert avait promené sur la route.

— Vos hommes auraient sûrement remarqué son absence en allant lui donner son fourrage du soir? dis-je.

— Mon frère — il habite à deux kilomètres d'ici — l'emprunte quand il en a envie. Les hommes ont dû supposer que c'était lui qui l'avait pris. Je vais demander aux vachers.

— Voulez-vous leur demander en même temps s'ils ont trouvé une cravate dans le fourgon? dis-je. J'en ai perdu une à laquelle je tiens, je donnerais bien dix shillings pour la récupérer.

— Je vais leur demander, dit Lawson.

Il revint presque aussitôt.

— Je suis désolé, dit-il, les vachers ont pensé que mon frère avait pris le cheval et aucun d'eux n'a remarqué que le fourgon avait disparu. Ils n'ont pas trouvé votre cravate non plus. Mais quand il ne s'agit pas de ce qui leur appartient, ils ne font pas attention.

Je le remerciai quand même et il me demanda de lui faire savoir le nom de l'emprunteur du fourgon, si jamais je l'apprenais.

Kate et moi nous repartîmes en direction du bord de mer.

— Votre enquête n'avance guère, il me semble. N'importe qui aurait pu subtiliser ce fourgon.

— La personne en question devait savoir qu'il était là, fis-je observer. A mon avis, c'est justement parce qu'il était facile à prendre qu'ils ont eu l'idée de l'utiliser. J'imagine qu'un des vachers en sait plus long qu'il ne le dit. Il a probablement accepté une pièce pour fermer les yeux et il a ajouté le cheval pour la couleur locale. Et, naturellement, il n'a aucune envie d'avouer ça à Lawson.

— Bah! Ça ne fait rien, dit Kate d'un ton léger. Il vaut peut-être mieux que Lawson n'ait rien à voir dans cette histoire. Ç'aurait été plutôt déplaisant, si ç'avait été lui le chef de la bande. Vous vous seriez probablement fait assommer d'un coup de crosse sur la nuque; on vous aurait enfermé dans un sac de ciment qu'on aurait flanqué à la mer et, moi, on m'aurait attachée sur les rails du chemin de fer.

J'éclatai de rire.

— Si j'avais pu supposer que c'était le chef de la bande, je ne vous aurais pas emmenée.

Elle me lança un bref coup d'œil.

— Faites attention, dit-elle, sinon vous allez finir par me dorloter comme ce bon vieil oncle George; il n'a jamais permis que tante Deb risque le moindre désagrément, le moindre danger. C'est sans doute pour ça qu'elle ne connaît rien à la vie moderne.

— Vous ne croyez donc pas qu'il faut éviter les dangers? demandai-je.

— Bien sûr que non. Ce que je veux dire, c'est ceci : si vous avez le devoir d'accomplir une chose, au diable le danger!

Elle fit un grand geste de la main droite pour souligner ce point de vue désinvolte; un vigoureux coup de klaxon retentit aussitôt derrière nous. Une voiture nous dépassa à toute vitesse; le conducteur bourra un sale œil à Kate pour la punir d'avoir inconsidérément levé le bras. Elle éclata de rire.

A Worthing, elle prit la direction de la mer et nous roulâmes vers l'est le long de la route côtière. L'odeur du sel et du varech était puissante et rafraîchissante. Nous arrivâmes enfin au bout de la longue Promenade de Brighton. Kate vira prestement sur une place et arrêta la voiture.

— Allons au bord de la mer, dit-elle. J'adore ça.

Le soleil brillait et la mer était basse. Nous marchâmes lentement sur la plage pendant plus d'un kilomètre, puis nous fîmes demi-tour et revînmes sur nos pas. Ce fut un après-midi divin.

Comme nous regagnions la main dans la main la voiture de Kate, je m'aperçus qu'elle n'était garée qu'à une centaine de mètres de l'hôtel Pavillon Plaza, où j'avais conduit Clifford Tudor dix jours plus tôt. « Quand on parle du loup », me dis-je. Il était justement là, sur le perron, et il parlait au portier. Même à cette distance, je reconnus facilement sa haute taille, son teint hâlé, son port de tête hautain.

Au moment où nous arrivions à la voiture de Kate, un taxi surgit derrière nous, nous dépassa et s'arrêta devant l'hôtel. C'était un taxi noir, muni d'un écusson jaune sur la portière, et je le vis d'assez près pour en distinguer le nom : Marconicars. Je jetai un bref coup d'œil au chauffeur et j'aperçus son profil au passage : il avait un grand nez, un menton fuyant; je ne l'avais jamais vu.

Clifford Tudor dit quelques mots au portier, traversa le trottoir et monta dans le taxi sans prendre le temps de donner son adresse au chauffeur. Le taxi démarra aussitôt.

— Qu'est-ce que vous regardez? dit Kate.

— Rien d'important, dis-je. Je vous le dirai si vous acceptez de prendre le thé à l'hôtel Pavillon Plaza.

— C'est un endroit assommant comme la pluie, dit-elle. Tante Deb l'adore.

— Il s'agit toujours de mon enquête, dis-je.

— Très bien alors. Vous avez votre loupe et votre chien policier?

Nous entrâmes dans l'hôtel. Kate me dit qu'elle désirait aller se recoiffer. Pendant son absence, je demandai à la jeune fille qui se tenait au bureau de réception où je pouvais trouver Clifford Tudor. Elle papillota des cils et je lui fis un sourire encourageant.

— Vous venez malheureusement de le manquer, dit-elle. Il est reparti chez lui.

— Il vient souvent ici? demandai-je.

— Je pensais que vous le saviez, dit-elle d'un air étonné. C'est pratiquement le propriétaire de cet établissement; il passe avant le directeur. (Son ton et attitude indiquaient clairement qu'elle approuvait tout à fait M. Tudor.)

— Est-ce qu'il a une voiture? demandai-je.

C'était une question incongrue, mais elle répondit sans hésiter.

— Oui, il a une belle et grande voiture. Un long capot et du chrome partout. Mais il ne s'en sert pas, bien sûr. Il prend surtout des taxis. Tenez, je viens de lui appeler un radio-taxi. Tous les clients les utilisent.

— Mavis!

La bavarde créature s'interrompit net et se retourna d'un air coupable. Une fille à l'air sévère, qui frisait la trentaine, venait d'arriver.

— Merci de m'avoir remplacée, Mavis. Tu peux partir, dit-elle.

Mavis me décocha un petit sourire aguichant et disparut.

— Que puis-je faire pour vous, monsieur? (Elle était raisonnablement polie, mais ce n'était apparemment pas le genre à bavarder sur le compte de ses employeurs.)

— Heu... Pouvons-nous prendre le thé? demandai-je.

— Il est un peu tard, fit-elle en jetant un coup d'œil à la pendule, mais si vous voulez passer dans le salon, le garçon va s'occuper de vous.

Kate jeta un coup d'œil peu gracieux sur les sandwichs au beurre d'anchois.

— C'est un des risques du métier de détective, j'imagine, dit-elle, après s'être résolue à les goûter. Qu'avez-vous découvert?

Je répondis que je n'avais aucune certitude, mais que je m'intéressais à tout ce qui avait le moindre rapport avec les taxis à écusson jaune ou avec Bill

Davidson; et j'apercevais un lien entre Clifford Tudor, les taxis et Bill. Des plus banals, d'ailleurs.

— Si je pouvais savoir le nom du propriétaire de cette compagnie de taxis...

— Demandons-leur par téléphone, fit Kate en se levant. (Elle se dirigea vers la cabine et chercha le numéro dans l'annuaire.) C'est moi qui m'y colle, annonça-t-elle. Je vais dire que j'ai une réclamation à faire et que je veux écrire directement au propriétaire de la compagnie.

Elle obtint le bureau des taxis et se livra à un extraordinaire numéro; elle exigea le nom et l'adresse des propriétaires, des directeurs et des avocats de la compagnie. Elle finit par raccrocher et me regarda d'un air écœuré.

— Ils n'ont rien voulu me dire, fit-elle. On m'a répondu que la compagnie n'avait pas pour habitude de révéler le nom de ses propriétaires et que les employés n'en avaient pas le droit. Mon correspondant n'a pas voulu en démordre.

— Ça ne fait rien. Vous avez vaillamment tenté le coup. Je ne croyais d'ailleurs pas qu'on vous le dirait. Mais ça me donne une idée...

J'appelai le commissariat de Maidenhead, et je demandai l'inspecteur Lodge. On me répondit qu'il n'était pas de service. Est-ce que je voulais laisser un message? Mais certainement.

— Ici Alan York, dis-je. Voulez-vous, je vous prie, demander à l'inspecteur Lodge s'il peut savoir qui possède ou contrôle la compagnie de radio-taxis Marconicars à Brighton? L'inspecteur saura de quoi il s'agit.

Mon interlocuteur me dit qu'il transmettrait le message à l'inspecteur Lodge dès le lendemain matin. Je le remerciai et raccrochai.

Kate était tout près de moi dans la cabine téléphonique. Elle avait un parfum délicat, si léger que ce n'était guère plus qu'un frisson dans l'air. J'effleurai ses lèvres d'un baiser. Elles étaient douces et tendres. Elle posa ses mains sur mes épaules, me regarda dans les yeux et sourit. Je l'embrassai de nouveau.

Un homme ouvrit la porte de la cabine. Il rit en nous voyant.

— Excusez-moi... je voudrais téléphoner...

Nous sortîmes de la cabine, très confus.

Je regardai ma montre. Il était près de six heures et demie.

— A quelle heure tante Deb nous attend-elle? demandai-je.

— Le dîner est à huit heures. Il faudra qu'on soit rentrés pour cette heure-là. Promenons-nous un peu dans la ville et regardons les boutiques d'antiquaires.

Nous déambulâmes dans les rues de Brighton, en nous arrêtant devant chaque vitrine brillamment illuminée pour en admirer le contenu. Et nous nous arrêtâmes aussi dans un ou deux coins d'ombre pour reprendre la conversation à l'endroit où nous l'avions interrompue dans la cabine téléphonique. Les baisers de Kate étaient doux, virginaux; son corps trembla une ou deux fois dans mes bras, mais elle réagissait sans vraie passion, sans vrai désir.

Parvenus au bout d'une rue, nous nous demandions si nous allions poursuivre notre promenade quand des lumières s'allumèrent soudain derrière nous. Nous nous retournâmes. Le tenancier du Canard Bleu ouvrait ses portes pour la soirée. L'endroit avait l'air accueillant.

— Le coup de l'étrier? proposai-je.

— Avec plaisir, dit Kate.

Et ce fut pour ainsi dire le hasard qui nous fit accomplir le pas le plus décisif dans notre enquête de détectives du dimanche.

CHAPITRE IX

Le bar était recouvert d'une grande plaque de cuivre luisant. Les poignées des tireuses à bière étincelaient. Les verres brillaient de tous leurs feux. C'était une petite salle propre et accueillante, l'éclairage était doux et des peintures à l'huile représentant des villages de pêcheurs en ornaient les murs.

Kate et moi, nous nous installâmes au comptoir et on se mit à parler xérès avec le patron. C'était un homme d'allure militaire; il avait la cinquantaine et une moustache aux pointes cirées. Je le classai comme un sergent-major retraité. Mais il connaissait son affaire et le xérès qu'il nous recommanda était excellent. Nous étions ses premiers clients et nous bavardâmes un moment avec lui. Il avait les manières cordiales de tous les bons patrons de bar, mais je crus voir qu'il dissimulait mal une méfiance caractérisée.

Un autre couple entra, et Kate et moi allâmes nous installer avec nos verres à l'une des petites tables. Ce faisant, elle trébucha, heurta son verre contre le bord du comptoir et le cassa; un éclat la coupa à la main, et elle se mit à saigner abondamment.

Le patron appela sa femme, une petite créature

frêle aux cheveux décolorés. Elle vit le sang qui ruisselait de la main de Kate et s'écria d'un air consterné :

— Venez mettre votre main sous l'eau froide! Ça arrêtera le sang. Faites attention de ne pas tacher votre beau manteau.

Elle ouvrit un panneau pour nous laisser passer et nous précéda dans sa cuisine, qui était d'une propreté aussi immaculée que le bar. Sur une table, je notai des tranches de pain, du beurre, des viandes cuites et de la salade. Nous l'avions interrompue dans sa préparation des sandwichs destinés aux clients de la soirée. Elle s'approcha de l'évier, en ouvrit le robinet et fit signe à Kate de placer sa main sous le jet d'eau. J'attendis sur le pas de la porte, en regardant les lieux.

— Je suis désolée de vous causer tout ce tracas, dit Kate, tandis que le sang ruisselait sur l'évier. Ça n'est pas une coupure bien grave. Ça saigne, voilà tout.

— Ce n'est pas un tracas, ma chère enfant, dit la femme du patron. Je vais vous trouver de quoi vous confectionner un pansement.

Elle ouvrit le tiroir d'une commode, y fouilla pour trouver un bandage, tout en adressant à Kate un sourire rassurant.

Je m'approchai pour regarder la blessure de plus près. Il y eut aussitôt un grognement menaçant, et un berger allemand noir émergea d'une caisse située près du réfrigérateur. Ses yeux jaunes me regardaient, sa gueule entrouverte aux babines retroussées révélait des dents acérées comme des rasoirs. Il avait un collier au cou, mais il n'était pas enchaîné. Sa gorge vibrait d'un sourd grondement.

Je m'immobilisai au milieu de la cuisine.

La femme du patron prit un gros bâton posé près

du buffet et s'approcha du chien. Elle avait l'air nerveuse.

— Couché, Prince, couché!

Du bâton, elle désignait la caisse. Le chien, après une seconde d'hésitation, la regagna et s'assit sur son derrière; il me regardait toujours avec une profonde hostilité. Je ne bougeai pas.

— Je suis absolument désolée, monsieur. Il n'aime pas les étrangers. C'est un très bon chien de garde, voyez-vous. Mais il ne vous fera pas de mal, si je reste ici.

Elle reposa le bâton sur le buffet et s'approcha de Kate; elle s'était procuré du coton hydrophile, de l'alcool et de la gaze.

Je fis un pas vers Kate. Les muscles roulèrent le long de l'échine du chien, mais il resta dans sa caisse. J'achevai le trajet jusqu'à l'évier. Le sang ne coulait presque plus et, comme le disait Kate, ce n'était pas une coupure bien grave. La femme la nettoya avec du coton imbibé d'alcool, puis laissa sécher et lui fit un pansement de gaze.

Le patron du bar passa la tête par la porte.

— Ça va? dit-il.

— Très bien, merci beaucoup, dit Kate.

— J'admirais votre chien, dis-je.

Le patron fit un pas dans la pièce. Prince cessa enfin de me regarder et se tourna vers son maître.

— C'est une belle bête, reconnut-il.

Mais j'avais retrouvé dans son regard la méfiance que j'y avais lue en arrivant. Et tout d'un coup, une idée me traversa l'esprit. Après tout, il n'y avait certainement pas tellement de gangs à Brighton, et je m'étais souvent demandé pourquoi la compagnie de taxis employait des truands qui se livraient des batailles rangées. Je déclarai donc, avec une regrettable imprudence :

— Marconicars.

Le sourire professionnel du patron s'effaça et il me regarda soudain avec une haine dont la violence m'inquiéta. Il prit le gourdin sur le buffet et le leva, comme pour me frapper. D'un bond en souplesse, le chien était sorti de sa caisse; il était prêt à me sauter dessus; ses oreilles étaient basses et ses dents découvertes. J'avais mis en plein dans le mille.

Kate vint à la rescousse. Elle se planta près de moi et dit, sans le moindre accent d'inquiétude :

— Je vous en prie, ne le frappez pas trop fort, car tante Deb nous attend pour le gigot d'ici une demi-heure, et elle a horreur qu'on arrive en retard pour dîner.

Cette surprenante intervention fit hésiter le patron.

— Je ne suis pas de la bande des Marconicars, me hâtai-je de dire. Je suis contre eux. Soyez gentil, reposez ce gourdin et dites à Prince qu'on n'a pas besoin de lui.

Le patron abaissa le gourdin, mais Prince ne bougea pas. Il se tenait sur ses gardes, non loin de moi.

— Dans quel pétrin nous sommes-nous fourrés? me dit Kate.

Le bandage pendait à son poignet et le sang le traversait. Elle termina tranquillement son pansement.

— C'est une histoire de « protection », je pense? dis-je au barman. J'ai lancé cette histoire de taxis au hasard. Je me demandais pourquoi vous aviez besoin d'un chien de garde aussi efficace, et ça fait plusieurs jours que je pense à ces chauffeurs de taxi. J'ai fait le rapprochement, voilà tout.

— Certains des chauffeurs des taxis Marconicars l'ont rossé la semaine dernière, expliqua tranquillement Kate à la femme du patron. Alors, quand il en parle, il voit rouge.

Le patron nous toisa longuement. Puis il s'approcha de son chien, le prit par son collier et lui flatta le cou. Les méchants yeux jaunes se refermèrent, les babines retombèrent sur les dents acérées et le chien posa sa tête contre la jambe de son maître. Celui-ci lui administra quelques petites claques affectueuses sur l'arrière-train et le renvoya à sa caisse.

— C'est un bon chien, Prince, fit-il d'un ton un peu sarcastique. Allons, on ne peut pas laisser le bar désert. Sue, ma chérie, veux-tu t'occuper des clients pendant que je parle à ces jeunes gens.

— Les sandwichs ne sont pas encore finis, protesta Sue.

— Je vais les faire, dit Kate avec entrain. Et espérons que je ne vais pas trop saigner dessus.

Elle prit un couteau et se mit à beurrer les tartines de pain. Le patron et sa femme avaient l'air plus désemparés devant Kate que devant les chauffeurs de taxi : mais, après un moment d'hésitation, la femme regagna la salle.

— Alors, mon cher monsieur? dit le patron.

Je lui racontai l'histoire de la mort de Bill et mon explication avec les chauffeurs de taxi dans le fourgon.

— Si j'arrive à découvrir qui est derrière les Marconicars, dis-je, je saurai probablement quel est l'homme qui a arrangé l'accident du major Davidson.

— Je comprends, fit-il. J'espère que vous aurez plus de chance que moi. Quand on essaie de savoir qui possède la compagnie des Marconicars, c'est comme si on se flanquait la tête la première sur un mur de briques. Ça ne vous mène à rien. Je vais quand même vous dire tout ce que je sais. Plus les gens fouineront de leur côté, plus vite ils seront liquidés.

Il se pencha et prit des sandwichs. Il m'en donna un et mordit dans l'autre.

— Laissez de la place pour le gigot, dit Kate en me voyant manger. (Elle regarda sa montre.) Oh! mon Dieu! Nous allons être terriblement en retard pour dîner et je n'aime pas mettre tante Deb de mauvaise humeur.

Mais elle n'en continua pas moins tranquillement à beurrer ses tartines.

— J'ai acheté le Canard Bleu il y a dix-huit mois, commença le patron. Quand je suis devenu pékin.

— Vous étiez sergent-major? murmurai-je.

— Régimentaire, dit-il avec un orgueil compréhensible. C'est Thomkins que je m'appelle. Bref, j'ai acheté le Canard Bleu avec mes économies et ma retraite, et je ne l'ai pas payé cher. Pas assez. J'aurais dû me douter qu'il y avait un os. Ça ne faisait pas trois semaines que nous étions là, et que les affaires marchaient bien, quand un type arrive un soir et nous déclare tout net que si nous ne payons pas, comme le précédent propriétaire, ce sera bien dommage pour nous. Là-dessus, il prend six verres et les casse. Il m'a dit qu'il voulait cinquante livres par semaine. Je vous demande un peu, cinquante livres! Pas étonnant que le dernier propriétaire ait voulu s'en aller.

Thomkins mâchonnait son sandwich d'un air songeur.

— Bref, je lui ai dit de calter. Il est revenu le lendemain soir avec cinq autres types et ils ont tout cassé dans la baraque. Ils m'ont assommé avec une de mes bouteilles et enfermé ma femme dans les toilettes. Puis ils ont brisé toutes les bouteilles du bar, tous les verres et toutes les chaises. Quand je suis revenu à moi, j'étais allongé par terre au milieu de ce gâchis, et ils faisaient cercle autour de moi. Ils m'ont dit que ce n'était qu'un avant-goût. Si je ne crachais pas cinquante livres par semaine, ils reviendraient casser toutes les bouteilles de la réserve et vider tout le vin de la cave. Après ça, ils m'ont dit que ce serait le tour de ma femme.

Tandis qu'il revivait toutes ces scènes, la fureur se peignait sur son visage.

— Qu'est-ce qui s'est passé? demandai-je.

— Ma foi, après les Allemands et les Japs, je n'allais pas céder comme ça à de petites crapules de la côte anglaise. J'ai payé pendant deux mois pour me donner le temps de souffler, mais cinquante livres, ça n'est pas commode à trouver, en plus des frais généraux et des impôts. C'est une bonne petite affaire, ici, vous comprenez, mais à ce train-là, il n'allait bientôt plus me rester que ma pension. Ça ne pouvait pas continuer.

— Vous avez prévenu la police? demandai-je.

— Non, fit-il d'un ton un peu hésitant. Sur le moment, je ne l'ai pas fait. Je ne savais pas d'où venaient ces hommes, vous comprenez, et ils m'avaient menacé de Dieu sait quoi si je prévenais la police. D'ailleurs, ça n'est pas une bonne tactique de rechercher le contact avec l'ennemi qui vous a battu, si vous n'avez pas de renfort. C'est alors que j'ai commencé à penser à un chien. Et je me suis adressé à la police ensuite, conclut-il avec véhémence comme s'il se reprochait un peu de ne l'avoir pas prévenue plus tôt.

— Mais la police peut sûrement faire boucler la compagnie des taxis Marconicars, si on s'en sert pour opérer un racket.

— C'est ce que vous croyez, dit-il. Mais ça ne se passe pas comme ça. Vous comprenez, c'est une vraie compagnie de taxis. Une grosse entreprise. La plupart des chauffeurs sont réguliers et ne savent même pas ce qui se passe.

— Pourquoi ne pas demander un inspecteur en civil assis au bar? Il aurait pu arrêter le type qui venait chercher l'argent? suggéra Kate.

— Ça ne servirait à rien, Miss, dit le patron d'un ton amer. Ils ont une reconnaissance de dette de cinquante livres avec ma signature, et s'il y avait des difficultés avec la police, ils n'auraient qu'à la montrer, et on ne pourrait rien contre eux. La police veut bien vous aider si vous pouvez lui offrir des preuves utilisables devant un tribunal; mais quand il s'agit seulement de la parole d'un homme contre celle d'un autre, elle ne peut pas grand-chose.

— C'est dommage que vous ayez signé cette reconnaissance, soupirai-je.

— Je ne l'ai pas signée! fit-il avec indignation, mais on dirait ma signature. J'ai essayé de leur prendre le papier une fois, mais le type qui me l'a montré m'a dit que ça ne servirait à rien si je le déchirais, qu'ils auraient vite fait d'en fabriquer un autre. Ils ont dû avoir ma signature sur une lettre et la copier. C'est assez facile.

— Alors, dis-je, assez déçu, vous les payez.

— Pensez-vous! fit le patron, dont la moustache se hérissait. Je ne leur ai pas payé un sou depuis plus d'un an. Depuis que j'ai Prince. Il en a mordu quatre en un mois, et ça les a refroidis, c'est moi qui vous le dis. Mais ils continuent à rôder dans les parages. Sue et moi, nous n'osons guère sortir, nous nous déplaçons toujours ensemble et nous emmenons Prince avec nous. J'ai fait poser des sonnettes d'alarme à toutes les portes et à toutes les fenêtres, et ça fait un bruit d'enfer si quelqu'un essaie de s'introduire pendant notre absence, ou pendant notre sommeil. Mais ça n'est pas une vie, monsieur. Ça porte sur les nerfs de Sue.

— Quelle affreuse histoire, dit Kate, en se léchant

les doigts. Vous ne pouvez tout de même pas continuer comme ça éternellement?

— Oh! non, Miss. Pour l'instant c'est nous qui gagnons. Parce que, voyez-vous, il n'y a pas qu'à nous qu'ils prenaient de l'argent. Ils avaient organisé toute une tournée. Dix ou onze bars comme le nôtre. Et un tas de petites boutiques, de bureaux de tabac, de magasins de souvenirs, des choses comme ça. Et six ou sept petits cafés. Pas de grands établissements. Ils ne s'en prennent qu'à des affaires tenues par les propriétaires, comme nous. Quand j'ai compris la musique, je suis allé dans tous les endroits où j'imaginais qu'ils pourraient exercer leur racket, et j'ai demandé carrément aux propriétaires s'ils payaient. Ça m'a pris des semaines. Ceux qui payaient avaient tous une frousse terrible et ne voulaient pas parler, mais je les repérais rien qu'à la façon dont ils la bouclaient. Je leur ai dit que nous devrions cesser de payer et lutter. Mais beaucoup d'entre eux ont des gosses, ils ont refusé d'en courir le risque, et on ne peut pas leur en vouloir.

— Qu'est-ce que vous avez fait? demanda Kate, enthousiasmée.

— J'ai acheté Prince. A ce moment-là, il avait un an. Je me suis pas mal occupé de chiens, dans l'armée, et j'ai dressé Prince comme il faut.

— Ça, c'est bien vrai, dis-je, en regardant le chien qui reposait maintenant paisiblement dans sa caisse, la tête appuyée sur ses pattes.

— Je l'ai emmené pour le montrer à d'autres victimes des racketteers, reprit Thomkins, et je leur ai dit que s'ils achetaient des chiens, eux aussi, nous nous débarrasserions des chauffeurs de taxis. Plusieurs des victimes ignoraient que ces chauffeurs étaient dans le coup. Les gens avaient bien trop peur pour ouvrir les yeux. Bref, un tas d'entre eux ont fini par acheter des chiens et je les ai aidés à les dresser, mais c'est difficile, parce que le chien ne doit obéir qu'à un seul maître, vous comprenez, et il a fallu que je les fasse obéir à d'autres, pas à moi. Enfin, ils ne sont pas trop mal. Mais pas aussi bien que Prince, évidemment.

— Evidemment, dit Kate.

Le patron la regarda d'un air méfiant, mais elle entassait des sandwichs sur une assiette, d'un air modeste et gracieux.

— Continuez, dis-je.

— En fin de compte, j'ai décidé certains de ceux qui avaient des enfants à se joindre à nous. Ils ont acheté des bergers allemands ou des bouledogues et nous avons mis sur pied un système pour conduire tous les gosses à l'école en voiture. Parce que ces trajets à pied pour aller en classe les exposaient, vous comprenez? J'ai engagé un judoka avec sa voiture; son seul travail consiste à conduire les enfants et leurs mères. Nous nous réunissons tous pour le payer. Il est cher, bien sûr, mais ça n'est rien auprès de ce qu'on payait aux truands.

— C'est magnifique, dit Kate avec chaleur.

— On les tient en échec, mais on n'est pas tirés d'affaire. Il y a quinze jours, ils ont tout cassé au café de la Coquille de Noix, juste au coin de la rue. Mais nous avons mis au point un système pour ça aussi. Plusieurs d'entre nous sont allés aider à réparer les dégâts et on a tous fait la quête pour acheter des tables et des chaises neuves. Ils ont un berger allemand, dans ce café, seulement c'est une chienne, et comme elle était en chaleur, ils l'avaient enfermée dans une chambre. Je vous demande un peu! Les chiens, ça vaut mieux, dit le patron d'un ton très grave.

— Ils auraient dû vous faire général, dis-je. Pas sergent-major.

— J'ai réussi quelques petits coups en mon temps, dit-il modestement. Ces jeunes lieutenants pendant la guerre, ils avaient tout juste quitté la vie civile et en avant pour le stage d'officiers, à toute berzingue! Ils étaient bien contents de temps en temps d'avoir les conseils d'un vieux de la vieille. (Il se leva.) Bon, qu'est-ce que vous diriez d'un verre?

Mais Kate et moi le remerciâmes et nous excusâmes, car il était déjà huit heures. Thomkins et moi échangeâmes la promesse de nous tenir mutuellement au courant de nos progrès, et nous nous séparâmes dans les meilleurs termes. Mais je n'essayai pas de caresser Prince.

Tante Deb était assise au salon, et elle agitait un pied nerveux. Kate lui présenta de charmantes excuses pour notre retard et tante Deb se dégela. Kate et elle s'aimaient beaucoup, de toute évidence.

Pendant le dîner, Kate fit surtout le récit de nos aventures de l'après-midi. Elle s'adressait surtout à oncle George. Elle lui parla de façon fort amusante des tribulations du fourgon et fit une plaisanterie un peu appuyée sur les sandwichs de l'hôtel Pavillon Plaza, ce qui lui valut quelques reproches de tante Deb, qui déclara que le Pavillon Plaza était le meilleur hôtel de Brighton.

— Et puis nous avons pris un verre dans un charmant petit bistrot qui s'appelle le Canard Bleu, dit Kate, sans parler de la cabine téléphonique ni de notre promenade dans les rues de Brighton. C'est là que je me suis coupé la main, expliqua-t-elle en exhibant sa main bandée. Pas gravement, bien sûr, mais nous sommes allés à la cuisine pour que je me mette un pansement, et c'est ce qui nous a mis en retard. Ils ont le berger allemand le plus terrifiant que j'aie jamais vu. Il a regardé Alan en grognant; Alan en tremblait comme de la gelée... (Elle s'interrompit pour avaler une bouchée de gigot.)

— Vous n'aimez pas les chiens, monsieur York, fit tante Deb, avec un rien de dédain. (Elle adorait son basset.)

— Ça dépend, dis-je.

— On ne peut pas à proprement parler tomber amoureux de Prince, expliqua Kate. Je crois qu'ils l'appellent Prince parce qu'il est noir. Le Prince Noir. En tout cas, il est rudement utile. Si je vous racontais ce que le propriétaire du Canard Bleu nous a dit de tous les méfaits qui se commettent dans cette bonne ville de Brighton, vous ne fermeriez pas l'œil de la nuit.

— Alors, Kate, je t'en prie ne nous en parle pas, dit tante Deb. J'ai déjà assez d'insomnies comme ça.

Je regardai oncle George pour voir s'il acceptait d'être privé de la fin de l'histoire, et je le vis repousser son assiette à demi pleine dans un sursaut de dégoût, comme s'il allait vomir.

Il s'aperçut que je l'observais et dit, avec un sourire un peu contraint :

— Une petite indigestion, je crois. Encore un des ennuis de l'âge. Nous sommes deux pauvres croulants, voyez-vous.

Tante Deb parut très affectée par cette sortie et, comme c'était chez lui une habitude profondément enracinée que de lui masquer les réalités déplaisantes, il fit un grand effort pour se maîtriser. Il but une gorgée d'eau, s'essuya la bouche avec sa serviette, malgré le tremblement qui agitait ses mains potelées. Cependant, sous toute cette graisse, l'homme dissimulait des nerfs d'acier, et, après s'être éclairci la voix, il reprit d'un ton normal :

— J'avais oublié, Kate, mais pendant que vous

étiez sortis, Gregory a téléphoné pour te parler de Feu du Ciel. Je lui ai demandé comment se comportait le cheval, et il m'a dit qu'il avait quelque chose qui clochait à la jambe et qu'il ne pourrait pas courir jeudi à Bristol, comme prévu.

Kate parut déçue.

— Il est blessé? demanda-t-elle.

— Gregory, reprit oncle George, a dit que le cheval s'était fait un éparvin. Mais il n'avait pas l'air de s'être cassé un os. Très curieux. (Il était intrigué, et, je le voyais bien, Kate aussi.)

— Des bosses se forment parfois sur les os des jambes des chevaux, et c'est ce qu'on appelle des éparvins, dis-je. La patte est douloureuse, il se produit une inflammation pendant que la bosse se forme, mais ça ne dure généralement que deux ou trois semaines. Feu du Ciel aura bientôt retrouvé la forme.

— Quelle barbe! fit Kate. J'attendais jeudi avec une telle impatience. Irez-vous à Bristol, Alan, maintenant que mon cheval ne court pas?

— Oui, dis-je, je monte Palindrome. Tâchez de venir, Kate, je serais ravi de vous y voir.

J'avais dit ça avec feu, et tante Deb se redressa sur sa chaise en me lançant un regard désapprobateur.

— Ce n'est pas bon pour la réputation d'une jeune fille d'être vue trop souvent en compagnie de jockeys, dit-elle.

A onze heures, quand oncle George eut refermé la porte de son cabinet sur sa collection de trophées, et quand tante Deb eut avalé sa ration habituelle de somnifères, Kate et moi sortîmes pour aller ranger sa voiture au garage. Dans notre hâte, nous l'avions laissée dehors avant le dîner.

Les lumières de la maison, tamisées par les rideaux, perçaient quand même un peu les ténèbres de la nuit, si bien que je pouvais distinguer le visage de Kate, tout près du mien.

Je lui ouvris la portière de la voiture, mais elle s'arrêta avant de monter.

— Ils vieillissent, fit-elle d'un ton triste. Et je ne sais pas ce que je ferais sans eux.

— Ils vivront encore des années, dis-je.

— Je l'espère... Tante Deb a parfois l'air très fatiguée, et l'oncle George avait tellement plus d'entrain autrefois. J'ai l'impression que quelque chose l'inquiète... et j'ai peur que ce soit le cœur de tante Deb, bien qu'ils ne m'en aient rien dit... S'ils étaient malades, ils ne me diraient jamais rien, ajouta-t-elle en frissonnant.

Je la pris dans mes bras et l'embrassai. Elle sourit.

— Vous êtes gentil, Alan.

Je ne me sentais pas du tout gentil. J'avais envie de la flanquer dans la voiture et de foncer avec elle vers quelque coin perdu des Downs, dans une intention que les hommes des cavernes auraient parfaitement comprise. Je dus faire effort pour ne pas l'étreindre trop fort; pourtant il le fallait.

— Je vous aime, Kate, dis-je, et je réussis même à maîtriser mon souffle haletant.

— Non, dit-elle. Ne le dites pas. Je vous en prie, ne le dites pas.

De son doigt, elle suivit le contour de mes sourcils. La vague lueur des fenêtres se reflétait dans ses yeux tandis qu'elle me regardait; son corps était doucement appuyé contre le mien, sa tête un peu renversée en arrière.

— Pourquoi donc?

— Parce que je ne sais pas... je ne suis pas sûre... J'ai bien aimé quand vous m'avez embrassée, et j'aime bien être avec vous. Mais l'amour, c'est un si grand mot. C'est trop important. Je suis... je ne suis pas... prête...

— L'amour, dis-je, c'est facile à apprendre. C'est comme quand on prend un risque. On se décide, on refuse d'avoir peur, et en un rien de temps on se retrouve en pleine forme, toutes vos craintes sont dissipées.

— Et on se retrouve avec un bébé sur les bras, dit Kate qui tenait à rester les pieds sur terre.

— Nous pourrions nous marier d'abord, dis-je en lui souriant.

— Non, mon petit Alan. Non. Pas encore. (Puis elle ajouta, presque dans un murmure :) Je suis tellement navrée.

Elle monta dans la voiture et roula lentement jusqu'au garage. Je suivis la voiture et l'aidai à refermer les lourdes portes, puis je revins avec elle à la maison. Sur le perron, elle s'arrêta et me pressa la main, puis me donna un petit baiser fraternel.

Ça n'était pas ça que je voulais.

Mes sentiments n'avaient rien de fraternel.

CHAPITRE X

Le mardi, il se mit à pleuvoir. Les enfants partirent pour l'école coiffés de chapeaux cirés noirs, de suroîts remontés jusqu'aux yeux et chaussés de hautes bottes de caoutchouc.

Scilla et moi passâmes la journée à trier les vêtements et les affaires personnelles de Bill. Elle était bien plus calme que je m'y attendais et semblait avoir admis le fait qu'il n'était plus là et qu'il fallait désormais vivre sans lui.

Une fois le tri des vêtements terminé, nous descendîmes dans le confortable cabinet de travail de Bill et entreprîmes de ranger ses papiers. Son bureau en était plein. De toute évidence, il avait horreur de jeter les vieilles lettres et les factures, et dans le tiroir du bas, nous découvrîmes une liasse de lettres que Scilla lui avait écrites avant leur mariage. Elle s'assit près de la fenêtre pour les lire et se souvenir tandis que je classais le reste.

Bill était un homme méthodique. Les factures étaient groupées par ordre chronologique, les lettres étaient dans des cartons et des classeurs. Il y en avait diverses collections dans les différentes cases du bureau, ainsi qu'une pile de vieilles enveloppes vides sur le dos desquelles il avait griffonné des notes.

C'était surtout pour se rappeler une chose ou une autre, par exemple : « Dire à Simpson de réparer la clôture dans le champ de quatre hectares » et « Anniversaire de Polly mardi ». Je les parcourus rapidement, avant de les jeter à la corbeille à papiers.

Je m'arrêtai brusquement. Sur une des enveloppes, Bill avait noté de sa large écriture le nom de Clifford Tudor et, dessous, un numéro de téléphone et une adresse à Brighton.

— Connaissez-vous un nommé Clifford Tudor? demandai-je à Scilla.

— Jamais entendu parler, dit-elle sans lever les yeux.

Si Tudor avait demandé à Bill de monter un de ses chevaux, ainsi qu'il me l'avait dit quand je l'avais raccompagné de Plumpton à Brighton, il était parfaitement naturel que Bill ait gardé son nom et son adresse. J'examinai l'autre côté de l'enveloppe. Elle appartenait à un commerçant du pays; son nom était imprimé sur le coin supérieur gauche, le cachet de la poste était de janvier, ce qui signifiait que Bill n'avait l'adresse de Tudor que depuis peu.

Je fourrai l'enveloppe dans ma poche et continuai mon tri.

Des factures... un pari sur Amiral. Dix livres gagnant, avait écrit Bill. Et la date était celle du jour de sa mort. Quel que fût le ton qu'on eût adopté pour avertir Bill de la chute d'Amiral, il avait pris ça à la blague et ça ne l'avait pas empêché de jouer le cheval gagnant. J'aurais bien aimé savoir de quelle « blague » il s'agissait.

Je rangeai les carnets et m'attaquai au dernier casier, dans lequel je trouvai un peu de tout. Notamment quinze ou vingt de ces tickets de pari que les bookmakers distribuent aux courses.

— Pourquoi Bill a-t-il gardé tous ces tickets? demandai-je à Scilla.

— Henry s'est mis naguère à les collectionner, vous ne vous souvenez pas? dit-elle. Et Bill a continué à lui en rapporter, quand cette passion s'est calmée. Je crois qu'il les gardait au cas où William aurait envie de jouer lui aussi au bookmaker.

Je me rappelais en effet. J'avais parié des demi-pennies sur un tas de chevaux; Henry jouait le rôle du bookmaker, la petite canaille. Des chevaux qui ne gagnaient jamais.

Les tickets que Bill avaient conservés provenaient de différents bookmakers.

— Vous voulez les garder pour William? demandai-je.

— Peut-être, dit Scilla.

Je les rangeai dans le bureau et terminai mon travail. L'après-midi s'achevait. Nous passâmes dans le salon, ranimâmes le feu et nous installâmes dans des fauteuils.

— Alan, dit-elle, je veux vous donner quelque chose qui a appartenu à Bill. Attendez, ne dites rien avant que j'aie fini. Je me suis demandé ce qui vous plairait le mieux, et je suis certaine d'avoir bien choisi.

Elle tourna ses yeux vers le feu et tendit les mains pour les réchauffer à la chaleur des flammes.

— Je veux qu'Amiral soit à vous, dit-elle.

— Non, fis-je d'un ton catégorique.

— Pourquoi pas? fit-elle en levant les yeux d'un air déçu.

— Ma chère Scilla, c'est beaucoup trop, dis-je. Je pensais que vous vouliez parler d'un étui à cigarettes ou d'un vide-poches. Il n'est pas question que vous me fassiez cadeau d'Amiral. Il vaut des milliers de livres. Il faut que vous le vendiez ou que vous le fassiez courir à votre nom si vous voulez le garder, mais impossible de le donner. Ce ne serait pas juste pour vous, ni pour les enfants.

— Il vaudrait peut-être des milliers de livres si je le vendais... mais je ne pourrais pas le vendre, vous le savez bien. Je ne m'y résoudrais jamais. Il signifiait tant de choses pour Bill. Comment pourrais-je le vendre alors que Bill est à peine disparu? Et si je le garde et que je le fasse courir, il faudra que je paie les frais, ce qui ne sera peut-être pas facile pour l'instant, avec les droits de succession que je vais avoir à régler. Si je vous en fais cadeau, il tombera dans des mains compétentes. Bill m'aurait approuvée. Et puis vous êtes à même de payer son entretien. J'ai réfléchi à tout ça, alors je vous en prie, ne discutez pas. Amiral est à vous.

Elle était décidée.

— Alors, permettez-moi de vous le louer, dis-je.

— Non, c'est un cadeau. Un cadeau de Bill, si vous préférez.

Là-dessus je cédai et la remerciai du mieux que je pus.

De bonne heure le lendemain matin, je m'en allai chez Pete Gregory. Je lui annonçai qu'Amiral allait m'appartenir et que je comptais le monter.

— Il est engagé au grand Steeple de Liverpool, tu le savais?

— Pas possible! m'exclamai-je avec ravissement. (Je n'avais encore jamais couru le Grand National, et la perspective de le faire dans quinze jours m'emballait.)

— Tu veux essayer?

— Je pense bien!

Nous parlâmes de mes autres chevaux; Pete me déclara que Palindrome était en bonne forme après sa course de Cheltenham et qu'il le voyait gagnant le lendemain à Bristol. Nous allâmes l'examiner ainsi que les autres, et je jetai un coup d'œil sur l'éparvin de Feu du Ciel. La jambe était endolorie, mais ça s'arrangerait avec le temps.

Je pris congé de Pete et revins à Brighton. Comme la dernière fois, je garai la Lotus et je pris le train. Je sortis de la gare de Brighton et lançai un coup d'œil sur les trois taxis en attente. Aucun n'avait d'écusson jaune. Je me dirigeai d'un pas vif vers le bureau des Marconicars, dont j'avais trouvé l'adresse dans l'annuaire.

Je n'avais pas de plan d'action bien défini, mais j'étais sûr que la clé du mystère était à Brighton. Si je voulais la découvrir, c'était à Brighton qu'il fallait chercher. Ma petite enquête sur le champ de courses ne m'avait pour l'instant rapporté qu'un avertissement téléphonique.

Les bureaux des Marconicars étaient situés au rez-de-chaussée d'un hôtel particulier datant de la Régence et transformé en immeuble commercial. J'entrai dans le hall.

L'escalier était à droite; à gauche, il y avait deux portes; j'en trouvai une troisième marquée « Privé » en face de moi, au bout du couloir. Sur la porte la plus proche de l'entrée, une plaque annonçait « Renseignements ». J'entrai.

Par la porte entrouverte, j'aperçus un autre bureau; une employée était assise devant un standard et parlait dans un microphone.

— Oui, madame, un taxi va venir vous prendre dans trois minutes, disait-elle. Je vous remercie.

Elle avait une voix agréable et bien placée.

Dans le premier bureau, deux autres employées me regardaient. Elles portaient des chandails collants, ainsi qu'une belle épaisseur de fond de teint. Je m'adressai à la jeune femme voisine de la porte.

— Voilà... je voudrais savoir si je peux vous louer des taxis... pour un mariage. Le mariage de ma sœur, ajoutai-je, en improvisant et en m'inventant la sœur que je n'avais jamais eue. Est-ce possible?

— Je crois, fit-elle. Je vais demander au directeur. C'est généralement lui qui s'occupe des grosses locations.

— Je ne voudrais qu'une estimation... repris-je. Pour ma sœur. Elle m'a dit de m'adresser à toutes les compagnies, et de voir laquelle était la plus... hum... raisonnable. Impossible de vous retenir ces taxis avant de l'avoir consultée.

— Je comprends, dit-elle. Eh bien, je vais demander à M. Fielder de vous recevoir.

Elle sortit dans le couloir et ouvrit la porte marquée de l'inscription « Privé ».

En attendant son retour, je fis un sourire à sa voisine, qui se tapota les cheveux, et j'écoutai la fille du standard.

— Un instant, monsieur. Je vais voir s'il y a un taxi dans votre secteur, disait-elle. (Elle abaissa une manette.) J'appelle les voitures qui se trouvent en zone 2. J'appelle les voitures en zone 2.

J'entendis de hauts talons claquer sur le linoléum du couloir et la première employée sortit du bureau de M. Fielder.

— Le directeur peut vous recevoir, monsieur, dit-elle.

— Merci.

Je traversai le hall et entrai par la porte du fond.

L'homme qui se leva pour m'accueillir et me serrer la main était un personnage corpulent, bien habillé, l'air aimable et paraissant une quarantaine d'années. Il avait des lunettes à grosse monture noire, des cheveux bruns bien coiffés et des yeux bleus au regard dur. A première vue, sa puissante personnalité cadrait assez mal avec ce vague emploi dans une compagnie de taxis et ses activités semblaient assez mal employées.

Mon cœur se mit à battre absurdement et j'eus un moment de panique en m'imaginant qu'il savait qui j'étais et ce que je venais faire. Mais son regard resta impassible et il garda son attitude d'homme d'affaires :

— Il semble que vous désiriez louer plusieurs taxis pour un mariage?

— Oui, fis-je, et je me lançai dans des détails imaginaires.

Il prit des notes, aligna quelques chiffres, fit des calculs et me tendit la feuille de papier. Je la pris. Il avait une écriture nette et carrée, qui lui allait bien.

— Merci, dis-je. Je vais passer ça à ma sœur et vous donnerai la réponse.

En sortant, et avant de refermer la porte, je le regardai encore une fois. Il était assis à son bureau et ses yeux bleus me considéraient derrière ses lunettes. Son visage restait impassible.

Je revins dans l'autre bureau :

— J'ai obtenu les chiffres que je voulais, fis-je. Je vous remercie. (Je m'apprêtais à sortir quand une idée me vint.) Au fait, savez-vous où je pourrais trouver M. Clifford Tudor? demandai-je.

Les filles, nullement surprises de ma requête, répondirent qu'elles n'en savaient rien.

— Peut-être bien que Marigold saurait, fit l'une d'elles. Je vais lui demander.

Marigold, qui venait de lancer un appel, accepta de me rendre service. Elle abaissa la manette.

— J'appelle toutes les voitures. Est-ce que quelqu'un a chargé M. Tudor, aujourd'hui? J'écoute.

Une voix d'homme répondit :

— Je l'ai conduit à la gare ce matin, Marigold. Il a pris le train de Londres.
— Merci, Mike, fit Marigold.
— Elle reconnaît toutes leurs voix, dit une des filles d'un ton admiratif. Ils n'ont jamais besoin d'annoncer le numéro de leur voiture.
— Vous le connaissez toutes, M. Tudor? demandai-je.
— Je ne l'ai jamais vu, dit une fille et les autres secouèrent la tête à l'unisson.
— C'est un de nos clients. Il prend une voiture chaque fois qu'il en a besoin, et le chauffeur annonce à Marigold où il le conduit. M. Tudor a un compte que nous lui envoyons chaque mois.
— Et si le chauffeur conduit M. Tudor d'un endroit à un autre sans le signaler à Marigold? demandai-je d'un ton détaché.
— Pas si bête. Les chauffeurs touchent une commission sur les clients réguliers. En guise de pourboire, vous voyez? Nous majorons leurs factures de dix pour cent pour éviter aux clients réguliers de donner un pourboire toutes les cinq minutes.
— Excellente idée, dis-je. Vous avez beaucoup de clients réguliers?
— Des douzaines, répondit une des filles. Mais M. Tudor est sans doute notre meilleur client.
— Et combien y a-t-il de taxis? demandai-je.
— Trente et un. Bien sûr, il y en a quelques-uns au garage, pour l'entretien, et en hiver, nous n'en avons parfois que la moitié en circulation. Les autres compagnies nous font une forte concurrence.
— Qui est le propriétaire des Marconicars? demandai-je d'un ton indifférent.
Elles me répondirent qu'elles n'en savaient rien et que ça leur était bien égal.
— Pas M. Fielder? repris-je.

— Oh! non, dit Marigold. Je ne pense pas. Il y a un président, je crois, mais nous ne l'avons jamais vu. M. Fielder n'occupe certainement pas un poste aussi important, car il me remplace quelquefois le soir, et pendant les week-ends. Cependant, c'est une autre fille qui me remplace les jours où j'ai congé.

Elles parurent soudain s'apercevoir que ces questions n'avaient rien à voir avec le mariage de ma sœur. Il était temps de filer, ce que je fis.

Je m'arrêtai sur le trottoir et me demandai où j'en étais. J'aperçus un café de l'autre côté de la rue, et c'était presque l'heure du déjeuner. Je traversai donc et j'entrai; ça sentait le chou, et comme j'étais arrivé avant l'heure du coup de feu, je trouvai une table près de la vitre. A travers les modestes rideaux de dentelle du café du Vieux Chêne, j'avais une excellente vue sur les bureaux des Marconicars. Ça me faisait une belle jambe.

Une robuste serveuse assez échevelée poussa un menu devant moi. Je le consultai sans enthousiasme. La cuisine bourgeoise anglaise est d'une redoutable simplicité : potage à la tomate, morue frite, saucisses en croûte, steak, rognons en sauce, suivis de pudding et de tarte. Ça n'était pas à proprement parler le régime jockey. Je commandai un café.

A ma grande surprise, le café était fort et excellent. J'avais sans doute récolté le dessus de la cuvée, me dis-je tout en surveillant distraitement la porte des Marconicars. Personne d'intéressant n'entrait ni ne sortait.

A l'étage situé au-dessus des bureaux de la compagnie, une grande enseigne au néon s'allumait et s'éteignait, à peine visible à la lumière du jour. Je levai les yeux. Sur toute la largeur du petit immeuble s'étalait le nom suivant : L.C. PERTH.

C'était assez coloré, certes, mais ça ne correspondait sans doute pas aux conceptions de l'architecte qui avait construit l'hôtel deux siècles plus tôt. Je l'imaginai se retournant dans sa tombe et faisant des nœuds avec son linceul. Je devais sourire car j'entendis soudain une voix :

— C'est du vandalisme, vous ne trouvez pas?

Une femme entre deux âges, et que je n'avais pas remarquée, s'était assise à ma table. Elle avait un visage triste et chevalin, pas maquillé, un affreux chapeau marron qui la vieillissait, et un regard tendu. Le café s'emplissait et il n'était plus question de garder ma table pour moi tout seul.

— C'est assez surprenant en effet.

— Ça ne devrait pas être permis. J'appartiens à l'Association de Sauvegarde des Monuments, me confia-t-elle gravement, et nous sommes en train de faire une pétition pour empêcher les gens de profaner ces magnifiques édifices avec leurs horribles enseignes.

— Et vous réussissez? demandai-je.

— Pas trop, hélas, fit-elle d'un ton morose. Les gens ne s'intéressent pas à ça. Regardez-moi tous ces panneaux lumineux et toutes ces enseignes. Et ce néon, ajouta-t-elle d'une voix chevrotante d'émotion, c'est le comble. Il n'est là que depuis quelques mois. Nous avons fait une pétition pour les obliger à l'enlever, mais ils ne veulent pas.

— C'est bien décourageant, dis-je, en guettant toujours la porte des Marconicars.

Les deux dactylos sortirent et s'éloignèrent en bavardant dans la rue. Ma voisine de table continuait à pérorer entre deux cuillerées de potage à la tomate.

— Nous ne pouvons obtenir satisfaction avec Perth car nous n'avons pas réussi à toucher les directeurs; les employés disent qu'ils ne peuvent pas enlever l'enseigne car elle ne leur appartient pas, mais ils refusent de nous donner le nom du responsable pour que nous lui adressions personnellement la pétition.

Sa faconde finit par s'épuiser.

Marigold sortit pour déjeuner. Quatre hommes suivirent. Personne n'entra.

Je bus mon café, quittai sans regret la vieille dame et conclus que ça suffisait pour la journée. Je repris le train, regagnai ma voiture et repartis par la route en direction de Londres. Après un long après-midi au bureau, je rentrai à la maison. C'était l'heure de pointe. Au milieu des encombrements, pour me changer les idées, je pensai au problème de Joe Nantwich.

S'il fallait en croire la note « Bolingbroke, cette semaine », Joe avait déjà subi son châtiment, car « cette semaine », c'était la semaine dernière. J'en conclus pourtant que je le verrais en bonne santé à Bristol le lendemain, sinon de bon poil. Car, en arrivant à la maison, je me croyais en mesure de lui révéler le nom de l'auteur de ces billets. Quant à le lui dire effectivement, c'était une autre affaire.

C'est étonnant ce que le sommeil peut vous aider à trouver les réponses aux énigmes qui vous tourmentent. Je me couchai le mercredi soir en songeant que j'avais passé une matinée passablement infructueuse à Brighton. Mais je m'éveillai le jeudi matin avec un nom dans l'esprit, et la certitude que je le connaissais. Je descendis en robe de chambre dans le bureau de Bill et retrouvai les tickets de pari qu'il avait gardés pour Henry. Je les feuilletai et découvris ce que je cherchais. Trois d'entre eux portaient le nom de L. C. Perth.

Je les retournai. Au verso, Bill avait écrit au crayon le nom d'un cheval, le montant de son pari et la date. Il avait toujours été méthodique. Je montai les tickets dans ma chambre et j'étudiai les courses dans l'annuaire hippique. Je me rappelai des bribes de conversation. Et un tas de choses s'éclaircirent.

Mais pas toutes, loin de là.

CHAPITRE XI

A Bristol, il pleuvait à seaux et l'humidité glaciale et persistante risquait de gâcher le plaisir de la course.

Kate m'envoya un message pour me dire qu'elle ne venait pas à cause du temps, ce qui ne lui ressemblait guère, et je me demandai quels arguments avait employés tante Deb pour l'obliger à rester à la maison.

Le grand sujet de conversation, dans la salle de pesage, c'était Joe Nantwich. Les commissaires avaient ouvert une enquête sur son attitude dans la dernière course du championnat de steeple et, selon la formule officielle, ils lui avaient adressé « un sérieux avertissement ». Il pouvait s'estimer heureux de s'en être tiré à si bon compte.

Joe, d'ailleurs, avait l'air à peu près aussi insupportable que d'habitude. De loin, son visage rond et rose ne gardait aucune trace de la frousse et de la cuite de Cheltenham, où il s'était conduit comme une loque. On me raconta pourtant qu'il avait passé le vendredi et le samedi précédents et le plus clair du dimanche au bain turc. Dans un état de terreur abjecte. Il s'était saoulé à mort puis il avait pris une suée pour éliminer l'alcool, et il avait recommencé plusieurs fois l'opération, tout en racontant aux employés de l'établissement qu'avec eux il était en sûreté et en refusant de s'habiller et de rentrer chez lui.

Le narrateur de cette histoire, qui lui donnait tout son sel, était Sandy qui, selon ses propres dires, était justement allé au bain turc le dimanche matin, voulant perdre quelques livres avant la course du lundi.

Je trouvai Joe en train de regarder le tableau de service. Il sifflotait entre ses dents.

— Alors, Joe? fis-je, qu'est- ce qui te rend si gai?

— Tout! fit-il en ricanant. (De près, je discernai les petites rides qui entouraient sa bouche et ses yeux légèrement injectés de sang, mais ses aventures n'avaient pas laissé d'autres traces.) Je n'ai pas été suspendu par les commissaires. Et on m'a payé parce que j'ai perdu cette course.

— Quoi?

— On m'a payé. Tu sais, je te l'ai expliqué. Le fric qui vient par la poste. Il est arrivé ce matin. Cent livres. (Je le regardai bouche bée.) Ben quoi, j'ai fait ce qu'on m'a dit, non? reprit-il d'un ton hargneux.

— Sans doute, marmonnai-je.

— Et puis, tu sais, les lettres de menaces; je les ai bien possédés, les gars. J'ai passé tout le week-end au bain turc, et qu'est-ce qui pouvait m'arriver? Je m'en suis bien tiré, fit Joe d'un ton triomphant, comme si « cette semaine » ne pouvait pas devenir « la semaine prochaine ».

— Je suis heureux de te voir dans ces dispositions, fis-je. Joe, réponds-moi : l'homme qui te téléphone pour t'avertir que ton cheval ne doit pas gagner, quelle voix a-t-il?

— Impossible de deviner en l'écoutant, ça pourrait être n'importe qui. Il a une voix douce, un peu étouffée. Des fois, c'est presque un chuchotement, comme s'il avait peur qu'on l'entende. Mais qu'est-ce que ça peut faire? fit Joe. Dès l'instant qu'il aboule le fric, ça m'est bien égal qu'il coasse comme une grenouille.

— Tu veux dire que tu freineras ton cheval la prochaine fois qu'il te le demandera?

— Peut-être. Ou peut-être que non, dit Joe, estimant enfin qu'il avait parlé trop librement.

Et, après m'avoir lancé un long regard en coulisse, il s'en fut au vestiaire.

Non loin de là, Pete et Dane discutaient de la tactique de la journée, et je m'approchai d'eux. Pete maudissait le temps; ça allait fausser la course, mais Palindrome devait tout de même l'emporter.

— Passe en tête à mi-course, et personne ne pourra te rattraper. Les autres chevaux ne sont pas fameux. A mon avis, tu vas les enterrer.

— Parfait, dis-je machinalement.

Puis un frisson me parcourut l'échine; je venais de me souvenir qu'Amiral aussi aurait dû enterrer ses rivaux à Maidenhead.

Dane me demanda si j'étais heureux de mon séjour chez Kate; ma réponse enthousiaste ne parut pas le combler de joie.

— Malédiction sur toi, mon vieux, si tu as marché dans mes plates-bandes. (Il avait parlé d'un ton exagérément féroce, mais j'eus la déplaisante impression qu'il le pensait. Et je partis, assez songeur, retrouver Sandy au vestiaire.)

Il était debout près de la fenêtre et regardait le rideau de pluie qui ruisselait sur la vitre. Il s'était changé pour la première course et tournait les yeux vers le paddock où deux lads en imperméables tenaient deux chevaux à l'air misérable par la bride.

— Il va falloir des essuie-glaces sur nos lunettes, observa-t-il, nullement démonté. Pas d'amateur pour un bain de boue? Bonté divine, il y a de quoi décourager un canard,

— Tu as été content de ton bain turc, dimanche? demandai-je en souriant.

— Oh! Tu en as entendu parler?

— Je crois que tout le monde en a entendu parler.

— Tant mieux. C'est bien fait pour ce petit salaud, dit Sandy en souriant.

— Comment se fait-il que tu aies su où le trouver?

— J'ai demandé à sa mère... (Sandy s'interrompit au milieu de sa phrase et ouvrit de grands yeux.)

— Mais oui, dis-je. C'est toi qui lui as envoyé ces lettres de menaces à propos de Bolingbroke.

— Et qu'est-ce qui te fait croire ça? dit Sandy avec bonne humeur.

— Tu aimes bien les farces et tu détestes Joe, dis-je. Le premier billet qu'il a reçu a été mis dans son blouson accroché dans le vestiaire de Plumpton : ce devait donc être un jockey, un habilleur ou un officiel. J'ai pensé que la personne qui avait fourré le billet dans la poche de Joe n'était pas obligatoirement celle qui le payait pour freiner ses chevaux. Car cette personne, chose étrange, ne se vengeait pas. Je me suis alors demandé qui d'autre pourrait s'amuser à tourmenter Joe, et j'ai songé à toi. Tu savais avant la course que Joe devait empêcher Bolingbroke de gagner. C'est pourtant ce qui est arrivé, tu lui as dit que tu avais perdu beaucoup d'argent, et que tu lui revaudrais ça. Et je crois que c'est ce que tu as fait. Tu es même allé le traquer jusqu'au bain turc pour t'offrir le plaisir d'observer ses affres.

— La vengeance est un plat succulent, on connaît ses classiques. Au travail, Sherlock, dit Sandy. Mais ce que je ne comprends pas, c'est que tu en saches tant.

— Joe m'a presque tout raconté, dis-je.

— Quel bavard! Celui-là, sa langue va lui jouer un mauvais tour un de ces jours.

— Sûrement, dis-je, en songeant à l'imprudence avec laquelle Joe parlait de ses « freinages » et des récompenses qu'ils lui valaient.

— Tu lui as dit que c'était moi qui lui avais envoyé ces billets? demanda Sandy, manifestant pour la première fois une certaine inquiétude.

— Bien sûr que non. Ça n'aurait servi qu'à envenimer les choses.

— Merci toujours.

— En récompense de ce menu service, Sandy, fis-je, peux-tu me dire comment il se fait que tu savais d'avance que Bolingbroke ne devait pas gagner?

Il eut un grand sourire, se balança légèrement sur ses talons, mais ne répondit pas.

— Vas-y. Ça n'est pas terrible, ce que je te demande, et ça pourrait me donner une piste pour éclaircir un autre mystère. L'affaire Bill Davidson.

— Ça ne te servira à rien, dit Sandy en secouant la tête. C'est Joe qui m'en a parlé lui-même.

— Comment ça?

— Il me l'a dit lui-même. Aux lavabos pendant que nous nous changions avant la course. Tu le sais, il faut toujours qu'il se mette à crâner. Il avait envie de cabotiner et il m'avait sous la main, et d'ailleurs il savait que ça m'était arrivé une ou deux fois de freiner un cheval.

— Qu'est-ce qu'il t'a dit?

— Que si je voulais voir comment on s'y prend pour étouffer un cheval, je n'avais qu'à le regarder monter Bolingbroke. Ma foi, ce genre de truc, on n'a pas besoin de me le dire deux fois. J'ai joué cinquante livres sur Leica, dont je pensais qu'il gagnerait sûrement si Bolingbroke ne faisait rien. Et regarde ce qui est arrivé. Ce petit crétin a perdu la tête et il a battu Leica de deux longueurs. Je l'aurais étranglé. Cinquante livres, mon vieux, pour moi, c'est une somme.

— Pourquoi as-tu attendu dix jours avant de lui adresser ce premier billet de menaces? interrogeai-je.

— Jusque-là, fit-il d'un air de grande franchise, je n'y avais pas pensé. Mais c'était une belle vengeance, pas vrai? Il a failli se faire retirer sa licence à Cheltenham, et il a passé les trois jours du week-end à suer sang et eau, parce que la petite plaisanterie de votre serviteur l'avait terrifié, fit Sandy d'un air radieux. Tu aurais dû le voir au bain turc. Une loque gémissante! En larmes, me suppliant de le protéger! Moi! Quelle rigolade!

— Et à Plumpton, tu l'as viré par-dessus la balustrade.

— Jamais de la vie, fit Sandy d'un ton indigné. C'est lui qui t'a dit ça? Le sale menteur. Il est tombé. Je l'ai vu. Oh! j'ai bonne envie de lui flanquer encore la frousse. (Une lueur s'alluma dans ses yeux bruns, puis il se calma.) Bah... je trouverai un truc un de ces jours. Ça ne presse pas. Je vais me contenter de lui empoisonner la vie... en lui fourrant des fourmis dans son pantalon, des vers dans ses bottes, des machins comme ça. C'est bien inoffensif, conclut-il en riant. Mais dis-moi, reprit-il, puisque tu es si fort comme détective privé, où en es-tu, sur cette autre affaire?

— Ça n'avance pas vite, dis-je. Mais j'en sais beaucoup plus que la semaine dernière, alors je n'ai pas perdu espoir. Tu n'as rien appris d'intéressant?

Il secoua la tête.

— Absolument rien. Mais tu ne renonces pas?

— Non.

— Eh bien, bonne chance, fit Sandy en souriant.

Un officiel passa la tête par la porte entrebâillée.

— Messieurs les jockeys, en selle, s'il vous plaît, dit-il.

C'était bientôt l'heure de la première course. Sandy coiffa son casque et en fixa les courroies. Puis il ôta ses fausses dents, les deux incisives du centre de la mâchoire supérieure, et les enveloppa dans un mouchoir qu'il fourra dans la poche de sa veste. Comme la plupart des jockeys, il ne montait jamais avec ses fausses dents, de crainte de les perdre ou même de les avaler s'il tombait. Il me fit un sourire de sa bouche édentée, esquissa un geste d'adieu et fonça sous la pluie.

Il pleuvait encore une heure plus tard quand je sortis pour monter Palindrome. Pete m'attendait au pesage; l'eau ruisselait des bords de son chapeau.

— Quel sacré temps, fit-il. Je suis content que ce soit toi qui ailles te faire tremper et pas moi. J'en ai eu mon compte quand je montais. (Il désigna les lunettes qui pendaient à mon cou.) Tu n'en auras pas besoin. Avec la boue qui va gicler aujourd'hui, tu n'y verrais plus au bout de quelques foulées.

Je les retirai donc et, au moment où je tournais la tête pour faire passer l'élastique par-dessus mon casque, j'aperçus un homme qui déambulait aux alentours du paddock.

C'était Bert, l'homme qui promenait le cheval quand les hommes du fourgon m'avaient attaqué. Un des chauffeurs des Marconicars.

Il ne me regardait pas, mais sa vue me fit l'effet d'une décharge électrique. Il était bien loin de ses bases. Il avait parcouru quelque deux cent vingt kilomètres pour passer un bon après-midi aux courses sous la pluie, peut-être aussi pour une autre raison.

Je regardai Palindrome, qui marchait lentement dans le paddock, protégé par sa couverture imperméable.

On allait tous les enterrer.

Je frissonnai.

Bert n'était sans doute pas venu à Bristol seul, me dis-je, et je devinai qu'un troisième avertissement se préparait.

Il était trop tard pour me retirer de la course. Palindrome était un des favoris et il tenait évidemment la grande forme. Je ne pouvais obliger un autre jockey à porter mes couleurs et à écoper d'une chute qui m'était destinée.

Il fallait donc monter Palindrome et prendre la tête en souhaitant que tout se passe bien. Je me souvins des paroles de Kate : « Si on a le devoir d'agir, alors au diable le danger! »

Au diable le danger. Après tout, la chute était toujours possible, fil de fer ou non. Si je tombais aujourd'hui sur un fil, eh bien, tant pis. Je n'y pouvais rien. Et peut-être que je me trompais, qu'il n'y avait pas de fil du tout.

— Qu'est-ce qui se passe? dit Pete. On dirait que tu as vu un fantôme.

— Je vais très bien, dis-je en ôtant mon manteau.

Palindrome était près de moi, et je le flattai en admirant sa belle tête intelligente. Je n'avais plus qu'un seul souci : que la bête, elle au moins, se tire de la course sans dommages.

Je montai en selle et me penchai vers Pete :

— Si... si Palindrome tombe dans cette course, voulez-vous appeler l'inspecteur Lodge au commissariat de Maidenhead pour l'en informer?

— Comment...?

— C'est promis, dis-je.

— D'accord. Mais je ne comprends pas. Tu pourrais le lui dire toi-même si tu y tiens, et d'ailleurs, tu ne tomberas pas.

— Peut-être bien que non.

— Rendez-vous dans l'enclos du vainqueur, fit-il en assénant une claque sur la croupe de Palindrome.

La pluie nous giflait le visage lorsque nous nous alignâmes devant les tribunes. Nous avions deux tours de piste à parcourir. La starting-gate se releva et nous partîmes.

Deux ou trois chevaux sautèrent le premier obstacle avant moi, puis j'amenai Palindrome en tête et j'y restai. Il était au mieux de sa forme, il galopait et sautait avec la souple élégance d'un cheval d'obstacles de grande classe. Tout autre jour, j'en aurais été ravi, mais aujourd'hui, c'était à peine si je m'en apercevais.

Nous achevâmes le premier tour sans incident; les chevaux pataugeaient sur la pelouse détrempée. A environ seize cents mètres de l'arrivée, sur l'extérieur, j'entendis un martèlement de sabots dans mon dos, et je me retournai. Le gros du peloton s'était groupé un peu en arrière, mais deux chevaux me poursuivaient avec acharnement et étaient presque arrivés à la hauteur de Palindrome. Je le cravachai, il réagit aussitôt et nous portâmes la distance qui nous séparait de nos poursuivants à environ cinq longueurs.

Pas d'employé de la piste en vue.

Je ne vis pas de fil.

Mais Palindrome le heurta quand même.

Ce n'aurait pas été une chute très grave sans les chevaux qui me suivaient. Je sentis la secousse qui ébranlait les pattes de Palindrome au moment où nous franchissions le dernier obstacle, et je me propulsai comme un obus. J'atterris sur l'épaule quelques mètres plus loin. Je boulais encore quand les autres chevaux arrivèrent. Ils auraient évité de me piétiner s'ils avaient pu, mais, m'expliqua-t-on par la suite, ils durent s'écarter de Palindrome qui se débattait pour se relever, et je me trouvai juste sur leur trajectoire.

Les sabots lancés au galop me martelèrent le corps. L'un des chevaux me toucha à la tête et fendit mon casque si radicalement que je le perdis aussitôt. Pendant six secondes, je me débattis dans un tourbillon de coups et de meurtrissures; je ne pouvais plus ni penser ni bouger. Je n'étais plus que sensations.

Quand tout fut terminé, je me retrouvai allongé sur le sol détrempé, sans force, engourdi, incapable de me lever, incapable même de faire un geste. Je gisais sur le dos, les pieds tournés vers l'obstacle. La pluie tombait sur mon visage et ruisselait à travers mes cheveux, et les gouttes me frappaient si violemment les paupières que j'avais l'impression de soulever un fardeau quand je les ouvrais. Entre mes cils couverts de pluie, j'aperçus un homme, près de l'obstacle.

Il ne se portait pas à mon secours. Il était en train d'enrouler hâtivement un long bout de fil de fer. Il allait de l'extérieur de la piste vers la corde. Parvenu au poteau intérieur, il plongea la main dans la poche de son imperméable, en tira un outil et coupa le fil au ras du nœud d'accrochage, à une cinquantaine de centimètres au-dessus de l'obstacle. Cette fois, il n'avait pas oublié ses pinces coupantes. Il termina son travail, mit le rouleau de fil sous son bras et se tourna vers moi.

Je le reconnus.

C'était le chauffeur du fourgon.

Toutes choses perdaient leurs couleurs. Le monde paraissait gris, comme une pellicule sous-exposée.

L'herbe verte était grise, le visage du chauffeur était gris...

Je vis alors un autre homme près de l'obstacle, et qui se dirigeait vers moi. Je le reconnus aussi, et ce n'était pas un chauffeur de taxi. Je fus si heureux de constater que du secours me venait, malgré le conducteur du fourgon, que j'en aurais pleuré de soulagement. J'essayai de l'avertir de regarder le fil, pour qu'il y eût un témoin, cette fois. Mais je n'arrivai pas à articuler. Ma langue et ma gorge étaient comme paralysées.

Il s'approcha, s'arrêta près de moi et se pencha. Je voulus sourire, lui dire bonjour, mais impossible de remuer un seul muscle. Il se redressa, puis il lança, par-dessus son épaule, à l'adresse du chauffeur :

— Il est k.-o. (Il se retourna vers moi.) Espèce d'emmerdeur, dit-il en me décochant un coup de pied. (J'entendis mes côtes craquer et j'eus l'impression qu'on m'appliquait un fer chaud sur le flanc.) Peut-être que ça t'apprendra à t'occuper de tes oignons.

Il m'allongea un autre coup de pied. Mon univers de grisaille s'assombrit. J'avais presque perdu connaissance, mais même à ce terrible instant, une partie de mon esprit continuait à fonctionner, et je sus pourquoi je n'avais vu personne traverser la piste en possession du fil de fer. Inutile. Les deux complices se tenaient chacun d'un côté de la piste et ils s'étaient contentés de soulever le fil au moment voulu.

Je vis le pied prendre son élan une troisième fois. J'eus l'impression que des heures s'écoulaient, puis le pied s'approcha de mes yeux; il grossit, devint énorme et me boucha la vue.

Je reçus un coup de pied en plein visage et je m'évanouis telle une bougie qu'on éteint.

CHAPITRE XII

Lorsque je m'éveillai, je constatai que j'étais couché dans une pièce assez sombre dont les contours un peu flous se précisaient lentement. Il y avait un lavabo dans un coin, une table à napperon blanc, un fauteuil, une fenêtre à droite, une porte en face. Une chambre nue, d'aspect fonctionnel.

La porte s'ouvrit et une infirmière entra. Elle me regarda avec un étonnement ravi et sourit. Elle avait de jolies dents.

— Bonjour, dit-elle. Alors, vous avez enfin retrouvé vos esprits. Comment vous sentez-vous?

— Très bien, fis-je, mais ce ne fut qu'un chuchotement, et qui, d'ailleurs, ne correspondait pas à la vérité.

— Vous êtes bien installé? demanda-t-elle en prenant mon poignet pour me tâter le pouls.

— Non, fis-je en renonçant à jouer la comédie.

— Je vais dire au docteur Mitcham que vous êtes réveillé et je pense qu'il va venir vous voir. Je peux vous laisser quelques minutes?

Elle écrivit quelques mots sur une fiche posée sur la table, me fit un nouveau charmant sourire et sortit.

J'étais donc à l'hôpital. Mais je n'avais toujours

pas la moindre idée de ce qui s'était passé. Avais-je été aplati par un rouleau compresseur? Piétiné par un troupeau d'éléphants?

Le docteur Mitcham, qui survint peu après, n'éclaircit qu'à moitié le mystère.

— Pourquoi suis-je ici? demandai-je dans un souffle.

— Vous êtes tombé de cheval, dit-il.

— Qui suis-je donc?

En entendant cette question, il se tapota les dents du bout de son crayon et me considéra quelques secondes. C'était un jeune homme aux traits énergiques, au crâne qui se dégarnissait et aux yeux bleu pâle dotés d'un regard vif et intelligent.

— J'aimerais mieux que vous vous souveniez de ça tout seul. Ça ne va pas tarder d'ailleurs, j'en suis sûr. Ne vous inquiétez pas. Ne vous inquiétez de rien. Détendez-vous, et votre mémoire va vous revenir. Pas tout de suite, n'y comptez pas, mais peu à peu. Vous vous rappellerez tout, sauf peut-être la chute elle-même.

— Qu'est-ce que j'ai, exactement? demandai-je.

— La commotion vous a fait perdre la mémoire. Quant au reste, ajouta-t-il en me toisant de la tête aux pieds, vous avez une fracture de la clavicule, quatre côtes cassées et des contusions multiples.

— Rien de grave, Dieu merci, coassai-je.

Il me regarda, bouche bée, puis éclata de rire.

— Non, rien de grave! Vous êtes tous les mêmes. Complètement fous.

— Qui ça, tous? fis-je.

— Peu importe, vous vous en souviendrez bientôt, dit-il. Tâchez de dormir un moment, et vous comprendrez sans doute beaucoup plus de choses quand vous vous réveillerez.

Je suivis son conseil, fermai les yeux et m'assoupis. Je rêvai d'un vase de crocus rouges et jaunes qui me parlait d'une voix rauque et menaçante. L'envie me prit de m'enfuir en hurlant : je me rendis compte alors que c'était moi qui parlais et les crocus cédèrent la place à un paysage de forêt très verte, dans l'ombre de laquelle filaient des oiseaux rouges. Puis j'eus l'impression que je contemplais le sol, de très haut; je me penchai, je me penchai en avant et je finis par tomber.

La nuit me fut si pénible que, quand le docteur Mitcham entra dans ma chambre le matin, je le suppliai de me montrer que j'avais toujours mes mains et mes pieds. Sans mot dire, il abaissa les couvertures, se saisit fermement de mes pieds et les souleva de quelques centimètres, pour que je puisse les voir. Je levai mes mains, les examinai et je croisai les doigts sur mon ventre : cette panique sans raison me paraissait tout à fait stupide.

— Ne vous frappez pas, dit Mitcham. Ne comptez pas que votre cerveau soit en parfait ordre de marche, vous êtes resté trop longtemps dans le coma. Je vous affirme que je ne vous ai caché aucune de vos blessures. Vous n'avez pas de lésion interne, il ne vous manque rien. Vous serez frais comme l'œil dans trois semaines. Seulement, ajouta-t-il, il vous restera une cicatrice au visage. Nous avons dû vous faire quelques points de suture au-dessus de la pommette gauche.

Comme je n'étais pas à proprement parler un Adonis, cette nouvelle ne me troubla guère. Je remerciai le docteur de son indulgence et il rabattit le drap et les couvertures. Un sourire malicieux éclaira soudain son visage.

— La nuit dernière, dans votre sommeil, vous m'avez dit que vous n'aviez rien de grave et que vous seriez debout aujourd'hui.

— Vous verrez, dis-je d'une voix faible. Je serai debout demain.

En fait, ce fut seulement le jeudi que je me levai et je revins chez Scilla le samedi matin, plus patraque que je ne voulais l'avouer, mais tout de même de bonne humeur.

Scilla et Polly me prodiguèrent des claquements de langue apitoyés et des remarques compatissantes en me voyant m'extraire de la Jaguar quatre fois moins vite que d'habitude, puis monter prudemment les marches du perron.

A sept heures du soir, alors que les enfants venaient de monter se coucher, Kate téléphona. Scilla décida alors d'aller chercher du vin à la cave et me laissa seul dans le salon pour lui parler.

— Comment vont ces fêlures? demanda-t-elle.

— Ça se raccommode, dis-je. Merci de votre lettre et de vos fleurs.

— Les fleurs, dit-elle, c'est une idée d'oncle George. Je lui ai dit que ça faisait un peu trop enterrement, et il a trouvé ça si drôle qu'il a failli s'étouffer. Ça ne m'a pas paru drôle du tout, en fait, quand j'ai appris par Mme Davidson que vous l'aviez échappé belle.

— Ça n'est pas si grave que ça. Scilla exagérait. Et que l'idée soit de vous ou d'oncle George, merci quand même pour les fleurs.

— Je crois que j'aurais dû vous envoyer des lis, pas des tulipes, fit-elle d'un ton moqueur.

— Vous pourrez m'envoyer des lis la prochaine fois, dis-je, ravi d'entendre sa voix charmante.

— Seigneur, il va y avoir une prochaine fois?

— Sûrement, dis-je avec entrain.

— Très bien, alors, dit Kate. Je vais prendre un abonnement à Interflora. Des lis, bien entendu.

— Je vous aime, Kate.
— Ma foi, dit-elle gaiement, c'est agréable de s'entendre dire ça par les gens.
— Les gens? Qui d'autre vous l'a dit? Et quand? demandai-je, craignant le pire.
— Oh! fit-elle après une pause imperceptible, Dane, par exemple.
— Tiens!
— Ne soyez pas si jaloux, dit-elle. Et Dane ne vaut pas mieux que vous : il s'assombrit comme un ciel d'orage quand il entend votre nom. Vous vous conduisez tous les deux comme des enfants.
— Voui, m'dame. Quand vous reverrai-je?
Nous prîmes date pour déjeuner ensemble à Londres, et avant qu'elle ne raccroche, je lui répétai que je l'aimais. J'allais raccrocher à mon tour quand j'entendis sur la ligne le bruit le plus inattendu.
Un rire. Vite étouffé, mais parfaitement reconnaissable.
Elle avait raccroché, mais je continuai à parler dans l'appareil :
— Ne quittez pas, Kate, je... hum... je voudrais vous lire quelque chose... dans le journal. Attendez une seconde que j'aille le chercher.
Je reposai l'appareil sur la table, sortis sans bruit du salon et montai l'escalier qui menait à la chambre de Scilla.
J'y trouvai les coupables, groupés autour du second poste. Henry avait collé le combiné contre son oreille; la tête de Polly était tout près de la sienne; et William les regardait d'un œil avide, bouche bée. Ils étaient tous en pyjama et en robe de chambre.
— Alors, qu'est-ce que c'est que ces manières? demandai-je en fronçant sévèrement les sourcils.
— Oh! bon sang! fit Henry, en laissant tomber le combiné sur le lit comme s'il lui brûlait les doigts.

— Alan! fit Polly en rougissant jusqu'aux oreilles.
— Depuis combien de temps écoutez-vous? interrogeai-je.
— Eh bien, depuis le début, dit Polly, toute honteuse.
— Henry écoute toujours, dit William, qui avait l'air fier de son frère.
— Toi, on ne te demande rien, dit Henry.
— Petits monstres, dis-je.
William parut vexé. Il répéta :
— Mais Henry écoute toujours. Il écoute toutes les communications. Il vérifie. C'est bien, n'est-ce pas? Henry vérifie tout le temps, n'est-ce pas, Henry?
— William, boucle-la, dit Henry, rouge et furieux.
— Alors Henry vérifie? dis-je en le foudroyant du regard.
Henry ne baissa pas les yeux : il était pris sur le fait, mais, de toute évidence, nullement repentant. Je m'approchai d'eux, puis j'oubliai soudain l'homélie sur le caractère sacré de la vie privée que je m'apprêtais à leur débiter. Je m'arrêtai, songeur.
— Henry, demandai-je doucement, depuis combien de temps écoutes-tu les conversations téléphoniques?
Il me regarda avec méfiance :
— Pas mal de temps, fit-il enfin.
— Des jours? Des semaines? Des mois?
— Une éternité, dit Polly, qui reprenait courage en constatant que ma colère était passée.
— As-tu jamais écouté les conversations de ton père? demandai-je.
— Oui, souvent, dit Henry.
Je me mis à dévisager l'intrépide petit bonhomme. Il n'avait que huit ans, mais s'il connaissait les

réponses aux questions que je m'apprêtais à lui poser, il en comprendrait la signification et cette révélation risquait de bouleverser sa vie. Je me décidai quand même.

— L'as-tu par hasard jamais entendu parler à un homme qui a une voix comme ça? demandai-je. (Puis je pris une voix rauque et chuchotante.) C'est bien le major Davidson?

— Oui, dit Henry sans hésitation.

— Quand cela? demandai-je, en m'efforçant de ne rien montrer de l'excitation que j'éprouvais. (J'étais certain maintenant qu'il avait écouté la conversation téléphonique dont Bill avait parlé à Pete en disant que c'était une blague.)

— C'était cette voix-là la dernière fois que j'ai écouté papa, fit tranquillement Henry.

— Tu te rappelles ce que la voix disait? fis-je en m'efforçant de parler lentement et doucement.

— Oh! oui! C'était une plaisanterie. C'était deux jours avant sa mort, dit Henry. Juste quand nous allions nous coucher, comme aujourd'hui. Le téléphone a sonné, je suis venu ici et j'ai écouté, comme d'habitude. L'homme à la drôle de voix disait : « Vous allez monter Amiral samedi, major Davidson? » et papa a répondu oui.

Henry s'arrêta. J'espérais de toutes mes forces qu'il allait se souvenir. Il fronça les sourcils pour se concentrer et reprit :

— Alors l'homme à la drôle de voix a dit : « Vous ne gagnerez pas avec Amiral, major Davidson. » Papa a éclaté de rire et l'homme a dit : « Je vous verserai cinq cents livres si vous me promettez de ne pas gagner. » Et Papa a dit : « Allez vous faire voir! » Et ç'a m'a rudement étonné parce qu'il me répétait toujours de ne pas parler comme ça. Et puis l'homme a dit qu'il ne voulait pas que papa gagne, et qu'Amiral tomberait si papa n'acceptait pas de perdre, et papa a dit : « Vous êtes fou. » Et puis il a raccroché et je suis revenu en courant dans ma chambre, pour ne pas qu'il me surprenne en train d'écouter, s'il montait.

— Tu n'en as pas parlé à ton père? demandai-je.

— Non, dit Henry avec franchise. C'est ce qu'il y a d'embêtant quand on écoute. Il faut faire drôlement attention de ne pas avoir l'air d'en savoir trop.

— Je vois, dis-je, en m'efforçant de ne pas sourire.

Je vis alors une lueur s'allumer dans les yeux d'Henry : il comprenait peu à peu le sens de la conversation qu'il avait surprise.

— Alors, fit-il d'une voix un peu tremblante, ça n'était pas une blague?

— Non, ce n'était pas une blague.

— Mais cet homme n'a pas fait tomber Amiral, hein? Il ne pouvait pas... enfin... c'est vrai? fit Henry, désespéré, et qui voulait que je le rassure.

— Je ne sais vraiment pas. Je ne crois pas, dis-je en mentant tranquillement.

Mais Henry me regardait avec de grands yeux, comme s'il venait de découvrir un spectacle abominable.

— Qu'est-ce qui se passe? dit Polly. Je ne comprends pas pourquoi Henry a l'air si bouleversé. Ça n'est pas parce que quelqu'un a dit à papa qu'il ne devait pas gagner qu'Henry va piquer une crise.

— Est-ce qu'il se rappelle toujours aussi nettement ce que les gens disent? demandai-je à Polly. Ça remonte à un mois.

— Je crois que papa et cet homme se sont dit un tas de choses qu'Henry a oubliées, dit Polly avec bon sens. Mais il n'invente rien.

Et c'était vrai. Henry était un enfant sincère.

— Je ne comprends pas comment il a pu s'y prendre, fit-il d'une voix éteinte.

Je vis avec plaisir qu'Henry s'inquiétait plutôt de l'aspect pratique de la chose. Sa réaction affective avait été minime.

— Va te coucher et ne t'occupe pas de ça, Henry, dis-je en lui tendant la main.

Il la prit, et contrairement à ses habitudes, il s'y cramponna tandis que je le reconduisais à sa chambre.

CHAPITRE XIII

J'étais en train de m'habiller à une allure de tortue le lendemain matin, lorsqu'on sonna à la porte en bas; Joan monta m'avertir qu'un certain inspecteur Lodge voulait me voir.

— Dites-lui que je descends le plus vite possible, fis-je en m'escrimant pour passer ma chemise par-dessus l'épais bandage qui enveloppait mon épaule.

Je parvins à boutonner presque tous mes boutons, mais je renonçai à la cravate.

Les bandes qui entouraient mes côtes me serraient et ça me démangeait horriblement, j'avais mal à la tête, des tas d'endroits de mon corps étaient encore douloureux, j'avais mal dormi et, dans l'ensemble, j'étais de fort méchante humeur. La vue de mon visage jaunâtre, couvert de bleus et mal rasé dans la glace, n'arrangea rien. J'avais terriblement envie de gratter la cicatrice livide qui me barrait la joue, et qui me chatouillait désagréablement.

Je branchai mon rasoir électrique pour me débroussailler un peu, passai un coup de brosse sur mes cheveux, enfilai des pantoufles, introduisis un bras dans ma veste et jetai l'autre manche par-dessus l'épaule, puis je descendis l'escalier d'un pas mal assuré.

Le visage de Lodge quand il m'aperçut valait le déplacement.

— Si vous m'éclatez de rire au nez je vous casse la figure. La semaine prochaine, dis-je.

— Je ne ris pas, dit Lodge, les narines pincées par l'effort qu'il faisait pour garder un visage impassible.

— Ce n'est pas drôle, insistai-je.

— Certainement pas.

Je lui bourrai un sale œil.

Lodge, qui n'était pas en uniforme et portait un pantalon de flanelle grise, une chemise de laine et une veste de sport, ouvrit sa serviette posée sur la table et en tira divers papiers. Il s'assit près de la table et les y étala.

— M. Gregory m'a téléphoné au commissariat le lendemain de votre chute à Bristol pour me l'annoncer, dit-il.

— Pourquoi diable a-t-il fait cela? fis-je.

— Vous le lui aviez demandé, dit Lodge. (Il hésita puis poursuivit :) Le médecin a l'air de penser que vous avez des troubles de mémoire.

— Exact. Je me rappelle maintenant presque tout ce qui s'est passé à Bristol ce jour-là, mais je n'arrive toujours pas à me souvenir d'être allé à la salle des Balances pour monter Palindrome. Je ne me rappelle pas non plus la course, ni la chute. Rien. (La dernière image dont je conservais le souvenir, c'était celle de Sandy sortant sous la pluie.) Pourquoi ai-je demandé à Pete de vous prévenir que j'étais tombé?

— Vous le lui avez demandé avant la course. Vous pensiez sans doute que vous alliez tomber. Alors, à titre tout à fait officieux, j'ai fait une enquête sur votre accident. Je suis allé à l'écurie de Gregory pour examiner Palindrome. Il avait une petite plaie très nette sur ses deux bourrelets de chair...

— Sur le poitrail, murmurai-je.

— ... le poitrail, si vous voulez; et je vous laisse deviner avec quoi il s'est fait ça.

— Bah! fis-je. (J'avais deviné, mais je ne pouvais pas en croire mes oreilles.)

— J'ai fait une enquête sur les gardiens d'obstacles, reprit-il. L'un d'eux était un nouveau et les autres ne le connaissaient pas. Il a déclaré s'appeler Thomas Butler, et il a donné une adresse qui n'existe pas; il s'est proposé pour se poster à l'obstacle le plus éloigné des tribunes, celui où vous êtes tombé. Sa proposition a été aussitôt acceptée, à cause de la pluie et de la distance. La même histoire qu'à Maidenhead. Sauf que cette fois-ci Butler est venu se faire payer normalement. J'ai obtenu ensuite du directeur des Pistes qu'il me laisse examiner l'obstacle, et j'ai découvert une encoche sur les deux poteaux à près de deux mètres du sol.

Il y eut un bref silence.

— Tiens, tiens, tiens, fis-je d'un ton absent. On dirait que j'ai eu plus de chance que Bill.

— Je regrette que vous ne vous souveniez plus de rien... Qu'est-ce qui vous a fait soupçonner que vous alliez tomber? demanda Lodge.

— Je ne sais pas.

— C'est quelque chose qui s'est passé quand vous étiez au paddock et que vous attendiez de monter en selle.

Il se pencha en avant, ses yeux sombres se posèrent sur moi, comme pour inciter ma mémoire défaillante à fonctionner. Mais je ne me souvenais de rien et l'effort de concentration m'était trop pénible.

— Je n'arrive pas à me rappeler, dis-je. Peut-être

que ça me reviendra quand ma migraine aura disparu.

Lodge soupira et se redressa sur sa chaise.

— J'imagine, fit-il avec quelque amertume, que vous vous souvenez quand même m'avoir envoyé un message de Brighton. Il s'agissait d'un renseignement à vous obtenir?

— Oui, je me rappelle, dis-je. Qu'est-ce que vous avez trouvé?

— Pas grand-chose. Personne ne semble savoir le nom du propriétaire réel de la compagnie des taxis Marconicars. La boîte a été reprise tout de suite après la guerre par un homme d'affaires du nom de Clifford Tudor...

— Comment? fis-je, stupéfait.

— Clifford Tudor, un respectable citoyen de Brighton, sujet britannique. Vous le connaissez?

— Oui, dis-je, il possède plusieurs chevaux de courses.

— Il y a quatre ans, reprit Lodge, il a revendu ses taxis avec un coquet bénéfice et il a investi ses capitaux dans l'hôtel Pavillon Plaza.

J'appuyai ma tête contre la vitre de la fenêtre; j'espérais que ces détails allaient prendre une signification à mes yeux, mais je ne parvins qu'à accroître mon incapacité à réfléchir.

— Ce sont des prête-noms, reprit Lodge, qui ont acheté la compagnie de taxis à Tudor, et c'est là que nous entrons dans le brouillard. Il y a eu tellement de transferts de propriété d'une société à l'autre qu'il est inutile de chercher à savoir le nom du véritable propriétaire actuel. Toutes les questions d'affaires sont réglées par un certain M. Fielder, le directeur. Selon lui, il consulte par téléphone quelqu'un qu'il nomme « le président », mais que c'est « le président » qui l'appelle chaque matin, et jamais l'inverse.

Il prétend que le président est un certain Claude Thiveridge, mais il ignore son adresse et son numéro de téléphone.

— Ça me paraît bien louche, dis-je.

— En effet. Il n'y a pas de Claude Thiveridge sur les listes électorales ni sur aucune autre liste officielle, y compris celles de la comptabilité du téléphone, que ce soit dans le Kent, le Surrey ou le Sussex. Les standardistes du central téléphonique sont certaines que le bureau des taxis ne reçoit aucun appel régulier par l'inter, et pourtant cet appel matinal est une chose habituelle depuis quatre ans. Ça veut dire que c'est de Brighton même qu'on appelle; il semble donc à peu près certain que Claude Thiveridge n'est pas le vrai nom de ce monsieur.

Il se frotta la nuque d'un air songeur et me regarda attentivement.

— Amnésie ou pas, vous en savez plus que vous ne m'en avez dit. Allons, soyez chic, mettez-vous à table.

— Bah! Si vous voulez. Il y a un tas de choses que j'ignore, mais voici en gros comment l'affaire se présente. Les Marconicars ont monté un racket qui dure depuis quatre ans; ils intimident les petites entreprises, du genre café ou bistrot. Il y a environ un an, grâce à la détermination d'un certain patron de bar, le propriétaire du Canard Bleu, le gang a éprouvé des difficultés à poursuivre ses activités. En fait, ce patron s'est mis à lâcher des bergers allemands sur les types qui venaient toucher l'argent. (Je racontai à Lodge, abasourdi, ce que Kate et moi avions appris dans la cuisine du Canard Bleu, sous l'œil vigilant de Prince.) J'ai donc l'impression que votre mystérieux Claude Thiveridge a décidé de se rattraper en s'orientant vers une autre forme d'activité criminelle. Je crois qu'il a acheté la douteuse officine de book installée au-dessus des Marconicars.

« Une vieille dame pleine de bonnes intentions m'a dit que cette officine avait été rachetée par une nouvelle firme, il y a environ six mois, mais que le nom était resté le même : L.C. PERTH; c'est ce qu'on lit sur l'enseigne au néon. Seulement, personne n'a pu découvrir l'identité du nouveau propriétaire. C'est une coïncidence un peu trop forte : deux affaires, assez mystérieuses, l'une au-dessus de l'autre, et appartenant chacune à un propriétaire invisible et introuvable. Ce doit être le même.

— Pas obligatoire, dit Lodge. C'est un peu tiré par les cheveux.

— Vous allez voir, dis-je. Bill est mort parce qu'il a refusé d'empêcher son cheval de gagner une course. Je sais, sa mort n'était pas au programme, mais on a quand même usé de violence contre lui. Un homme à la voix rauque lui a demandé par téléphone de renoncer à gagner. Henry, le fils aîné de Bill — il a huit ans — a pris l'habitude d'écouter les conversations téléphoniques sur le poste du premier étage, et il a tout entendu. Deux jours avant la mort de Bill, affirme Henry, la voix lui a offert cinq cents livres pour qu'il empêche son cheval de gagner, et comme Bill lui riait au nez, l'homme l'a averti qu'il ne gagnerait pas parce que son cheval tomberait.

Je me tus. Lodge ne disait mot. Je repris donc :

— Un jockey du nom de Joe Nantwich accepte, depuis environ six mois, c'est-à-dire depuis que L.C. Perth a changé de mains, de toucher cent livres, quelquefois davantage, pour empêcher son cheval de gagner. Joe reçoit ses instructions par téléphone d'un homme à la voix rauque et qu'il n'a jamais vu.

Lodge s'agita un peu sur sa chaise.

— Comme vous le savez, repris-je, j'ai été attaqué par des chauffeurs appartenant à la compagnie des

Marconicars, et quelques jours plus tard, l'homme à la voix rauque m'a téléphoné; il m'a conseillé de prendre l'avertissement au sérieux. Pas la peine d'être Sherlock Holmes pour comprendre que ces combines de courses truquées et le racket des Marconicars sont dirigés par le même homme. La seule personne qui puisse offrir la grosse somme à un jockey pour perdre une course, c'est un bookmaker marron. S'il sait que le favori ne gagnera pas, il acceptera n'importe quel pari sur le cheval et ne courra aucun risque.

Je me levai et gagnai la porte.

— Je vais vous montrer quelque chose, fis-je.

L'escalier me parut plus raide que d'habitude. Je montai dans ma chambre et pris l'agenda des courses et la petite liasse de paris, puis je redescendis au salon. J'étalai les tickets sur la table, devant Lodge.

— Voici, expliquai-je, des tickets que Bill avait conservés pour l'amusement de ses enfants. Comme vous le voyez, trois d'entre eux proviennent de L.C. Perth et tous les autres de boîtes différentes. Bill était un homme méthodique. Au dos de tous les tickets, il inscrivait la date, le montant de son pari et le nom du cheval sur lequel il avait misé.

Je pris le premier ticket et lus tout haut :

— *Péripatéticienne, 7 novembre. Dix livres à onze contre dix*. Il devait donc gagner onze livres pour sa mise. (J'ouvris le calendrier des courses à la date du 7 novembre.) Péripatéticienne, dis-je, a perdu ce jour-là la course d'obstacles de Sandown de quatre longueurs. Elle était montée par Joe Nantwich.

Je pris la seconde fiche et lus :

— *Sackbut, 10 octobre. Cinq livres à six contre un*. (Je consultai l'agenda des courses pour ce jour-là.) Sackbut n'était même pas placé à Newbury, et c'est Joe Nantwich qui le montait.

Lodge compara en silence le calendrier et les tickets.

— J'ai examiné tous les autres tickets, dis-je. Comme Bill avait gardé les tickets, il s'agit évidemment de chevaux qui ont perdu.

Lodge se passa la main sur le visage et se prit le nez entre le pouce et l'index.

— Eh bien, railla-t-il, il ne vous reste plus qu'à nous révéler le nom.

— Malheureusement, dis-je, ça m'est impossible.

Lodge reprit d'un ton plus grave :

— Pourrait-ce être une personne de votre connaissance? Il est fatalement en rapport avec le monde des courses. Si c'était Perth, le bookmaker?

— Ça se pourrait. Je ne le connais pas. Evidemment, il ne s'appelle pas réellement Perth. Le nom a été vendu avec l'affaire. La prochaine fois que je courrai, je placerai un pari chez Perth et je verrai ce qui se passe, dis-je.

— Et si c'était un jockey, un entraîneur, un propriétaire? demanda Lodge.

— Vous feriez aussi bien de penser aux commissaires et au Comité national des Courses, fis-je d'un ton sarcastique. En pratique, ils ont été les premiers à apprendre que j'avais découvert le fil de fer et que je procédais à une enquête. L'homme que nous recherchons a su très tôt que je posais des questions. J'ai confié mes soupçons à un nombre de gens très restreint et je n'ai posé de questions précises qu'après l'aventure du fourgon.

— Parmi les gens que vous connaissez... dit Lodge d'un ton songeur. Et Gregory?

— Non, fis-je.

— Pourquoi donc? Il habite près de Brighton; il pourrait très bien être l'auteur des coups de fil quotidiens aux Marconicars.

— Il n'aurait jamais pris le risque de blesser Bill ou Amiral.

— Des jockeys? suggéra Lodge.

— Aucun d'eux ne me paraît être l'homme que nous recherchons. Et il me semble que vous oubliez un fait : la combine des courses est une chose secondaire, on en a peut-être eu l'idée en pensant à cette officine de bookmaker qui végétait à l'étage au-dessus. En d'autres termes, c'est sans doute l'existence de cette officine qui a incité le patron des Marconicars à s'intéresser aux courses.

— Vous avez peut-être raison, admit Lodge.

— Partout dans cette affaire, dis-je, on retrouve Tudor. Il connaissait Bill, Bill avait noté son adresse sur un bout de papier. (Je plongeai la main dans la poche de ma veste. La vieille enveloppe y était toujours. Je l'examinai encore.) Tudor m'a dit qu'il avait demandé à Bill de monter un de ses chevaux.

— Quand vous a-t-il dit ça?

— Je l'ai ramené des courses de Plumpton à Brighton, quatre jours après la mort de Bill. Nous avons parlé de lui pendant le trajet.

— C'est tout? demanda Lodge.

— Eh bien... les chevaux de Tudor étaient montés, jusqu'à une époque récente, par notre cher ami Joe Nantwich qui n'est pas tout à fait incorruptible. C'était sur un cheval de Tudor, Bolingbroke, que Joe a gagné un jour où il avait la consigne de perdre... mais à Cheltenham, il a gâché une course alors qu'il montait un cheval de Tudor, et Tudor avait l'air furieux.

— Camouflage, suggéra Lodge.

J'appuyai mon front douloureux contre la vitre et je repris :

— Je ne pense pas que Tudor soit la canaille que nous recherchons.

— Pourquoi pas? fit Lodge. Il a des dons d'organisateur, il habite Brighton, il a été propriétaire de la compagnie de taxis, il emploie Joe Nantwich et il connaissait le major Davidson. Jusqu'à maintenant, ça me semble être la piste la plus intéressante.

— Non, fis-je d'un ton las. Notre meilleure piste, c'est celle des taxis. Si je n'avais pas remarqué que les hommes du fourgon étaient des chauffeurs de taxis, j'aurais fait chou blanc. Celui qui les a lancés à mes trousses n'a certainement pas pu se douter que je les reconnaîtrais, sinon il n'aurait pas ordonné cette attaque. Mais il y a quelqu'un qui savait que je les reconnaîtrais, et c'est Clifford Tudor. Il était près de moi lors de la bagarre des chauffeurs de taxis et il savait que j'avais eu le temps de les observer lorsque la police les a rassemblés en deux groupes.

— Je ne l'élimine pourtant pas complètement, dit Lodge, en rassemblant ses papiers pour les ranger dans sa serviette. Les criminels font souvent les erreurs les plus stupides.

— Si jamais nous réussissons à retrouver votre Claude Thiveridge, dis-je, je crois bien qu'en fin de compte ce sera quelqu'un que je n'ai jamais vu, dont je n'ai jamais entendu parler. Un parfait étranger. C'est le plus probable.

Scilla entra dans le salon; elle apportait un pot en cuivre garni de dahlias et de narcisses. Elle le posa sur la table basse, près de moi, et le soleil printanier illumina soudain les fleurs aux couleurs vives. Elle me lança un bref coup d'œil et se tourna vers Lodge.

— Alan a l'air très fatigué, dit-elle. Que faisiez-vous?

— Nous bavardions, dis-je en lui souriant.

— Vous allez vous retrouver à l'hôpital si vous ne faites pas attention, dit-elle avec une nuance de reproche dans la voix.

Elle offrit aussitôt une tasse de café à Lodge.

Cette interruption m'arrangeait car je n'avais pas envie de discuter avec l'inspecteur. A chaque pas que j'avais fait dans mon enquête, j'avais été récompensé, évidemment; chaque fois que M. Claude Thiveridge avait voulu parer une de mes bottes, il m'avait fourni un indice. Ma mémoire défaillante se refusait encore à me fournir le renseignement que j'avais payé d'une chute à Bristol, mais ça ne m'ôtait pas l'envie d'en finir avec cette affaire.

Peu à peu, j'allais me rapprocher de Thiveridge. Il sortirait alors de son trou, le temps de frapper un nouveau coup, me révélant ainsi la direction à suivre. De même que l'éclair d'un coup de feu dans l'ombre nous montre la cachette du tireur.

CHAPITRE XIV

Joe Nantwich fut le premier à rencontrer le tireur.

Huit jours après la visite de Lodge, je me rendis aux courses dans le West Sussex, après une brève matinée passée au bureau. Mes contusions avaient disparu; mes côtes et ma clavicule s'étaient ressoudées et fonctionnaient parfaitement, et la migraine elle-même reculait. J'entrai en sifflotant au vestiaire et je présentai à Clem mon casque tout neuf, acheté le matin pour le prix de trois guinées.

La salle de pesage était vide et de lointains murmures de foule m'annoncèrent que la première course était commencée. Clem mettait un peu d'ordre dans le vestiaire, ravagé par le passage des jockeys qui s'y étaient changés, avaient passé leur casaque, s'étaient fait peser et s'en étaient allés au paddock. Il m'accueillit cordialement et me serra la main.

— Heureux de vous revoir, monsieur, fit-il en prenant mon casque. (Avec un stylo à bille, il écrivit mon nom sur un bout d'albuplast qu'il colla sur le métal luisant.) Espérons que vous n'aurez pas trop vite besoin d'un neuf, reprit-il en appuyant ses pouces sur l'albuplast.

— Je recommence demain, Clem, dis-je. Pouvez-vous m'apporter mon matériel? Une grande selle. Pas de problème de poids cette fois-ci : je monte Amiral.

— Le poids maximum, dit Clem avec résignation. Et pas mal de plomb. Amiral n'a pas l'habitude. Le major Davidson n'en avait pratiquement jamais besoin. (Clem me toisa et ajouta :) Je ne serais pas étonné si vous aviez perdu trois ou quatre livres.

— Tant mieux, fis-je gaiement, en me tournant vers la porte.

— Une minute, monsieur, dit Clem. Joe Nantwich m'a chargé de vous dire, si vous veniez, qu'il voulait vous parler.

— Ah! oui?

— Il vous a déjà cherché samedi à Liverpool, mais je lui ai annoncé que vous viendriez probablement ici. M. Gregory a dit la semaine dernière que vous monteriez Amiral demain.

Clem ramassa une selle et passa sa main sur le cuir lisse.

— Est-ce que Joe a précisé ce qu'il voulait me dire?

— Il veut vous montrer un bout de papier d'emballage; il y a quelque chose d'écrit dessus. Il a dit que ça vous intéresserait. Il me semble qu'il a dit que c'était un indice.

— Je vais le voir et je saurai de quoi il s'agit. Vous ne savez pas s'il a gardé ce papier?

— Si. Il a tapé sur sa poche il y a un instant, quand il m'a demandé si vous étiez là, et j'ai entendu un bruit de papier froissé.

— Merci, Clem.

Je sortis. La course était terminée, le vainqueur allait se faire desseller devant la salle des Balances, et les turfistes déferlaient des tribunes par centaines. Je me plantai près de la porte de la salle des

Balances pour attendre Joe et recueillir les derniers potins. J'appris qu'à Liverpool, ç'avait été décevant, formidable, affreux, une perte de temps et une course au poil, suivant le jockey qui m'en parlait. Je n'y étais pas allé. Je suivais alors un traitement intensif pour rééduquer les muscles de mon épaule.

Sandy m'asséna une grande claque dans le dos en passant :

— Bien agréable de revoir ta vieille tronche, même si tu as l'air d'une doublure de Scarface. Tu as vu Joe? Ce petit salaud te réclamait à grands cris.

— Il paraît, dis-je. Je l'attends.

Deux chroniqueurs hippiques me demandèrent mes projets et prirent quelques notes sur Amiral pour leur édition du matin. Sir Creswell Stampe me salua d'une petite inclinaison de sa tête distinguée et de ce gonflement caractéristique de la lèvre supérieure qui passait chez lui pour un sourire.

Ma satisfaction de me retrouver dans mon ambiance favorite fut quelque peu gâchée par la vue de Dane, qui parlait avec enthousiasme à une mince jeune fille d'une surprenante beauté qu'il escortait. Elle marchait la tête tournée vers lui et riait d'un joli petit rire complice. C'était Kate.

En me voyant, ils hâtèrent le pas et s'approchèrent en souriant : ils formaient vraiment un beau et gracieux couple.

Kate, qui s'était habituée à mon visage meurtri en déjeunant avec moi quelques jours plus tôt me gratifia d'un « Salut! » désinvolte et regrettablement dépourvu de tendresse. Elle posa la main sur mon bras et me demanda de venir avec eux suivre la prochaine course à la hauteur de la rivière.

— Pas pour l'instant, fis-je. Il faut d'abord que je trouve Joe Nantwich. Plus tard... si vous voulez refaire la promenade.

— Entendu, Alan, dit-elle. Ou peut-être que nous prendrons le thé ensemble? A tout à l'heure, fit-elle en tournant les talons.

Elle eut un sourire malicieux où je lus l'ironie avec laquelle elle accueillait la jalousie qu'elle éveillait en moi.

En les suivant du regard, je faillis oublier que j'étais à la recherche de Joe : j'entrai dans la salle des Balances et dans le vestiaire. Il n'y était pas.

Pete surgit devant moi au moment où je reprenais ma faction sur le pas de la porte et m'accueillit comme un ami qu'on retrouve après une longue absence. Son chapeau était renversé en arrière et ses larges épaules gonflaient son manteau; il considéra mon visage avec bonne humeur :

— Ils t'ont bien recousu, tu sais. Tu n'étais pas beau à voir la dernière fois que je t'ai aperçu. J'imagine que tu ne te souviens toujours pas de ce qui s'est passé?

— Non. Quelquefois je crois que ça va me revenir... mais ça ne dure pas.

— C'est peut-être aussi bien, fit-il d'un ton encourageant, en remontant la courroie de ses jumelles qui avait glissé.

— Pete, fis-je. Avez-vous vu Joe? Je crois qu'il me demande.

— Oui. Il te cherchait à Liverpool aussi. Il tenait beaucoup à te montrer un truc, une adresse je crois, écrite sur du papier d'emballage.

— Vous l'avez lue? demandai-je.

— Oui, mais ce type m'agace et je n'ai pas fait très attention. Je crois qu'il s'agissait de Chichester.

— Savez-vous où est Joe? demandai-je. Voilà un moment que je l'attends, et pas trace de lui.

Un petit sourire méprisant tendit ses lèvres minces.

— Oui, je l'ai vu entrer au bar il y a dix minutes.

— Déjà! m'exclamai-je.
— C'est un petit pochard, dit-il d'un ton détaché. S'il ne restait plus que lui comme jockey sur terre, je ne le mettrais pas sur un de mes chevaux.
— Quel bar? insistai-je.
— Hein? Oh! celui qui est derrière le Tattersall, près du Totalisateur. Il est entré en compagnie d'un homme que je ne connais pas et de ce type brun pour lequel il monte... Tudor, ce n'est pas comme ça qu'il s'appelle?
Je le regardai bouche bée.
— Mais Tudor a liquidé Joe à Cheltenham... et sans appel.
Pete haussa les épaules.
— Tudor est entré dans le bar, suivi de Joe et de l'autre type. Ça n'est peut-être qu'une coïncidence.
— Merci toujours.
Ce bar était distant d'une centaine de mètres au plus. Je ne perdis pas de temps, mais pourtant quand j'entrai et que je me frayai un chemin à travers la foule des consommateurs engoncés dans leurs manteaux, je constatai que Joe n'y était plus. Clifford Tudor non plus.
Je ressortis. L'heure de la seconde course approchait et de longues queues se formaient devant le Totalisateur; les parieurs regardaient alternativement leurs journaux de courses et leurs montres, prêts à brandir leurs mains impatientes serrées sur leurs billets de banque.
J'hésitai. Pas trace de Joe nulle part; je décidai de gagner la loge des Jockeys dans les tribunes.
Ce fut seulement parce que je marchais lentement que je découvris Joe.
La route décrivait une courbe derrière les bâtisses, qui n'étaient pas à l'alignement. En façade, l'espace qui les séparait mesurait à peine cinquante centi-

mètres, mais il s'élargissait vers le fond et, à hauteur de la clôture, les murs du bar et du Totalisateur étaient distants d'un bon mètre cinquante.

Je jetai un coup d'œil dans cet étroit passage. Et j'aperçus Joe. En fait, je ne le reconnus qu'en m'en approchant de très près.

Tout d'abord, je ne vis qu'un homme couché sur le sol; pensant qu'il était peut-être malade, évanoui ou tout simplement ivre, je décidai de voir si je pouvais l'aider.

Il gisait dans l'ombre, mais sa silhouette, son attitude de poupée cassée éveillèrent mon attention tandis que je m'approchais.

Il vivait encore, mais à peine. Une mousse sanglante ruisselait de ses narines et du coin de sa bouche, et une flaque de sang s'étalait sous sa joue sur le gravier. Son visage de bébé joufflu ne reflétait, assez incroyablement, que mauvaise humeur. On aurait dit qu'il pensait que ce qui venait de lui arriver n'était qu'une petite mésaventure.

Un couteau était planté dans son corps. L'épais manche noir dépassait de façon fort incongrue de sa chemise à carreaux jaunes et blancs, au-dessous du sternum; une petite tache de sang s'étalait sur le tissu, au voisinage de la blessure. J'imaginai facilement les dégâts que la lame avait causés à l'intérieur.

Il avait les yeux ouverts, mais le regard vague et déjà vitreux.

— Joe! m'écriai-je.

Ses yeux se tournèrent vers moi et je compris qu'il me reconnaissait. Un muscle remua sur sa joue, ses lèvres s'ouvrirent. Il fit un grand effort pour parler.

Le sang jaillit soudain de ses narines et lui emplit la bouche. Il émit un gargouillement tandis qu'un air de profonde stupéfaction envahissait son visage juvénile. Puis il pâlit affreusement, ses yeux roulèrent dans leurs orbites, et il n'y eut plus de Joe. Il conserva encore quelques secondes une expression qui disait assez clairement : « Ça n'est pas juste. »

Le douceâtre relent de son sang me donnait des nausées. Je lui fermai les yeux et restai accroupi sur mes talons, à le regarder, stupidement.

Au bout d'un moment, j'ouvris sa veste et fouillai ses poches, pour retrouver le papier d'emballage qu'il voulait me montrer, tout en sachant que c'était inutile. Il avait disparu; sinon, cette mort était insensée. Dans mon idée, c'est dans ce papier que l'expéditeur avait emballé le dernier paiement reçu par Joe en récompense de ses « freinages ». A n'en pas douter. Et il recélait un indice de l'identité de l'expéditeur. Le cachet de la poste? Une adresse? Pete avait parlé de Chichester. Ça ne me disait rien. Joe avait toujours été trop bavard. Il aurait pu me téléphoner en s'exprimant à mots couverts, et tout de suite. Au lieu de quoi il avait exhibé le papier à Liverpool. Et on avait pris des mesures radicales pour s'assurer qu'il ne me le montrerait pas.

— Pauvre et incorrigible bavard, murmurai-je devant son corps immobile.

Je me levai et sortis de l'étroite impasse. Personne dans les parages. La voix du commentateur clamait dans les haut-parleurs que les chevaux approchaient du second open ditch, ce qui signifiait qu'on était déjà à mi-course et qu'il fallait me hâter.

Je fis en courant les cinquante derniers mètres qui me séparaient du bureau du directeur des Pistes, et j'ouvris toute grande la porte. Un homme grisonnant, d'allure effacée, au nez chaussé de lunettes, leva des yeux stupéfaits; il était assis à son bureau, son stylo s'immobilisa en l'air. C'était le secrétaire du directeur des Pistes.

— M. Rollo n'est pas là? demandai-je en parcourant le bureau du regard.

Il était seul.

— Il observe la course. Je peux vous aider?

Il avait une voix aussi sèche que ses façons. M'efforçant de garder mon calme, je lui annonçai que le cadavre de Joe Nantwich gisait dans l'impasse située entre le Totalisateur et le bar, un couteau dans les poumons. Je suggérai qu'il fasse disposer un paravent entre les deux bâtiments; en effet, quand la foule allait affluer vers le bar et les guichets du Totalisateur après la course, les turfistes allaient immanquablement le remarquer, piétiner le sol au voisinage du corps et détruire les indices éventuels.

Il ouvrit des yeux ronds et incrédules derrière ses lunettes.

— Ça n'est pas une plaisanterie, fis-je en désespoir de cause. La course est presque finie. Prévenez la police. Je vais m'occuper du paravent. (Il ne bougeait toujours pas. J'aurais pu le secouer, mais je n'en avais pas le temps.) Dépêchez-vous!

Mais sa main ne s'était toujours pas posée sur le téléphone lorsque je refermai la porte.

Le poste de secours se trouvait derrière la salle des Balances. J'y fonçai, y trouvai deux infirmières d'âge mûr en train de prendre le thé. Je m'adressai à la plus jeune, une matrone aux amples proportions.

— Posez ça et venez vite avec moi, dis-je, tout en espérant qu'elle ne discuterait pas. (Je pris une civière appuyée contre le mur, et comme elle reposait lentement sa tasse, j'ajoutai :) Apportez une couverture. Il y a un homme blessé. Je vous en prie, faites vite.

L'infirmière ne resta pas insensible à l'appel du devoir et, s'emparant d'une couverture, me suivit sur le paddock, mais à vitesse réduite.

Les premiers parieurs commençaient à refluer vers le bar. Je regardai Joe. On ne l'avait pas déplacé.

Je plantai la civière debout sur ses poignées et j'en fis une sorte de paravent. L'infirmière arriva sur mes talons, tout essoufflée. Je lui pris la couverture des mains et la tendis sur la civière, de façon à masquer l'endroit où se trouvait Joe.

— Ecoutez, fis-je en m'efforçant de parler lentement. Il y a un homme entre ces deux bâtiments. Il n'est pas blessé, il est mort. Il a été tué avec un couteau. Je vais m'assurer que la police arrive, et je vous demande de rester ici. Tenez la civière comme ça. Ne laissez passer personne avant mon retour. Vous saisissez?

Elle ne répondit pas. Elle bougea un peu la civière pour jeter un coup d'œil par l'ouverture. Elle regarda longuement le corps. Puis elle redressa son buste imposant, une lueur martiale s'alluma dans ses prunelles, et elle déclara d'un ton ferme :

— Personne ne passera, j'y veillerai.

Je regagnai hâtivement le bureau du directeur des Pistes. Cette fois, M. Rollo en personne s'y trouvait et, lorsque je lui eus raconté ce qui s'était passé, les événements se précipitèrent.

Sur les champs de courses, les endroits isolés sont difficiles à trouver. Je conduisis un policier à l'endroit où se trouvait Joe, les opérations habituelles commencèrent. J'éprouvai alors le besoin de souffler un peu. Il m'était venu une idée tandis que j'étais accroupi auprès du corps de Joe, mais il n'était pas question de foncer tête baissée.

Joe avait exhibé son bout de papier d'emballage à plusieurs personnes, et nul, lui compris, semblait-il, n'avait immédiatement compris la signification de ce qui y était écrit. Pourtant, il avait été tué avant d'avoir pu me le montrer. C'était donc qu'à mes yeux ces mots auraient eu une signification. Et peut-être seulement à mes yeux.

La question était simple. Allais-je me lancer sur cette piste? Je ne suis pas un héros. Je n'avais pas envie d'y laisser ma peau. Et, sans nul doute, l'idée qui m'était venue près du corps de Joe était à peu près aussi dangereuse qu'un bâton de dynamite lancé au milieu d'un feu de joie.

Je regagnai le paddock. Les jockeys étaient déjà sortis pour la quatrième course et, comme j'arrivais dans la salle de pesage, un des officiels me prit par le bras et m'annonça que la police me cherchait partout. On voulait que je fasse une déclaration et on m'attendait dans le bureau du directeur des Pistes.

Je m'y rendis et j'en ouvris la porte.

M. Rollo, un petit maigre, était adossé à la fenêtre, l'air soucieux. Son secrétaire était toujours assis à son bureau, la bouche légèrement entrouverte, comme s'il n'avait pas encore très bien compris ce qui s'était passé.

L'inspecteur de police, qui se présenta sous le nom de Wakefield, s'était installé à la table de M. Rollo; il était assisté de trois policiers, dont un nanti d'un bloc-notes et d'un crayon. Le médecin du champ de courses était assis sur une chaise près du mur et un inconnu se tenait debout près de lui.

Wakefield me reprocha l'insouciance avec laquelle j'avais disparu pendant plus d'une demi-heure. A un moment pareil! Large et fort, il dominait la pièce. Il suait l'autorité par tous les pores de la peau. Le genre de policier qui inspire une terreur sacrée aux malfaiteurs. Et son regard sinistre insinuait que pour l'instant c'était à cette catégorie que j'appartenais.

— Si vous êtes tout à fait prêt, monsieur York, commença-t-il d'un ton sarcastique, nous allons prendre votre déposition.

J'examinai le petit bureau plein de monde et dis :

— Je préfère faire ma déposition devant vous seul.

L'inspecteur grommela, s'emporta, discuta; mais finalement tout le monde s'en fut sauf Wakefield, moi et le policier sténographe, à la présence duquel je me résignai. Je racontai exactement ce qui s'était passé à Wakefield. Toute la vérité, rien que la vérité.

Puis je regagnai la salle des Balances; à tous ceux qui, par douzaines, se pressaient autour de moi pour recueillir le récit d'un témoin oculaire, j'annonçai que j'avais trouvé Joe vivant. Oui, déclarai-je, il m'avait parlé avant de mourir. Ce qu'il avait dit? Oh! seulement deux ou trois mots, et, si ça leur était égal, je préférais n'en pas parler pour l'instant. J'ajoutai que je n'en avais pas encore averti la police, mais bien entendu, je n'y manquerais pas si ça me paraissait important. Et j'arborai une expression intriguée et songeuse, de l'air du type qui a trouvé une clé et qui est sur le point d'ouvrir la serrure adéquate.

J'emmenai Kate prendre le thé et Pete, en nous apercevant, vint nous rejoindre. A eux aussi, je racontai la même histoire; j'en eus un peu honte, mais il n'était pas question qu'ils aillent clamer un peu partout la vérité, à savoir que Joe était mort sans prononcer une syllabe.

Je partis peu après la sixième course. Avant de franchir la grille, j'aperçus Wakefield et Clifford Tudor devant la porte du bureau du directeur des Pistes, en train d'échanger une poignée de mains. Tudor s'était trouvé avec Joe bien peu de temps avant sa mort. Il avait dû « aider les policiers dans leur enquête ». Et, semblait-il, de façon satisfaisante.

Je traversai le parc de stationnement, gagnai la Lotus, démarrai et pris la direction de l'Ouest; arrivé sur les petites routes secondaires des South Downs, j'appuyai sur le champignon et filai à plus de cent soixante à l'heure. Aucun Marconicar, songeai-je avec satisfaction, ne pourrait soutenir ce train. Mais, pour bien m'assurer qu'on ne me suivait pas, je m'arrêtai en haut d'une côte et j'examinai la route derrière moi, à la jumelle. Elle était déserte. Personne n'était à mes trousses.

A une cinquantaine de kilomètres du champ de courses, je m'arrêtai dans une petite auberge du bord de la route et j'y pris une chambre pour la nuit. J'insistai aussi pour obtenir un garage fermant à clé. J'étais assez loin de Brighton, et hors du rayon d'action normale des Marconicars, mais je ne prenais pas de risques. Je voulais rester invisible.

J'allai me coucher de bonne heure et je restai éveillé un long moment avant de m'endormir.

En revenant au champ de courses le lendemain matin, je m'arrêtai dans un bureau de poste, où je changeai pour quatre shillings de pennies que j'entassai et enveloppai dans du papier. Je pris dans ma valise une paire de chaussettes de rechange et glissai les pièces dans le pied de l'une d'elles, puis j'y fis un nœud pour que le rouleau de pennies ne se défasse pas. J'essayai la petite matraque sur la paume de ma main. Elle était assez lourde, me sembla-t-il, pour assommer un homme. Je la fourrai dans ma poche de pantalon et je poursuivis ma route jusqu'à l'hippodrome.

Je me rendis à la salle des Balances et je demandai d'une voix claire à plusieurs personnes si elles avaient vu l'inspecteur Wakefield dans les parages, car je voulais lui dire un mot. C'était au sujet des dernières paroles de Joe.

Je me tenais sur mes gardes quand j'avais le dos tourné; je redoutais une attaque par-derrière. Selon toute probabilité, on essaierait de m'entraîner dans un coin écarté. On avait dû agir ainsi avec Joe car, sur les champs de courses, il y a du monde partout et les assassinats discrets y sont très difficiles.

Un couteau dans les côtes, telle était la menace la plus vraisemblable. L'arme, efficace dans le cas de Joe, avait l'avantage — pour celui qui la maniait — d'être silencieuse et précise. En outre, elle restait sur le cadavre, si bien qu'on n'avait pas ensuite à s'en débarrasser. Si on tentait le coup sur ma personne, je comptais bien être prêt. Mes doigts serraient avec plaisir les pennies enfoncés dans ma poche.

Je me changeai, me fis peser, bavardai avec l'un et l'autre, puis j'allai vaquer à mes affaires en attendant.

Rien ne se produisit.

Amiral devait courir dans la cinquième. A la fin de la quatrième, mes nerfs s'étaient calmés et je n'étais plus aussi tendu. Dans mon idée, il aurait déjà dû se passer quelque chose. Ça faisait déjà près de trois heures que j'étais à l'hippodrome. Je disposais de renseignements précieux qu'il était bien tentant de m'empêcher à jamais de communiquer, et pourtant on n'avait encore rien tenté contre moi.

L'idée, déjà familière, me traversa l'esprit que dans l'organisation Thiveridge, l'effet ne suivait jamais la cause de très près. La mort de Joe était survenue deux jours pleins après l'histoire du papier d'emballage, à Liverpool. On m'avait averti par téléphone deux jours après mes confidences au sujet du fil qui avait tué Bill à Maidenhead. Il avait fallu au moins un jour pour mettre sur pied l'embuscade du fourgon. Et le fil qui avait provoqué ma chute avait été disposé deux jours après mon incursion dans les bureaux des Marconicars.

Je finis par estimer que les opérations du gang dépendaient essentiellement de l'unique coup de fil quotidien donné par Thiveridge à Fielder. C'était, en définitive, le seul moyen à la disposition du sous-fifre pour transmettre des messages urgents au « président » ou en recevoir ses instructions. Thiveridge estimait sans doute que ce retard à l'allumage était un moindre mal. Une adresse ou un numéro de téléphone risquait de permettre aux indiscrets de parvenir jusqu'à lui.

Fort déprimé, j'en arrivai à croire que mes savants mensonges n'étaient pas parvenus aux oreilles auxquelles ils étaient destinés. Quelle idiotie de s'offrir aux coups d'un chasseur qui ignorait encore le nom de sa proie!

Pour essayer de chasser ces idées moroses, je m'en allai au paddock rejoindre Pete et monter Amiral. Le cheval de Bill, le mien désormais, avait l'air plus splendide que jamais. Avec sa tête intelligente, son large poitrail, ses jarrets bien droits et ses boulets impeccables, c'était le prototype même du grand cheval de steeple.

— Il n'a pas couru depuis la terrible journée de Maidenhead, mais il est au mieux de sa forme, dit Pete. (Il regardait la bête d'un air admiratif.) Tu ne peux pas perdre la course, alors vas-y doucement un moment, pour t'habituer à lui. Tu verras, il a des réserves. N'essaie jamais de le pousser à fond. Bill, comme tu sais, avait l'habitude de se placer en tête avant la mi-course, mais ça n'est pas la peine. Il a des retours terribles.

— Je ferai ce que vous me dites.

— Amiral est favori une fois de plus. Si tu loupes cette course, la foule te tuera. Je l'y aiderai, conclut-il en souriant.

— Je vais tâcher de sauver ma peau, fis-je en lui rendant son sourire.

Amiral était aussi magnifique à monter qu'à regarder. Il se plaçait admirablement avant l'obstacle, sautait au bon moment, sans qu'il y eût besoin de le solliciter. Il avait le galop bas et souple du cheval vraiment rapide et, dès la première haie, j'éprouvai à le monter un plaisir qui confinait à l'extase. Suivant le conseil de Pete, je fis tout le parcours sans forcer l'allure; je sautai le dernier obstacle en compagnie de deux autres chevaux; je donnai alors un petit coup de talon à Amiral et je secouai les rênes. Il sauta à l'extrême bord de l'obstacle et atterrit très loin de l'autre côté; il gagna deux longueurs dans son saut et laissa les deux autres chevaux sur place. Nous arrivâmes seuls au poteau. Ce fut une victoire facile, que la foule acclama.

Dans l'enclos du vainqueur, où je mis pied à terre et dessellai le cheval, Amiral se comporta comme s'il venait de faire un petit galop d'essai. Il n'était nullement essoufflé. Je caressai son encolure brune, en remarquant qu'il transpirait à peine, et je demandai à Pete :

— De quoi diable est-il capable quand il s'y met pour de bon?

— De gagner le National, pas moins, fit Pete qui se balançait sur ses talons, tout en recueillant des félicitations bien méritées.

Je souris, posai la selle sur mon bras, passai dans la salle des Balances et me fis peser avant de me changer. Le familier plaisir de la victoire m'inondait; c'était aussi réconfortant qu'un bain chaud, et j'aurais sauté de joie en rentrant au vestiaire, si je n'avais su que c'était au cheval que revenait tout le mérite, et non au jockey.

Pete me cria de me dépêcher; il fallait arroser ça ensemble; je me changeai donc rapidement et je le rejoignis. Il m'entraîna au bar voisin du Totalisateur et nous nous arrêtâmes devant l'impasse, pour regarder l'endroit où Joe avait rencontré la mort. Il y avait maintenant une palissade de bois à hauteur d'homme qui barrait l'entrée, afin d'éloigner les amateurs de sensations. Une tache brune sur le gravier, c'était tout ce qui restait de Joe.

— C'est terrible, dit Pete, comme nous entrions dans le bar. Qu'est-ce qu'il t'a dit, avant de mourir?

— Je te le raconterai un de ces jours, fis-je d'un ton nonchalant. Pour l'instant, ce qui m'intéresse le plus, c'est la date de la prochaine course d'Amiral.

Et tout en buvant, nous nous mîmes à parler chevaux.

En revenant vers la salle des Balances, nous trouvâmes deux hommes en imperméable qui nous attendaient près de la porte. Ils portaient des feutres mous, de grosses chaussures; ils avaient cette dégaine indéfinissable et menaçante qui caractérise la plupart des policiers en civil.

L'un deux plongea sa main à l'intérieur de sa veste, et en tira une carte qu'il brandit vers moi.

— Monsieur York?

— Oui.

— L'inspecteur Wakefield vous prie de venir au commissariat pour les besoins de l'enquête. S'il vous plaît. (Le « s'il vous plaît » arriva avec un peu de retard.)

— Très bien, dis-je, et je chargeai Pete de demander à Clem de ranger mes affaires.

— Volontiers, fit-il.

J'accompagnai les deux hommes au parking.

— Je vais prendre ma voiture. Je vous suivrai jusqu'au commissariat, dis-je.

— Une voiture de police nous attend sur la route, monsieur, fit le plus grand des deux. L'inspecteur Wakefield a insisté pour que vous y montiez et, si ça ne vous ennuie pas, monsieur, je préfère qu'on suive les ordres de l'inspecteur.

Je souris. Si l'inspecteur Wakefield avait été mon patron, j'aurais, moi aussi, suivi ses ordres.

— Parfait, fis-je.

J'aperçus une longue Wolseley noire garée devant les grilles; un chauffeur en uniforme se tenait debout près de la portière et un autre homme en casquette à visière était assis sur la banquette avant.

Un peu plus loin à ma droite, devant les rangées de fourgons alignés dans le parking, on promenait plusieurs des concurrents qui avaient participé à la course remportée par Amiral pour leur dégourdir les jambes avant de les ramener au bercail. Amiral était parmi eux, et Victor, son lad, le tenait fièrement par la bride.

Comme je parlais au policier qui se tenait sur ma droite, le plus petit des deux, pour lui expliquer que c'était mon cheval et lui en faire apprécier l'allure magnifique, j'éprouvai un choc qui me coupa le souffle avec la force d'un coup de pied au creux de l'estomac.

— Victor, criai-je. (Lorsqu'il se retourna, je lui fis signe de m'amener Amiral.) Je voudrais simplement m'assurer que les jambes du cheval sont bien souples, expliquai-je aux deux hommes.

Ils acquiescèrent et m'attendirent; le plus grand se dandinait d'un pied sur l'autre.

Je n'osais pas risquer un second coup d'œil et d'ailleurs j'étais sûr de ne pas m'être trompé.

L'homme qui se tenait à ma droite portait la cravate que j'avais perdue dans le fourgon de mes agresseurs, dans le bois de Maidenhead.

Coupée dans une pièce de soie tissée spécialement, elle m'avait été offerte, pour mon vingt et unième anniversaire, par un fabricant de textiles qui voulait faire des affaires avec mon père. J'avais deux autres cravates du même modèle, ainsi qu'un foulard, et les motifs, composés de petits bateaux à vapeur rouge et or entrelacés avec la lettre Y sur fond vert sombre, étaient uniques dans leur genre.

C'était bien l'attaque que j'attendais, et j'avais failli me laisser prendre tout bêtement au piège. Ça n'allait d'ailleurs pas être facile de m'en sortir, car il était bien tendu. La voiture « de police » était garée de l'autre côté de la grille, à moins de vingt pas de nous, et le chauffeur, debout près du capot, regardait dans notre direction.

Si je laissais voir le moindre signe de méfiance, ils allaient s'y mettre à trois, me pousser dans la voiture et démarrer dans un nuage de poussière. Et Victor n'aurait plus qu'à raconter cette histoire incroyable. Quant à moi, j'étais perdu. Ce serait une de ces promenades dont le passager ne revient pas.

Victor parvenu à quinze pas de moi, je fis glisser la courroie de mes jumelles le long de mon bras jusque dans ma main. De toutes mes forces, je lançai mes jumelles dans les jambes du plus grand des deux truands, pour le faucher et le déséquilibrer. Je ne connaissais qu'une seule prise de judo, assez élémentaire, que j'utilisai contre son compagnon. Puis je me ruai en direction d'Amiral.

Il leur fallut cinq secondes pour se remettre de cette attaque par surprise, et ça me suffit. Comme ils se précipitaient vers moi d'un air résolu à tout, je sautai sur le dos d'Amiral, m'emparai des rênes qui pendaient à son cou, lui fis faire demi-tour et arrachai la bride des mains de Victor.

L'homme qui se trouvait près de la voiture arrivait en courant. Je mis Amiral au trot, évitai d'un écart le chauffeur qui avait surgi et me dirigeai vers la haie qui bordait le parking. Le cheval la sauta d'un bond puissant et retomba sur l'herbe du bas-côté, quelques mètres devant la voiture noire. Le quatrième homme avait ouvert la portière et en sortait en vitesse. Je jetai un bref regard en arrière.

Victor était pétrifié sur place, bouche ouverte. Les trois hommes couraient tous vers la grille et ils avaient l'air décidé. Ils y étaient presque arrivés. Comme je me mettais à souhaiter qu'ils ne soient pas armés, car j'offrais une cible idéale, je vis le soleil briller sur un objet métallique que brandissait le possesseur de ma cravate. Ce n'était guère le moment de m'arrêter pour vérifier s'il s'agissait d'une lame; je faillis d'ailleurs en faire la désagréable expérience, car le bras de l'homme se détendit et le couteau fila vers moi. Je me couchai sur l'encolure du cheval, l'arme manqua son but, et je l'entendis toucher le sol un peu plus loin.

Je traversai la chaussée, sans me soucier du crissement des freins d'un camion qui surgissait, et je sautai dans le champ situé en face de l'hippodrome. Le terrain était en pente; quand je lâchai les rênes, à peu près à mi-chemin, et que je me retournai pour voir ce qui se passait, la route et le parc à voitures s'étendaient à mes pieds, telle une carte.

Les truands ne cherchaient pas à me suivre. Ils avaient déplacé la Wolseley, et s'étaient arrêtés quelques mètres plus loin, sur le bas-côté. Tous les quatre étaient apparemment dans la voiture.

Victor, toujours planté au milieu du parking, se grattait la tête en me regardant. J'imaginais sans mal sa stupéfaction. Je me demandai quand il allait se décider à courir avertir Pete.

La dernière course terminée, le parc allait s'emplir d'une foule et les voitures allaient reprendre la route. Dans mon idée, je pourrais alors regagner en toute sûreté l'hippodrome, sans risquer de me faire enlever.

Sur ces entrefaites, une autre voiture noire vint

s'arrêter derrière la Wolseley, puis une autre, puis plusieurs; une file de huit ou dix voitures s'allongea finalement sur la route. Les nouveaux venus avaient un aspect horriblement familier.

C'étaient des Marconicars.

CHAPITRE XV

Les chauffeurs descendirent de leurs taxis et se dirigèrent vers la Wolseley. Arrêté au milieu du champ, je les observais. Ils ne se pressaient guère, mais j'avais vu leur arsenal de chaînes de bicyclettes, de couteaux et de coups-de-poing américains lors de la bagarre avec les chauffeurs de Londres à Plumpton; et puis je me souvenais du sort de Joe; j'imaginais donc fort bien ce qui allait se passer si je me laissais rattraper.

J'occupais une bonne position. Les taxis ne pouvaient pénétrer dans le champ, qui n'avait pas d'issue sur la route; les chauffeurs ne pouvaient pas davantage espérer me rejoindre à pied, et je restais persuadé que, lorsque la foule des turfistes commencerait à s'écouler, je pourrais échapper à l'ennemi et regagner l'hippodrome.

Deux événements se produisirent bientôt, qui vinrent modifier la situation.

Tout d'abord, les hommes se mirent à observer l'extrémité du champ où je me trouvais. En tournant la tête vers la droite, j'aperçus une voiture qui descendait, de l'autre côté de la haie, et je compris qu'il y avait une autre route dans le secteur; je remarquai aussi une grande demeure, dotée de bâtiments annexes et de jardins qui se découpait sur le ciel.

Trois des taxis se détachèrent de la file et s'engagèrent sur la route située à ma droite; ils s'arrêtèrent à intervalles réguliers. Il y avait à présent des truands sur ma droite, devant moi; la grande maison se trouvait derrière moi; mais je n'avais encore aucun motif sérieux d'inquiétude.

C'est alors qu'un autre Marconicar arriva à toute vitesse et freina brutalement devant la Wolseley. Un homme trapu jaillit par la portière, traversa la route en quelques enjambées et se planta devant la haie en tendant le bras vers moi. J'en étais encore à me poser des questions quand j'entendis le sifflement d'une balle à hauteur de pied. Je n'entendis pas le coup de départ.

Comme je faisais tourner bride à Amiral, dans l'intention de traverser le champ au galop, une balle frappa le sol, avec un bruit sourd, devant moi. Ou j'étais trop loin pour qu'un fusil muni d'un silencieux pût tirer à cette distance, ou... Et la sueur perla sur mon front... Ou bien le tireur faisait exprès de viser bas; ce n'était pas moi qu'il voulait toucher, mais Amiral.

Ce n'était qu'un champ de trois ou quatre hectares; sa relative exiguïté ne m'inspirait pas confiance. Je perdis de précieux instants à arrêter ma monture pour examiner la haie de clôture, à l'autre bout; elle était doublée de barbelés à mi-hauteur. En me retournant, je vis l'homme au fusil courir sur la route parallèle au champ de courses que je venais de prendre. J'allais bientôt être à sa portée.

Je fis reculer Amiral, l'amenai face à la haie et l'obligeai à sauter. Il passa par-dessus sans même effleurer une brindille. Nous nous retrouvâmes dans un autre champ, occupé par un troupeau de vaches; mais il était également trop petit et trop exposé par rapport à la route. Je découvris en outre, en trottant le long de la clôture du haut, qu'on n'avait pas ménagé les barbelés. Mais tous les pâturages ont une issue et je finis par la trouver à l'autre extrémité. Je l'ouvris, fis passer Amiral dans le champ voisin et refermai la barrière derrière moi.

Ce champ-là n'avait pour toute clôture que des poteaux et du fil de fer, et ce fut l'abandonce des barbelés qui me décida alors à mettre le plus d'espace possible entre mes poursuivants et moi et dans les délais les plus courts. Si je permettais aux chauffeurs de me suivre tranquillement de pré en pré, ils risquaient de m'acculer dans une impasse dont Amiral lui-même ne sortirait pas.

La présence du soleil m'arrangeait, car ça me permettait de repérer ma direction. C'était celle de l'est et comme il me semblait raisonnable d'avoir un but précis, je décidai de ramener Amiral à son écurie, chez Pete.

Je calculai que j'avais environ vingt kilomètres à parcourir. Je trouvai devant moi une autre petite route. J'y accédai par une barrière, et je mis Amiral au trot, en cherchant une ouverture dans la végétation folle de la haie. J'aperçus soudain une voiture noire et basse qui prenait un virage à quelque distance et qui grimpait la colline dans ma direction. Sans donner à Amiral le temps de se repérer, je le fis brusquement tourner vers les fourrés et lui talonnai les côtes.

L'obstacle était trop haut, et trop inattendu, mais il fit de son mieux. Il sauta droit au milieu de l'enchevêtrement des fils de fer et des pousses de hêtres, s'y fraya lourdement un chemin et se retrouva presque sur les boulets dans le champ voisin. C'était un champ labouré, planté de betteraves, ce qui en rendait le passage difficile, mais j'obligeai Amiral à conserver un pas assez vif, car j'avais perçu derrière moi un crissement de freins brutal. Un coup d'œil me permit de voir le conducteur qui passait par la brèche ouverte par Amiral, et je constatai avec soulagement que ce n'était pas l'homme au pistolet.

Il avait tout de même une radio. D'ici une minute, tous les Marconicars allaient savoir où je me trouvais.

Je mis un autre champ entre le taxi et nous, puis je m'arrêtai et mis pied à terre pour voir si Amiral n'était pas trop abîmé. Heureusement, il n'avait que quelques égratignures et une coupure au grasset, d'où coulait un peu de sang. J'attendis qu'il séchât, remontai en selle, et en avant!

Trois ou quatre champs plus loin, la terre arable céda peu à peu la place aux fougères et je vis s'étendre devant nous les vastes étendues de la forêt domaniale.

Les arbres, pour la plupart des conifères, étaient plantés par grandes sections bien ordonnées, séparées par des pistes. Elles servaient tout à la fois aux déplacements des bûcherons et de coupe-feu en cas d'incendie. Il y en avait environ une tous les huit cents mètres et, de loin en loin, des sentiers perpendiculaires les coupaient.

Le quadrillage ainsi formé allait du nord au sud dans un sens et de l'est à l'ouest dans l'autre. Tout en regrettant le kilométrage supplémentaire qui m'était ainsi imposé, je pris un sentier en direction de l'est; au prochain carrefour, je tournai au sud, de nouveau à l'est et ainsi de suite; je me mis à zigzaguer à travers la forêt.

Le ciel commençait à s'assombrir, le bel après-midi d'automne touchait à sa fin; mais ce n'était pas tant ça qui m'inquiétait que le fait que je risquais de me perdre. Juste devant moi, sur ma droite, une petite colline herbeuse dressait son sommet arrondi;

la forêt de conifères venait en battre les bords, telle la mer autour d'un récif. J'avais laissé derrière moi les plus grands arbres et je trottais à travers de jeunes pins à peine plus hauts que ma tête; je distinguais fort bien la colline, au sommet de laquelle une silhouette d'homme agitait les bras.

Je ne pensai pas une seconde qu'il pût s'intéresser à moi, car je croyais avoir semé mes poursuivants. Ce qui se passa me frappa comme un désastre absolument inattendu.

D'un sentier sur la droite, encore trop éloigné pour que j'aie pu le repérer, une forme noire déboucha et, s'arrêtant au milieu du chemin, me bloqua le passage. C'était la Wolseley.

Les jeunes pins qui bordaient la piste étaient trop drus et la futaie était trop basse pour qu'on pût y pénétrer. Je jetai un coup d'œil en arrière. Un Marconicar noir arrivait en cahotant sur le chemin derrière moi.

J'étais si près de la Wolseley que je distinguai un des hommes qui regardait par la lunette arrière avec un sourire triomphant. Je songeai que si, en essayant de nous échapper, Amiral et moi nous rompions le cou, ça valait encore mieux qu'une reddition pure et simple.

A la vue de la Wolseley, mes jambes s'étaient resserrées sur les flancs d'Amiral.

Je n'avais aucune raison d'imaginer qu'il allait tenter le coup. L'audace d'un cheval ne dépasse pas certaines limites. Il avait déjà eu une journée chargée. C'était peut-être le meilleur cheval de steeple d'Angleterre, mais...

En une seconde, toutes ces pensées me traversèrent l'esprit. Je les balayai. Il fallait forcer Amiral à sauter, par tous les moyens.

Ce fut à peine s'il hésita. Il fit une courte enjambée, puis une longue, ramassa son puissant arrière-train et prit son essor. Sans se soucier des portières qui s'ouvraient, ni des menaces des hommes qui se ruaient hors de la voiture, il sauta par-dessus le capot, sans même érafler la peinture.

Je faillis être vidé des étriers quand nous atterrîmes. Amiral trébucha et je glissai sur la couverture; je me cramponnai d'une main aux rênes et de l'autre à la crinière du cheval. Les rênes pendaient et se balançaient dangereusement près de ses sabots et je craignis qu'il ne s'y prenne un sabot et ne s'abatte. Une de mes jambes traînait encore sur sa croupe et, tout en haletant lourdement contre son flanc, centimètre par centimètre, je parvins à réfupérer mon assiette. Un petit élancement à l'épaule me confirma qu'il ne fallait guère compter sur ma clavicule à peine ressoudée, mais, en me penchant sur son encolure et en me cramponnant de toutes mes forces, je parvins à rattraper les rênes, à les rassembler et à ralentir enfin l'allure d'Amiral.

Je repris mon souffle, j'essayai de voir si la Wolseley me suivait, mais elle était si loin que je ne pus m'assurer qu'elle bougeait. Et pas question de m'arrêter pour vérifier.

Les grands pins tamisaient la lumière.

Je me sentais chez moi dans cette forêt, bien qu'elle ressemblât peu à celle où j'avais été élevé. C'était très calme, très sombre. Pas d'oiseaux. Pas de bêtes. Le cheval et moi avancions régulièrement, sans bruit, sur l'épais tapis d'aiguilles de pin, en nous fiant à notre instinct pour ne pas dévier de notre chemin. S'il y a une chose dont on peut être sûr en Angleterre, c'est qu'en suivant une ligne droite dans n'importe quelle direction, on tombe toujours assez vite sur une route. J'avais peut-être parcouru un kilomètre et demi lorsque j'en trouvai une. Je restai à distance et me mis à la suivre en direction du nord.

Amiral trottait sans bruit à travers une clairière tapissée de feuilles mortes quand j'entendis le bruit, maintenant familier, d'une radio de Marconicar, ainsi que la voix du chauffeur.

Je mis pied à terre et j'attachai Amiral à un arbre voisin. Puis j'y grimpai de branche en branche.

J'aperçus un peu plus loin un panneau routier à un carrefour, et au pied du poteau un Marconicar; on n'en voyait que le toit et le haut des vitres, à cause des rhododendrons, des arbres et des broussailles qui s'étendaient devant moi. Loin sur ma droite, ma vieille amie la forêt de pins formait une masse vert sombre.

Je descendis de mon arbre et tâtai le rouleau de pennies que j'avais gardé en poche. Je trouvai également deux morceaux de sucre que je donnai à Amiral. Il souffla par les naseaux et me lécha la main. Je lui caressai doucement le cou en bénissant Scilla de me l'avoir offert.

Sur un terrain aussi bien protégé, il me fut assez facile d'approcher du carrefour sans me faire voir mais, quand, du milieu d'un buisson de rhododendrons, je pus enfin distinguer le taxi, je constatai que le chauffeur en était sorti. C'était un garçon assez jeune, au visage maussade, vêtu d'un complet bleu clair; il s'était planté, tête nue, au milieu du carrefour, les jambes écartées; il secouait quelques pièces de monnaie au fond de ses poches. Il examina les quatre branches du carrefour, ne vit rien de spécial et bâilla.

La radio se remit à crépiter, mais le chauffeur n'y prit pas garde. J'avais pensé me glisser jusqu'à son taxi et l'assommer avant qu'il pût signaler ma présence; mais sa position m'obligeait à attendre; je le regardai en le maudissant; il se moucha tranquillement

Tout à coup, il s'avança d'un pas décidé dans ma direction.

Je crus un instant qu'il m'avait vu, mais ce n'était pas le cas. Il s'arrêta devant un grand buisson voisin de ma cachette, me tourna le dos et... se soulagea. Attaquer un homme dans de pareilles circonstances, c'était peu reluisant, et je dus sourire en émergeant de mes rhododendrons, mais c'était l'occasion ou jamais. Je fis trois bonds et lançai ma chaussette farcie de pennies qui atterrit brutalement sur sa nuque. Il s'effondra sans bruit.

Je l'empoignai aux aisselles et le traînai jusqu'à l'arbre où m'attendait Amiral. En vitesse, j'arrachai le liséré marron qui bordait la couverture de selle et j'en éprouvai la résistance. Ça me parut assez solide. Tirant mon canif de ma poche de pantalon, je le découpai en quatre morceaux, j'en utilisai deux pour ficeler les chevilles et les genoux du chauffeur. Puis je le traînai au pied de l'arbre et je lui ligotai les poignets derrière le dos. Le quatrième morceau de liséré me servit à l'attacher solidement au tronc de l'arbre.

Je palpai ses poches. Il n'avait pour toute arme qu'un coup-de-poing américain que je fourrai dans ma veste. Il avait repris conscience. Son regard un peu vague se posa sur Amiral, puis sur moi, et sa mâchoire tomba lorsqu'il me reconnut.

Ce n'était pas un grand gaillard, ni un grand héros. La vue du cheval tout proche parut l'inquiéter bien plus que ses liens ou que la bosse qui grossissait sur son crâne.

— Il va me piétiner! beugla-t-il, en me révélant, dans sa terreur, un dentier taché de nicotine.

— Bah! fis-je, il ne marche pas sur n'importe quoi.

— Emmenez-le! Emmenez-le!

En l'entendant, Amiral se mit à s'agiter.

— Restez tranquille et il ne vous fera aucun mal, fis-je sèchement au chauffeur.

Mais il ne tint aucun compte de mon avertissement et se remit à brailler. Sans autre forme de procès, je lui fourrai mon mouchoir dans la bouche. Ses yeux s'exorbitèrent.

— Bouclez-la. Si vous restez tranquille, il ne vous fera aucun mal. Si vous hurlez, il va s'effrayer et il risque de vous décocher une ruade, vous saisissez?

Il acquiesça. J'ôtai le mouchoir et il se mit à jurer. Avec hargne, mais à mi-voix.

Je calmai Amiral et lui donnai du champ pour qu'il pût brouter les touffes d'herbe. Il se mit à paître tranquillement.

— Comment vous appelez-vous? demandai-je au chauffeur.

Il cracha et ne répondit pas.

Je répétai ma question :

— Qu'est-ce que ça peut vous foutre? grogna-t-il.

J'avais particulièrement besoin de connaître son nom et j'étais pressé.

Sans m'embarrasser de vains scrupules, je tirai sur les brides d'Amiral et le fis pivoter de façon à présenter son arrière-train impressionnant au chauffeur. La crânerie toute neuve de mon prisonnier s'évanouit en un instant. Il ouvrit la bouche pour hurler.

— Non, fis-je. N'oubliez pas qu'il va ruer si vous faites du bruit. Bon. Comment vous appelez-vous?

— John Smith.

— Encore un petit effort, dis-je, en faisant reculer Amiral d'un pas.

Le chauffeur de taxi céda; sa bouche tremblait et la sueur perlait sur son front.

— Blake, balbutia-t-il.

— Prénom?

— Corny. Comme qui dirait un surnom.

Son regard inquiet allait et venait entre moi et l'arrière-train du cheval.

Je lui posai plusieurs questions sur le fonctionnement de la radio; sans éloigner le cheval. Lorsque j'eus appris tout ce que je voulais, je détachai les rênes de l'arbre et les fixai à une pousse, quelques mètres plus loin; quand la nuit allait tomber, le chauffeur ne risquerait pas de se faire piétiner accidentellement.

Je donnai à Blake un ultime avertissement :

— Ne vous avisez pas d'appeler au secours, personne ne vous entendra et si vous faites peur au cheval, il est assez fort pour briser ses rênes et foncer sur vous. Bouclez-la et il restera tranquille. Compris?

Bien entendu, si Amiral rompait ses rênes, il ne s'attarderait pas à attaquer l'homme; mais, heureusement, Blake n'en savait rien. Il acquiesça en tremblant de peur.

— Je n'oublierai pas où vous êtes. Vous n'aurez sans doute pas à rester ici toute la nuit. Non que je me fasse du souci pour vous, mais la bête réclame son écurie.

Amiral broutait paisiblement. Je lui flanquai une tape sur la croupe, m'assurai que les liens du chauffeur, qui avait l'air complètement démoralisé, tenaient bon et je gagnai le taxi à travers les buissons.

Le poteau indicateur était un bon point de repère, car il me faudrait retrouver l'endroit en pleine nuit, et rouler pendant des kilomètres dans une région que je ne connaissais pas. Je notai pour plus de sûreté les noms et les kilométrages inscrits sur ses quatre bras, puis je montai dans le taxi et m'installai à la place du chauffeur.

La rumeur indistincte de la radio était devenue une voix. Une voix d'homme :

— *Ici, Sid. Pas trace de lui. J'ai vue sur plus de deux kilomètres de route, et sur une bonne partie du bois où il se planque. Je jurerais qu'il n'en est pas sorti. La circulation est trop dense. Je suis sûr de le repérer s'il s'y risque.*

Tandis qu'il parlait, je mis le moteur en route, embrayai et pris la direction du sud. Le jour tombait. Une demi-heure de crépuscule, calculai-je, plus peut-être dix minutes de jour. J'appuyai sur la pédale d'accélération.

Il y eut un bref silence à la radio. Puis j'entendis une nouvelle voix :

— *Il faut le trouver avant la nuit.*

J'avais beau m'y attendre un peu, l'espérer vaguement, ce chuchotement rauque me fit sauter sur mon siège. Mes mains se crispèrent sur le volant.

— *On fait de notre mieux, monsieur,* fit respectueusement une voix calme. *Il y a près d'une heure que je patrouille sur cette sacrée route. Trois kilomètres dans un sens et trois kilomètres dans l'autre. Toutes les voitures garées dans mon secteur sont encore en position.*

— *Combien avez-vous de revolvers?* reprit la voix rauque.

— *Quatre en tout, monsieur. Il en faudrait plus pour être sûr de ne pas le louper.*

Il y eut un silence. Puis la voix rauque :

— *J'en ai un ici, mais vous n'avez pas le temps de venir le chercher. Il faudra vous arranger avec ce que vous avez.*

— *Bien, monsieur.*

— *Attention, toutes les voitures. Visez le cheval. Tirez sur le cheval. Il ne faut pas qu'on retrouve des balles dans le corps de l'homme. Compris?*

Ils acquiescèrent en chœur.

— *Fletcher, répétez vos ordres.*

— *Dès que nous le repérons, soit sous les arbres, soit quand il en sortira,* dit le chauffeur de taxi, *nous visons le cheval. Nous lançons l'appel général pour poursuivre l'homme et l'attraper. Nous devons le... le maîtriser, si besoin est, le flanquer dans un des taxis et attendre les ordres.*

Au beau milieu de cet exposé qui me concernait, je reconnus sa voix. Ce ton poli le trahissait. Je l'avais entendu sur la route de Maidenhead, alors qu'il m'entraînait fort civilement vers le piège qui m'attendait : c'était le conducteur du fourgon. Fletcher. Je notai ça sur mes tablettes.

Brusquement, ce fut comme si quelqu'un appuyait sur un bouton, la lumière se fit dans mon esprit, et je me souvins de l'obstacle sur le champ de courses de Bristol. Je me rappelai la pluie qui ruisselait sur mon visage, l'univers gris qui m'environnait, et je me souvins clairement du conducteur du fourgon en train de couper le fil avant de l'enrouler et de le flanquer sous son bras.

Il y avait autre chose... mais il me fut impossible d'y réfléchir plus longtemps, car j'arrivais à un panneau « stop » à l'intersection d'une grande route à circulation intense.

Je tournai à gauche et m'engageai dans le flot des voitures. Je cherchais un panneau indicateur; je voulais savoir la distance qui me séparait de Brighton. Huit cents mètres plus loin, j'en trouvai un. Dix-huit kilomètres. Mettons vingt minutes.

Pendant tout le trajet jusqu'à Brighton, j'écoutai la voix rauque. Le ton devenait de plus en plus pressant, de plus en plus violent. Au début, ça me fit un drôle d'effet d'écouter ainsi les consignes données à des hommes chargés de me traquer, mais au bout de quelques minutes je m'y habituai et j'y fis de moins en moins attention; je faillis commettre ainsi une erreur catastrophique.

— *Rien à signaler, vingt-trois?* fit la voix rauque.

Pas de réponse à la radio. Je le remarquai à peine. La voix reprit, plus sèchement :

— *Allô, vingt-trois. Blake, rien à signaler?*

Je sursautai et revins au sens des réalités. Je décrochai le microphone et mis le contact :

— Non, fis-je d'un ton aussi ennuyé et aussi nasillard qu'il m'était possible.

— *La prochaine fois,* fit sévèrement la voix rauque, *tâchez de répondre plus rapidement.*

Il s'assurait sans doute que tous les taxis occupaient toujours leurs positions, car il posa la même question à trois autres chauffeurs. Je remerciai le Ciel, tout en coupant le micro, de n'avoir pas été obligé d'imiter la voix de Blake plus d'une seconde, car le moindre essai de conversation m'aurait fait découvrir. Du coup, j'écoutai plus attentivement les dialogues qui se poursuivaient.

Je finis par me familiariser avec le ton et les inflexions de la voix rauque, j'appris à repérer les inflexions et les tournures de phrases habituelles. C'était exaspérant, car je croyais les reconnaître, sans pouvoir y mettre un nom.

Et puis, enfin, je devinai. Sans erreur possible.

J'abordai les faubourgs de Brighton. J'étais devenu excessivement songeur.

CHAPITRE XVI

Un chauffeur de taxi qui demande le chemin du commissariat central, ça suffirait à éveiller les soupçons d'un imbécile congénital. Je garai donc la voiture dans une petite rue et j'allai me renseigner au magasin le plus proche.

C'était un bureau de tabac, et fort bien achalandé; je m'adressai donc à un des clients, un vieil homme au regard humide, coiffé d'une casquette. Il me donna des explications très précises, bien qu'entrecoupées de fréquents reniflements.

— Vous avez des ennuis, mon gars? fit-il avec curiosité en observant ma mine défaite et ma tenue délabrée tandis que je le remerciais.

— J'ai perdu mon chien, fis-je en souriant.

Je perdis aussitôt tout intérêt à ses yeux. Je me hâtai de regagner le taxi et repartis.

La voix rauque parlait :

— *... à tout prix. Peu m'importe comment vous vous y prendrez. Il ne doit pas s'échapper. Si vous ne pouvez pas le ramener vivant, il faut le tuer. Mais pas par balles.*

— *Ce serait plus sûr si on pouvait lui tirer dessus, monsieur,* dit la voix polie de Fletcher.

Suivant les instructions du vieil homme, je trouvai

sans mal le commissariat. Au passage, je constatai que les lumières étaient allumées dans les bureaux. Le jour déclinait rapidement.

J'écoutai une dernière fois la voix rauque, qui cédait, maintenant que le temps pressait, aux prières de Fletcher. Il leur donna l'autorisation de me tirer dessus à vue. Je fis la grimace, descendis du taxi, claquai la portière et m'éloignai. Je calculai que le bureau des Marconicars était à moins d'un kilomètre. Je fis le trajet au pas gymnastique. J'aurais voulu trouver un téléphone. On alluma soudain les réverbères, et les lampes brillèrent d'une lueur pâle dans la nuit qui tombait.

Je trouvai enfin une cabine téléphonique peinte en rouge et installée devant un bureau de poste auxiliaire; elle était éclairée. Ma raison avait beau me dire que je ne risquais rien, je dus prendre sur moi pour y entrer. Je demandai aux renseignements le numéro du commissariat de Maidenhead, et on me passa aussitôt le sergent de garde. L'inspecteur Lodge, me dit-il, était parti depuis une heure, mais après s'être fait un peu prier, le sergent accepta de me donner son numéro personnel.

D'une main hâtive et tremblante, j'introduisis de nouvelles pièces dans l'appareil et je donnai le numéro à la standardiste. La sonnerie retentit longuement. Mon cœur se serra, car si je ne parvenais pas rapidement à mettre la main sur Lodge, j'avais peu de chances de régler leur compte aux Marconicars de la façon dont je l'entendais. Mais une voix finit par répondre. Une voix de femme.

— L'inspecteur Lodge? Un instant, je vais voir s'il est là.

Un silence. Puis enfin, la voix de Lodge :

— Monsieur York?

Je lui expliquai rapidement ce qui s'était passé.

— J'ai laissé le taxi à cent mètres du commissariat principal, dis-je. Je voudrais que vous appeliez la police de Brighton et que vous leur demandiez d'y envoyer un inspecteur. Dites-leur d'écouter attentivement la radio du taxi. Notre ami à la voix rauque parle sans arrêt, il a ordonné à tous ses chauffeurs de m'abattre. Voilà qui devrait régler une fois pour toutes la question. Un des chauffeurs s'appelle Fletcher. C'est lui qui conduisait le fourgon à Maidenhead, et c'est lui aussi qui a posé le fil qui m'a fait chuter à Bristol. Je m'en suis souvenu. C'est probablement lui qui a tué Bill Davidson, vous ne croyez pas?

— Si, je le crois. Où êtes-vous maintenant? demanda Lodge.

— Dans une cabine téléphonique.

— Eh bien, retournez au taxi et attendez pendant que j'appelle la police de Brighton. Je ne comprends pas du tout pourquoi vous ne vous êtes pas adressé au commissariat pour leur expliquer ça vous-même.

— J'ai pensé que ça aurait plus de poids, venant de vous. (Je m'interrompis, car je venais de comprendre que je ne pouvais lui révéler mes projets immédiats.) Ne dites pas aux policiers de Brighton que je les attends dans le taxi, repris-je. J'ai quelques coups de fil à donner... Il faut que j'annonce mon retard à Scilla, et quelques petits trucs comme ça. Mais vous ne perdrez pas de temps, hein? M. Claude Thiveridge ne va pas pérorer indéfiniment, surtout une fois la nuit tombée.

— Je les appelle tout de suite, promit Lodge, puis il raccrocha.

Je posai le combiné puis je sortis de la cabine. Chemin faisant, je calculai le délai dont je disposais avant l'arrivée de la police de Brighton au bureau des Marconicars. Dix minutes, peut-être un quart d'heure.

J'arrivai enfin à destination. Je me mis à raser les murs pour éviter de me faire voir par les fenêtres. La rue était presque déserte et, sur le trottoir d'en face, le café du Vieux Chêne avait fermé ses portes pour la nuit.

Une petite voiture noire était garée devant le bureau. J'y jetai un bref coup d'œil et me figeai sur place : je l'avais reconnue. J'avais volontairement évité de révéler à Lodge le nom que je mettais sur cette voix rauque, mais, je le savais, j'aurais dû le faire. La vue de cette voiture impudemment garée à moins de vingt mètres de la porte des Marconicars me donna l'occasion de me mettre en règle avec ma conscience. Je soulevai le capot, débranchai la tête du delco et la fourrai dans ma poche. Quelle que fût la tournure qu'allaient prendre les événements, M. Thiveridge ne s'en irait pas facilement.

Il n'y avait pas de lumière dans les bureaux, pas davantage aux étages supérieurs. L'enseigne au néon L.C. Perth s'allumait et s'éteignait toutes les deux secondes; elle envoyait son inutile message à travers la rue déserte. Le seul parieur dans les parages, me dis-je, c'était moi.

En arrivant devant la fenêtre du bureau, je me baissai et me collai au mur. La porte de la rue était fermée, mais je n'eus aucun mal à l'ouvrir. Le silence qui régnait dans l'immeuble m'impressionna et, pendant un instant, je fus tenté de ressortir et d'attendre sagement la police dans la rue.

Je priai le Ciel que le vieil escalier ne craque pas trop, je montai les marches d'un pas rapide et léger et je collai mon oreille contre la porte du bureau de L.C. Perth. Je distinguai de grandes majuscules à la hauteur de mes yeux. Tout en tendant l'oreille, je m'efforçai de les déchiffrer. Je lus : ENTREZ SANS FRAPPER.

Vu l'épaisseur de la vieille porte, je n'entendais qu'un furieux murmure, mais ce chuchotement m'était devenu si familier que les deux centimètres d'acajou ne suffisaient pas à le déguiser.

Il était là.

Mon poil se hérissa sur ma nuque.

Sept ou huit minutes, estimai-je, avaient dû s'écouler depuis mon coup de fil à Lodge. Il fallait donner le temps à la police de Brighton de retrouver le taxi et d'enregistrer un bout de l'émission radio. Il n'était donc pas question d'interrompre trop tôt la voix rauque. Mais pas question non plus de m'attarder en attendant l'arrivée des détectives. Je m'obligeai à compter lentement jusqu'à cent, et ce furent les trois minutes les plus longues de mon existence. Puis je frottai la paume de mes mains sur mon pantalon et je posai le bout de mes doigts sur le bouton de la porte.

Celui-ci tourna sans bruit et je poussai légèrement le battant. Je voyais maintenant la pièce, où ne brillait aucune lumière.

Assis à un bureau, il me tournait le dos et paraissait observer la rue. L'enseigne au néon s'allumait et s'éteignait derrière la fenêtre, illuminant toute la pièce et cernant sa silhouette d'une auréole rougeâtre. Des reflets rouges clignotaient sur les cendriers chromés et sur les bords des classeurs métalliques. Une batterie de téléphones noirs alignés comme à la parade sur un long bureau projetaient des ombres étranges sur le mur.

L'homme ne se doutait absolument pas que j'étais debout derrière lui.

— Tuez-le, disait-il. Tuez-le. Il rôde dans ce bois, comme une bête traquée. Chassez-le. Dirigez vos voitures vers le bois et mettez les phares. Organisez une battue sous les arbres. Arrangez-moi ça, Fletcher. Je veux la mort de York, et vite. Abattez-le. Ecrasez-le.

L'homme s'interrompit et respira si brusquement qu'il s'étrangla. Sa main se tendit vers un verre d'eau. Il but.

J'ouvris la porte toute grande, je posai la main sur le commutateur et j'abaissai l'interrupteur. La lumière inonda soudain la pièce.

L'homme pivota brusquement et me vit. Sa mâchoire tomba.

— Bonsoir, oncle George, dis-je doucement.

CHAPITRE XVII

Ses yeux flamboyaient de haine. Il n'avait plus cet air absent qui lui était habituel, sa vraie nature apparaissait maintenant, aussi cruelle, aussi sauvage que celle d'un crocodile. C'était toujours l'amusant oncle George de Kate, rondouillard dans son tweed de gentleman-farmer, l'oncle George qui écrivait pour des magazines de jeunes et qui emmenait sa femme à des matinées théâtrales, mais le visage était celui de l'homme qui avait fait poignarder Joe Nantwich et qui avait lancé une meute assoiffée de sang à mes trousses.

Sa main erra sur le bureau, à la recherche d'un revolver. Je fis un pas et ma propre main s'abattit sur son poignet. Il essaya de se lever en brandissant un vieux revolver d'ordonnance. Il appuya sur la détente, mais la balle s'écrasa contre un mur. Je lui tordis violemment le bras et lui arrachai son arme. Ses muscles étaient mous et il ne savait pas se battre.

Je le repoussai brutalement dans son fauteuil, où il retomba, le souffle coupé. Puis je me penchai pour couper le microphone. Je ne tenais pas à ce que la police ou les chauffeurs de taxi entendent notre conversation.

En le frôlant, je perçus une espèce de craquement

sous sa veste. Je l'ouvris : un bout de papier d'emballage dépassait d'une poche intérieure; je m'en emparai et l'étalai sur le bureau. Il me regardait en haletant et ne chercha pas à m'en empêcher. Je lus les quelques mots tracés sur le papier.

L'adresse de Joe.

Je le retournai. Dans un coin, je déchiffrai les mots suivants, qu'on aurait dit griffonnés un peu au hasard par quelqu'un qui n'aurait pas été très sûr de leur orthographe :

Chichen Itza.

Chitsen.

Pas Chichester, Chichen Itza. J'avais le vague souvenir d'avoir déjà entendu ce nom. C'était, me semblait-il, le nom d'un empereur, et ça ne me disait rien, absolument rien. Et pourtant, Joe était mort à cause de ça.

Je laissai le papier sur le bureau en espérant que la police s'y intéresserait.

Oncle George s'était calmé. Il avait l'air soudain vieux et malade, maintenant que son heure avait sonné.

— La police va arriver dans moins d'une minute, fis-je en parlant lentement et distinctement. (Il s'agita sur son fauteuil et ses mains potelées esquissèrent un geste d'impuissance.) Les policiers ont écouté ce que vous disiez à la radio.

Oncle George ouvrit de grands yeux.

— Le vingt-trois! fit-il avec un reste de colère. Le vingt-trois n'a pas répondu à mes derniers appels.

J'acquiesçai.

— On va vous accuser d'incitation au meurtre, dis-je. C'est la prison à vie, pour le moins. (Je marquai un temps.) Réfléchissez, repris-je d'un ton pressant. Pensez à votre femme. Vous avez tout fait, n'est-ce pas, pour qu'elle puisse continuer à vivre dans le luxe auquel elle était habituée? (Ce n'était là qu'une hypothèse, mais je la croyais vraie et d'ailleurs il ne protesta pas.) Vous lui avez trop longtemps caché la vérité. Comment va-t-elle réagir si on vous arrête, si on vous juge et si, peut-être, on vous condamne à mort?

« Et comment va réagir Kate? » songeai-je avec désespoir.

Oncle George m'écoutait sans me quitter des yeux; enfin, lentement, son regard s'abaissa vers le revolver que je tenais à la main.

— C'est plus rapide, dis-je.

Il y eut un bref silence.

J'entendis, atténuée par la distance, une sonnerie d'alarme. Oncle George l'entendit aussi. Il me regarda. Il me détestait toujours, mais il était au bout de son rouleau, et il le savait.

— La police, dis-je.

Je fis les trois pas qui me séparaient de la porte, tournai les talons et lançai le revolver sur les genoux d'oncle George. Tandis que ses doigts courts se refermaient sur la crosse, je franchis la porte, la claquai derrière moi et dévalai l'escalier en courant. La porte de la rue était encore ouverte. Je sortis en hâte et la tirai derrière moi.

Profitant de l'ombre de l'immeuble, je me coulai jusqu'au porche sombre de la maison voisine; il était temps. Deux voitures de police ralentirent et vinrent s'arrêter devant les bureaux des Marconicars.

Les portières des voitures s'ouvrirent, un flot de silhouettes noires en sortit et je m'avançai vers eux pour les avertir que l'homme qu'ils cherchaient était armé. Mais l'attachement d'oncle George pour tante Deb ne devait pas se démentir. Un unique coup de feu claqua dans le bureau situé derrière l'enseigne lumineuse; c'était bien le meilleur service qu'il pût rendre à sa femme.

J'attendis quelques minutes dans l'ombre du porche, tandis qu'un petit rassemblement se formait sur le trottoir, attiré par le coup de feu et par la présence des voitures de police. Je me mêlai tranquillement à la foule et, au bout d'un moment, je m'éclipsai discrètement.

Deux ou trois rues plus loin, je trouvai une cabine téléphonique; j'y entrai en tâtant mes poches pour m'assurer que j'avais de la monnaie. Les coups de téléphone à Lodge avaient épuisé ma provision et je contemplai un moment la pièce de trois pennies et les deux pièces d'un demi-penny qui me restaient. Je me souvins alors de ma matraque. Je dénouai la chaussette, fis glisser quelques pennies dans le creux de ma main, en introduisis quatre dans la fente et demandai le numéro de Pete à la standardiste.

Il répondit à la seconde sonnerie.

— Enfin! dit-il. Tu appelles! Où diable étais-tu passé?

— Je visitais le Sussex.

— Et où est Amiral?

— Ma foi... je l'ai laissé attaché à un arbre, quelque part dans la campagne.

Peter se mit à sacrer, mais je l'interrompis.

— Pouvez-vous envoyer le fourgon? Dites au chauffeur de descendre jusqu'à Brighton et de me prendre sur le remblai, près de la jetée. Et, Pete... avez-vous une bonne carte du Sussex?

— Une carte? Tu es fou? Tu ne sais pas où tu l'as laissé? Tu as réellement attaché le meilleur cheval d'obstacles d'Angleterre à un arbre, en pleine campagne? Et tu as oublié l'endroit?

— Si vous m'envoyez une carte, je le retrouverai facilement. Ne tardez pas trop, voulez-vous? Je vous expliquerai plus tard. C'est assez compliqué.

Je raccrochai et, après un instant de réflexion, j'appelai le Canard Bleu. Le sergent-major en retraite Thomkins en personne me répondit.

— L'ennemi est en déroute, sergent, dis-je. Les Marconicars sont retirés des affaires.

— C'est une nouvelle qui va faire plaisir à un tas de gens, dit la grosse voix de Thomkins, empreinte d'une chaleur qui venait du fond du cœur.

— Toutefois, repris-je, les opérations de nettoyage se poursuivent. Ça vous intéresserait-il de vous charger d'un prisonnier et de le remettre à la police?

— Je pense bien!

— Alors, rendez-vous sur la jetée et je vous expliquerai.

— Je pars tout de suite.

Il me rejoignit sur la jetée au moment où je venais d'arriver. La nuit était tombée et les lampadaires du remblai éclairaient à peine la ligne des brisants sur la plage.

Nous n'attendîmes pas longtemps le fourgon. Pete passa son crâne chauve par la portière et me héla. Le sergent-major et moi montâmes derrière et nous installâmes sur des bottes de paille, et tandis que le fourgon nous emportait en cahotant vers l'ouest, je leur racontai les événements survenus depuis la mort de Bill à Maidenhead. Tout. Excepté ma visite au bureau des Marconicars et la véritable identité de Claude Thiveridge. J'ignorais le point de vue de la loi britannique sur l'incitation au suicide et, pour diverses raisons, j'avais décidé de n'en parler à personne.

Le chauffeur avait été mis au courant des précieux renseignements que j'avais notés sur le fameux poteau indicateur et, en les comparant avec la carte apportée par Pete, il nous amena à destination en un temps remarquablement court.

Amiral et Corny Blake étaient toujours attachés à leur arbre respectif et nous les fîmes grimper dans le fourgon; l'un, toutefois, marchait plus facilement que l'autre. Amiral fut ravi de nous voir, mais les sentiments de Blake me parurent plus mitigés, surtout quand il reconnut Thomkins. C'était Blake, en effet, qui avait assommé le sergent-major avec une de ses bouteilles.

En souriant, je tirai de ma poche le coup-de-poing américain de Blake et le tendis à Thomkins.

— Les armes du prisonnier, dis-je.

Thomkins fit sauter le vilain instrument dans le creux de sa main et l'essaya à ses doigts : Blake le regarda avec effroi et roula évanoui dans la paille.

— Si ça ne vous ennuie pas, nous ferions mieux de passer par le champ de courses de West Sussex, dis-je. Ma voiture est toujours au parking; je l'espère du moins.

Elle y était, solitaire, et la lune éclairait sa forme sombre. Je descendis du fourgon, serrai la main de Thomkins et de Pete, leur souhaitai bonne chance et suivis du regard les feux arrière du fourgon jusqu'au moment où ils disparurent dans la nuit.

Je regagnai alors ma voiture et démarrai, puis, tournant résolument le dos à mon devoir le plus incontesté : répondre à d'interminables questions au commissariat de Brighton, je filai vers les Cotswolds.

Poussé par une curiosité irrésistible, je fis un détour par Portsmouth, au cas où la bibliothèque municipale serait encore ouverte : c'était le cas. Parmi les ouvrages de références, j'ouvris une encyclopédie et je cherchai Chichen Itza. La première orthographe mentionnée sur le bout de papier était la bonne.

Je découvris que Chichen Itza n'était pas un empereur, mais une capitale. C'était l'ancienne capitale des Mayas du Yucatan, dont la civilisation s'épanouissait en Amérique centrale, il y a quinze cents ans.

Je remis le volume à sa place et regagnai la voiture. J'avais tendu un piège bien meilleur que prévu en prétendant que j'avais à peu près compris les dernières paroles de Joe.

Je me rappelais clairement le cabinet de travail, avec ses vitrines. Je revoyais le bureau de chêne massif, les classeurs consacrés aux tribus indiennes, et la chemise marquée « Mayas ». Oncle George m'en avait trop dit sur les Mayas; et il savait que Chichen Itza, le nom inscrit sur un bout de papier donné par mégarde à un de ses acolytes, finirait par me conduire jusqu'à lui.

CHAPITRE XVIII

L'enquête sur les agissements et la mort de George Penn avait été remise deux fois et venait de se terminer; les témoins de la police, Kate et moi nous retrouvions dans le hall du palais de justice de Brighton, prêts au départ.

Le verdict, assez clément, avait conclu à une crise de folie passagère, mais on n'avait pu cacher aux journalistes, toujours à l'affût, l'étendue des activités criminelles d'oncle George, et L.C. Perth et les Marconicars avaient eu droit à la une des quotidiens depuis une quinzaine.

En poussant oncle George au suicide, je n'avais pas rendu un grand service à tante Deb. Il avait été impossible de lui dissimuler la vérité; le choc avait provoqué plusieurs crises cardiaques, dont la quatrième s'était révélée fatale. Mais pour Kate, bien qu'elle ne s'en doutât pas, c'était quand même la meilleure solution : elle avait dû encaisser la révélation de la culpabilité d'oncle George, mais le procès et la condamnation lui avaient été épargnés.

Mes lettres de condoléances étaient demeurées sans réponse. A mes coups de téléphone, on m'avait toujours répondu qu'elle était sortie. Et je comprenais maintenant pourquoi. Elle me rendait responsable des malheurs qui s'étaient abattus sur elle.

— Je vous méprise, fit-elle d'un ton implacable. Vous me donnez la nausée. Vous vous êtes introduit chez nous et vous avez accepté tout ce que nous avions à vous offrir... (Je songeai à ces doux baisers et, si j'en croyais la flamme qui s'alluma brusquement dans les yeux de Kate, elle aussi, sans doute...) Et en retour, vous n'avez songé qu'à acculer un pauvre vieil homme à la mort et à tuer une vieille femme sans défense. Je n'ai plus ni oncle ni tante. Et nulle part où aller. Je n'ai plus personne.

J'avalai ma salive sans mot dire.

— Vous êtes l'être le plus monstrueux que j'aie jamais connu et, bien que vous ayez tout fait pour que je ne puisse jamais vous oublier, je penserai toujours à vous comme... comme...

Elle me parut sur le point de vomir. Elle se détourna brusquement et sortit dans la rue d'un pas mal assuré.

Elle fut accueillie par les flashs des photographes qui la prirent au dépourvu, et elle leva le bras dans un geste pitoyable pour se dissimuler le visage. Elle avait l'air si vulnérable, si perdue, et moi qui aurais tant voulu la consoler! Mais elle ne voulait accepter aucune parole, aucun geste de réconfort. Elle s'éloigna rapidement, fuyant la meute des journalistes, et s'engouffra dans la voiture de louage qui l'attendait.

Elle démarra et je la regardai disparaître, hébété.

Je finis par m'apercevoir de la présence de Lodge et par comprendre qu'il me parlait depuis quelques instants. Je n'avais pas entendu un mot de ses discours et il paraissait attendre une réponse.

— Je vous demande pardon, fis-je. Qu'est-ce que vous disiez?

— Ça n'est pas très important... Bah, elle verra les choses plus raisonnablement d'ici quelque temps.

Quand elle aura retrouvé ses esprits. J'ai entendu une partie de ce qu'elle vous a dit... mais on ne peut pas vous reprocher le fait que son oncle était un criminel.

— Si j'avais su... (Je faillis ajouter « avec certitude »)... si j'avais su que George Penn était Claude Thiveridge, je m'y serais pris autrement.

— Je trouve que les choses ne se sont pas trop mal arrangées pour les Penn, dit Lodge. Une fin rapide, ça a du bon.

— Vous avez peut-être raison, fis-je sans conviction.

Il me regarda en souriant et détourna la conversation.

— Les chauffeurs des Marconicars passent en jugement cette semaine. Vous serez là pour témoigner, j'imagine.

— Oui, dis-je, sans enthousiasme.

Tous les chauffeurs lancés à ma recherche avaient été alarmés par le coup de feu et par le silence de la radio. Les uns avaient regagné Brighton, les autres Londres, un ou deux avaient abandonné leur taxi pour continuer à pied. Mais ils n'avaient pas tardé à se faire arrêter car, d'après les indications un peu vagues que j'avais fournies à Lodge, la police avait dressé des barrages sur les routes alors qu'ils écoutaient encore oncle George. Ils avaient été bouclés sous des inculpations allant de l'intimidation et des voies de fait au meurtre pur et simple.

Des archives découvertes dans le cabinet de travail d'oncle George, à l'intérieur d'un dossier portant la mention, cruellement humoristique, de « Notes sur les sacrifices humains », permirent d'établir que Joe Nantwich avait bien été poignardé par l'homme qui portait ma cravate.

Les mobiles d'oncle George étaient clairs. Après

la guerre, il avait eu du mal à garder son train de vie luxueux et, au lieu de mettre tante Deb en face de la réalité, de l'affronter lui-même, il avait peu à peu dépensé le plus gros de son capital. Avec ce qui lui en restait, il avait acheté les Marconicars et s'était lancé dans le crime. Il avait tout dirigé par le truchement de Fielder et n'avait apparemment jamais vu de ses yeux les tristes résultats des ordres qu'il donnait. Ses méfaits ne lui semblaient sans doute guère plus réels que les coutumes barbares et primitives qu'il étudiait.

La police avait découvert des listes bien nettes, dans des dossiers remontant à quatre ans, portant le montant des sommes extorquées aux petits commerçants terrorisés; et de temps en temps, en face du nom d'un café ou d'un bistrot, me raconta Lodge, on lisait ce seul mot : « Persuadé. »

Les dossiers hippiques étaient plus succincts, et mentionnaient des sommes dont la police ignorait l'emploi; mais une feuille intitulée « Joe Nantwich » était assez explicite. C'était une liste de dates et de sommes d'argent; toutes excédaient cent livres. En bas, un trait noir fermait la colonne; on y lisait les mots « Compte soldé », de la petite écriture d'oncle George.

Une fois Kate partie, les journalistes s'étaient dispersés : ça n'était plus drôle.

— Vous êtes prêt? demandai-je à Lodge.

J'étais passé le prendre à Maidenhead en venant. Il acquiesça et nous regagnâmes ma voiture.

Je roule vite quand je suis heureux. Ce jour-là, je n'eus aucun mal à respecter les limitations de vitesse en traversant les petits villages du Sussex; et Lodge supporta mon morne silence sans broncher, jusqu'à mi-chemin de Maidenhead.

— Miss Ellery-Penn, dit-il enfin, était très utile à

son oncle. Les efforts que vous faisiez pour le traquer lui revenaient aux oreilles par sa nièce. Pas étonnant qu'il ait toujours été si bien informé de vos déplacements.

Je secouai la tête.

— Il y a quelqu'un d'autre, dis-je.

— Comment ça?

— Il y a quelqu'un d'autre que nous ne connaissons pas. Quelqu'un qui avait la confiance d'oncle George. (Malgré tout, je continuais à l'appeler oncle George.)

— Fielder, le directeur, a été arrêté, ainsi que tous les agents de L.C. Perth; ils ont d'ailleurs tous été relâchés. Seuls deux des employés avaient idée de ce qui se passait : l'un fréquentait les champs de courses, et l'autre restait au bureau. Fielder leur faisait savoir les chevaux sur lesquels ils devaient accepter des paris illimités. Il n'y a donc plus de mystère dans cette affaire.

— Ça faisait des mois que Joe faussait des courses quand oncle George a donné Feu du Ciel à Kate, et elle n'avait jamais mis les pieds sur un champ de courses avant. Une autre personne, une habituée des courses, devait donc travailler pour oncle George, fis-je avec conviction.

— Penn n'avait besoin que du journal du matin et d'un calendrier hippique pour choisir les chevaux à freiner. Inutile d'aller lui-même aux courses. Inutile d'avoir un complice sur place. Sauf son bookmaker, Perth. Vous vous faites des idées.

— Oncle George ne s'y entendait pas assez en chevaux, dis-je.

— Il a appris, dit Lodge d'un ton sceptique.

— Kate m'a dit un jour qu'à sa connaissance il n'y a jamais rien compris. Il n'a inauguré le racket des Marconicars qu'il y a quatre ans, et sa combine de courses a commencé il y a moins d'un an. Son ignorance était donc sincère.

— Je vous l'accorde, dit-il. Mais je ne vois pas ce que ça prouve.

— Il faut nécessairement qu'il ait eu un correspondant sur les champs de courses. Sinon, comment aurait-il fait pour repérer le jockey le plus facile à corrompre? dis-je.

— Il en a peut-être essayé plusieurs avant de trouver le bon, suggéra Lodge.

— Non. Tout le monde en aurait parlé, si c'était le cas.

— Il a essayé d'acheter le major Davidson, dit Lodge. Voilà apparemment une bien lourde erreur de la part de votre correspondant supposé.

— C'est vrai, avouai-je. (J'essayai autre chose.) Il y a un ou deux détails qui ont été transmis récemment à oncle George et dont Kate ne savait rien. Comment expliquez-vous ça?

— Quels détails?

— L'histoire du bout de papier de Joe, par exemple. Il en a parlé à tout le monde au vestiaire de Liverpool. Kate n'était pas là. Mais deux jours plus tard, sur les instructions d'oncle George, Joe a été tué et on lui a repris le papier.

Lodge réfléchit.

— Quelqu'un aurait pu téléphoner à Kate le samedi et lui en parler.

Je pensai un instant à Dane.

— Admettons, dis-je. Mais elle n'y aurait pas accordé un intérêt suffisant pour en avertir oncle George.

— On ne sait jamais.

Je roulai en silence pendant quelques kilomètres. Je répugnais à lui exposer, pour secouer son scepticisme, la raison la plus valable que j'avais de croire à l'existence d'un autre ennemi, la quasi-certitude que, n'était ce trou de mémoire que je conservais de ma chute, j'aurais pu mettre un nom sur cet homme.

Quand je me résolus enfin à le lui dire, non sans hésitation, il prit la chose plus sérieusement que je ne m'y attendais. Et, après quelques instants de réflexion, il émit une remarque qui me bouleversa :

— Peut-être que si votre inconscient vous empêche de vous souvenir de cet ennemi, *c'est que vous l'aimez bien.*

Je déposai Lodge à Maindenhead et je poursuivis ma route jusqu'aux Cotswolds.

En entrant dans la vieille maison où les enfants cavalcadaient à grand bruit pour aller prendre le thé, ce fut comme si je retrouvais un monde normal. Scilla descendait l'escalier, les bras chargés de robes d'été destinées à Polly; j'allai au-devant d'elle et l'embrassai sur la joue.

— Il va falloir que Joan et moi nous allongions tout ça, dit-elle en désignant les robes. Polly grandit que c'en est un vertige.

Je la suivis dans le salon et nous nous assîmes devant le feu.

— C'est fini? demanda-t-elle.

— Je le crois.

Je lui parlai de l'enquête et du verdict.

— C'est seulement à cause de Bill qu'on a fini par démasquer George Penn. Bill n'est pas mort pour rien.

Elle demeura longtemps silencieuse, et les flammes firent briller ses yeux pleins de larmes qu'elle ne cherchait pas à cacher. Puis elle renifla, secoua la tête comme pour se libérer du passé et dit :

— Allons prendre le thé avec les enfants.

Polly voulait que je répare le pneu de sa bicyclette. Henry m'annonça qu'il avait mis quelques coups d'échecs au point et me demanda de faire une partie avec lui après le thé. William me gratifia d'un baiser poisseux et m'offrit un vieux bonbon acidulé. J'étais de retour à la maison.

CHAPITRE XIX

La certitude presque intolérable que j'avais perdu Kate ne m'arrangea pas l'existence dans les jours qui suivirent. Je ne cessais de penser à elle.

Et puis, une semaine après l'enquête relative à oncle George, j'allai courir à Banbury. Kate s'y trouvait. Elle portait un tailleur bleu marine et de larges cernes lui mangeaient les yeux. Son visage était pâle et calme et son expression ne changea pas lorsqu'elle m'aperçut. Elle attendait devant la salle des Balances et m'adressa la parole aussitôt.

— Alan, je crois qu'il faut que je vous présente mes excuses pour ce que je vous ai dit l'autre jour, fit-elle avec un effort sensible.

— N'en parlons plus, fis-je.

— Mais si... J'ai réfléchi à ce que vous m'avez raconté. A ces enfants obligés d'aller à l'école sous la protection d'un judoka... et je me rends bien compte qu'il fallait arrêter oncle George. (Elle marqua un temps.) Ce n'est pas votre faute si tante Deb est morte. Je regrette de vous avoir dit ça. (Elle poussa un grand soupir, comme si elle venait de s'acquitter d'un devoir intolérable.)

— Vous avez fait tout le chemin exprès pour ça? demandai-je.

— Oui. J'étais navrée d'avoir été si injuste.

— Ma chère petite Kate, dis-je. (Ma tristesse de la semaine passée se dissipait comme brume au soleil.) J'aurais donné n'importe quoi, croyez-moi, pour que ce ne soit pas oncle George. (Je la regardai attentivement.) Vous avez l'air affamée. Vous avez mangé aujourd'hui?

— Non, fit-elle d'une toute petite voix.

— Il faut que vous déjeuniez, dis-je, et sans lui laisser le temps de refuser, je l'entraînai jusqu'au restaurant.

Je la regardai déjeuner, d'abord du bout des lèvres, mais bientôt avec un appétit dévorant, jusqu'au moment où ses joues eurent retrouvé quelque couleur, et son regard un vague écho de sa gaieté d'antan.

Elle en était à sa seconde portion de pâté de volaille lorsqu'elle me dit doucement :

— Je voudrais que vous mangiez aussi.

— Je monte, dis-je.

— Oui, je sais, j'ai vu le journal. Espoir Perdu, c'est ça? dit-elle entre deux bouchées.

— Oui, fis-je.

— Vous allez faire attention, n'est-ce pas? Pete dit que ce n'est pas un très bon sauteur.

Je la regardai, envahi d'une bien agréable stupeur, et elle rougit violemment.

— Kate, j'ai envie de vous embrasser.

— Les champs de courses ne conviennent pas aux amoureux, surtout quand ils viennent de se fiancer, fit-elle. Que diriez-vous d'un fourgon?

— Nous n'avons que dix minutes, dis-je. Je monte dans la seconde.

Sans plus de cérémonie, nous empruntâmes le fourgon de Pete. Je la pris dans mes bras et quand je l'embrassai, j'eus cette fois la satisfaction de sentir chez elle une réaction pas du tout fraternelle.

Les dix minutes passèrent comme une seconde, et les courses n'attendent pas. Nous revînmes ensemble et j'allai me changer, laissant Kate, qui semblait un peu étourdie et qui ne s'en cachait pas, assise sur un banc au soleil.

C'était la première fois que je courais depuis l'enquête relative à oncle George. Mon regard un peu inquiet erra sur les visages qui m'entouraient dans le vestiaire; je me refusais à croire que l'un d'eux fût le responsable de la mort de Joe. Peut-être Lodge avait-il raison et ne voulais-je pas admettre la vérité. Au début, j'avais bien trouvé oncle George sympathique. Redoutais-je d'arracher le masque d'un autre ami pour découvrir la gueule de crocodile qu'il dissimulait?

Clem me tendit mes plaques de plomb dans leur sac. Je regardai son visage patient et ridé en pensant : « Pas toi, non, pas toi. »

J'avais l'impression de le trahir en songeant qu'il entendait tout ce qui se passait, qu'aucun événement d'importance ne lui échappait. Certains lads l'appelaient « l'oracle ».

Une grande claque dans le dos interrompit mes méditations.

— Alors, ma vieille, comment marche cette enquête? rugit Sandy, en balançant sa selle sur un genou tout en bouclant les courroies. Comment va, Sherlock?

— Il est à la retraite, dis-je en souriant.

— Vraiment? Après de si brillants résultats?

— Je crois que je vais m'en tenir aux courses d'obstacles. C'est moins risqué.

Le regard amical de Sandy se posa sur la cicatrice qui me barrait la joue.

— Garde tes illusions, mon petit vieux, dit-il. Tu

changeras d'avis quand tu te seras cassé autant d'os que moi.

Il enroula les courroies autour de sa selle et repoussa son casque sur sa nuque; sa voix cordiale attirait les regards comme un aimant. Il se dirigea vers la balance.

A l'autre bout du vestiaire, j'apercevais Dane qui me tournait délibérément le dos. Il parlait avec quelqu'un à la grille lorsque, malencontreusement, il nous avait vus revenir du parking des fourgons, Kate et moi. Il avait parfaitement vu nos visages radieux et ça n'était pas la peine de lui faire un dessin. Il avait félicité Kate en deux phrases sèches, mais ne m'avait pas encore adressé la parole.

Je passai devant lui pour gagner le pesage. Il me suivit. Pete était l'entraîneur des deux chevaux que nous montions et nous devions aller le rejoindre.

Pete se leva d'un bond en nous voyant.

— Alan, Kate m'a annoncé la nouvelle. Félicitations.

Devant le regard noir de Dane, il se mit à nous donner des conseils pour la course. C'était de la monte qu'il parlait, et mon attention s'égara quelque peu.

Et voilà qu'à dix mètres de là j'aperçus Clifford Tudor, un gros cigare au bec; il donnait ses ordres à son entraîneur et à son jockey. C'est curieux, pensai-je, que je tombe si souvent sur ce type. Il faisait de grands gestes pour souligner ses propos, et je vis le jeune jockey, le remplaçant de Joe, dont le front se plissait de rides soucieuses.

Pete m'avertit de me méfier de la croupe étroite d'Espoir Perdu, et je fis un signe à Kate, qui se tenait au bout du paddock, puis je me dirigeai tranquillement vers la starting gate.

Dane me rejoignit en chemin; il tourna la tête vers

moi en arrivant à ma hauteur et me lança un coup d'œil polaire.

— Salaud, fit-il d'un ton tout aussi réfrigérant.

Puis il poussa son cheval, sans me laisser le temps de lui répondre. Je n'insistai pas. Ça lui passerait. Ou ça ne lui passerait pas. Dans les deux cas, je n'y pouvais pas grand-chose.

Il y avait onze partants dans la course. Nous tournâmes en rond pendant que l'assistant du starter tendait les sangles et que le starter procédait à l'appel. Sandy demanda l'autorisation de mettre pied à terre pour redresser sa selle, qui avait un peu glissé. Le starter la lui accorda d'un geste et jeta un coup d'œil à sa montre; il pria Sandy de ne pas s'attarder. C'était un homme qui avait horreur des départs en retard.

Sandy desserra les courroies, redressa sa selle, la fixa. Je le regardais au lieu de m'occuper d'Espoir Perdu, si bien que ce qui se passa fut entièrement de ma faute.

Un employé de la piste agita sous le nez de mon cheval le drapeau blanc qu'il brandissait pour signaler aux tribunes que les chevaux allaient prendre le départ. Ma jeune monture, une bête inexpérimentée, prit peur, se cabra comme un cheval de cirque, se tourna de flanc et me vida proprement. J'atterris en plein sur le dos, ce qui me coupa le souffle, et j'aperçus Espoir Perdu qui retombait sur ses quatre fers et s'en allait tout seul.

Pendant quelques secondes, je ne bougeai pas. J'essayais de retrouver mon souffle. Sandy s'approcha, la main tendue pour m'aider à me relever, tout en se livrant à des commentaires assez grossiers sur ma chute.

Un vertige extraordinaire s'empara de moi, et mes sens se mirent à me jouer des tours. Allongé au soleil printanier, je sentis des gouttes de sueur sur mon visage. Le souffle coupé, mais nullement blessé, j'éprouvai pourtant une douleur qui me tenaillait tout le corps. Dans mon cerveau sens dessus dessous, il me sembla que le passé et le présent se mélangeaient et que deux événements absolument différents se produisaient simultanément.

Je levai les yeux vers Sandy. J'aperçus sa bouche édentée, (Il avait retiré ses fausses dents, selon son habitude, par précaution) ses yeux bruns et rieurs aux sourcils roux, son expression insouciante. Le soleil éclairait son visage. Et je vis en même temps le même visage penché sur moi sous la pluie battante, un visage au regard cruel, au rictus impitoyable. J'entendis une voix me dire : « Espèce de sale espion, peut-être que ça t'apprendra à te mêler de tes affaires. » Et je levai la main pour me protéger du coup de pied qui allait venir...

Ma vision s'éclaircit : Sandy et moi nous regardions dans le blanc des yeux, comme si nous nous livrions bataille. Il laissa tomber la main qu'il tendait pour m'aider à me relever et l'expression amicale qu'arborait son visage disparut soudain. On aurait dit un comédien qui a terminé son rôle.

Je m'aperçus que j'avais instinctivement protégé ma joue en y portant une main. J'abaissai le bras, mais mon geste avait suffi. Je m'étais souvenu de ce qui s'était passé près de l'obstacle à Bristol, et Sandy l'avait compris.

Je retrouvai mes forces et me relevai. Le starter, consultant sa montre avec un agacement à peine dissimulé, me demanda si je n'étais pas blessé. Je répondis que non et lui présentai mes excuses pour le retard que j'apportais à la course. On avait rattrapé Espoir Perdu et on le ramenait par la bride.

Sandy, qui ne semblait pas pressé de se

remettre en selle, restait planté devant moi.

— Tu ne peux rien prouver, dit-il. (Il prenait le taureau par les cornes.) Personne ne peut établir de lien entre Penn et moi.

— Fletcher, dis-je aussitôt.

— Il fermera sa gueule, dit Sandy avec conviction. C'est mon cousin.

Les activités hippiques d'oncle George, je le comprenais maintenant, ne tenaient pas seulement à l'existence d'une officine de book assez mal en point. La présence d'un allié facile à recruter sur le terrain avait sans doute été le facteur décisif qui l'avait incité à racheter l'affaire L.C. Perth.

Je passai en revue le reste de la bande.

— Et Fielder? suggérai-je.

— Pour lui, je ne suis qu'une voix au téléphone. Une voix qui s'appelle Smith. Il ne me connaît ni d'Eve ni d'Adam.

Je renonçai momentanément.

— Pourquoi as-tu fait ça? demandai-je.

— Pour de l'argent, qu'est-ce que tu crois? fit-il avec mépris.

Il jugeait de toute évidence ma question stupide.

— Pourquoi ne freinais-tu pas les chevaux toi-même? Pourquoi laisser Joe toucher la grosse somme?

Sandy semblait parfaitement disposé à me donner toutes les explications que je désirais.

— J'en ai freiné deux moi-même. Au second, les commissaires m'ont pincé, et je m'en suis tiré de justesse. Après, j'ai compris. J'ai dit au patron d'essayer ce petit salaud de Joe. Qu'il perde sa licence, mais très peu pour moi, lui ai-je dit. Mais fais attention que chaque fois qu'il en étouffait un, je palpais mon pourcentage.

— Ce qui t'a rendu d'autant plus furieux quand

il a gagné avec Bolingbroke, malgré la consigne.

— Et comment!

— Joe ne t'a donc pas dit au vestiaire qu'il allait freiner Bolingbroke. Tu le savais déjà.

— Bravo, Sherlock, fit Sandy.

— Et c'est toi qui l'a fait passer par-dessus la barrière à Plumpton, je suppose?

— Il l'a bien mérité. Il m'a fait perdre cinquante livres sur Leica, en même temps que la prime que je touchais du patron.

— Méritait-il la mort? fis-je brutalement.

L'homme qui ramenait Espoir Perdu n'était plus maintenant qu'à une centaine de mètres.

— Ce petit crétin n'était pas fichu de fermer sa gueule! cracha Sandy. Il brandissait ce bout de papier à Liverpool en te réclamant à grands cris. J'ai lu ce qui y était écrit et j'ai prévenu Fielder, voilà tout. J'ignorais ce que ça voulait dire, mais il y avait gros à parier que ça ne plairait pas au patron. Joe l'a cherché, pas d'erreur.

— On lui a donc réglé son compte, puis tu as téléphoné à Fielder pour lui dire que le travail avait été saboté et que Joe avait pu me parler avant de mourir.

— Oui, fit Sandy d'un ton morose. Je t'ai entendu le raconter à tout le monde au vestiaire.

Je n'y pus résister :

— Je mentais, fis-je. Joe est mort sans dire un mot.

Tandis qu'il comprenait peu à peu le sens de mes paroles, sa mâchoire s'abaissa, il chancela dans son for intérieur et ce fut comme si une hache avait ébranlé les fondations de sa colossale assurance. Il tourna les talons, se rapprocha de l'assistant du starter, saisit son cheval par la bride et sauta en selle.

J'allai au-devant d'Espoir Perdu, remerciai l'homme

qui me l'avait ramené et remontai en selle. La patience du starter était à bout.

— Au départ, je vous prie, fit-il, et les chevaux commencèrent à s'aligner en travers de la piste.

Je vins me placer auprès de Sandy. J'avais encore une question à poser.

— Dis-moi, fis-je. Pourquoi diable as-tu incité Penn à essayer d'acheter le major Davidson? Tu devais bien savoir qu'il n'aurait pas freiné Amiral pour tout l'or du monde.

— C'était une idée du patron, et pas la mienne, dit sèchement Sandy. J'ai chargé Fielder de l'avertir que ça ne marcherait pas, mais le patron avait une tête de cochon et il n'entendait rien aux courses. Fielder m'a répondu qu'il n'avait rien voulu savoir, qu'il était persuadé que s'il empêchait un favori de gagner, ça lui rapporterait une fortune. D'ailleurs, il a ramassé un joli paquet. C'est lui qui a eu l'idée du fil. Et je serais rudement mieux loti si le fil t'avait tué aussi, ajouta-t-il dans un soudain accès de dépit.

La main du starter s'abaissa vers le levier. La starting-gate se leva; avec cinq minutes de retard, les chevaux s'élancèrent vers le premier obstacle.

Je ne sais pas exactement quand Sandy prit la décision de me pousser vers les barrières. Peut-être fut-ce la pensée de tout l'argent qu'il perdait, ou bien avais-je eu tort de lui rappeler le coup qu'il avait fait à Joe, quand Joe l'avait trahi.

En tout cas, comme nous approchions du second obstacle, il poussa brutalement son cheval vers moi. Nous nous tenions dans le peloton derrière les chevaux de tête, et j'étais à la corde, la barrière à ma gauche.

Je jetai un coup d'œil au visage de Sandy. Le regard de ses yeux étrécis était fixé sur l'obstacle à franchir, mais à chaque foulée, son cheval se rapprochait du mien. Je songeai qu'il ne me laissait guère de place.

Je m'aperçus au dernier moment qu'il n'avait pas l'intention de m'en laisser du tout. Il se proposait de coincer mon cheval contre l'écran de deux mètres de haut qui bordait la haie. Ce genre d'accident, m'avait-on dit, provoquait les chutes les plus graves. Si je ne voulais pas moi-même en faire l'expérience, il était temps de réagir.

Je songeai bien à abandonner tout bonnement la course, mais ça me parut une défaite plus ignominieuse encore qu'une culbute par-dessus la barrière. Néanmoins, je ralentis brusquement et Sandy dut sauter l'obstacle avant moi.

Dans le virage, il essaya encore. Il serra son cheval contre le mien, de flanc et légèrement par-derrière. A ma gauche, j'étais coincé contre Dane. Il nous jeta un coup d'œil :

— Pousse-toi, Sandy, cria-t-il. Laisse-nous un peu de place.

Sandy ne répondit pas. Au lieu de quoi il fit glisser son genou le long de ma cuisse, puis il poussa carrément sur mon jarret. Il me flanqua un brusque coup de cuisse.

Mon pied vida l'étrier et je perdis totalement l'équilibre. Je basculai, ma tête glissa sur l'encolure du cheval et je me cramponnai frénétiquement à sa crinière. Je regardai le sol, j'aperçus les sabots des chevaux groupés en peloton dans le tournant, et je fis un effort désespéré pour éviter de tomber. Mais je penchais dangereusement et les secousses de la galopade m'entraînaient toujours plus bas. Dans quelques secondes, j'allais tomber.

Ce fut Dane qui me sauva. Il me prit par le flanc, poussa et me réinstalla littéralement en selle.

— Merci, balbutiai-je, tandis que mon pied droit cherchait l'étrier.

A l'obstacle suivant, je pris un ou deux mètres à Dane et Sandy; mais derrière moi, j'entendis Sandy qui claquait de la langue pour encourager son cheval; quelques foulées plus loin, il revint à ma hauteur. Son ombre se dessinait sur le garrot de mon cheval. Quelles que fussent ses intentions, comme les spectateurs avaient le soleil en pleine figure, ils n'y verraient rien.

Soudain, son bras se détendit; et si je ne m'étais tenu sur mes gardes, il m'aurait eu. Il lança son bras droit pour me frapper au visage avec sa cravache. J'esquivai l'attaque instinctivement, sans même avoir remarqué la cravache. Le coup ne porta que sur mon casque, au-dessus de la visière, et le fit voler sur le gazon.

Je sentis plutôt que je ne vis Sandy relancer son bras. Je glissai ma propre cravache et mes rênes dans ma main gauche et, quand il frappa, je ripostai du droit. Plus par chance que par adresse, mes doigts se refermèrent sur le manche du fouet, je m'y agrippai et tirai dessus avec l'énergie du désespoir. Il était à moitié hors de sa selle et j'exultais presque; mais au dernier moment, il lâcha sa cravache et retrouva son équilibre. Son cheval s'écarta du mien, et je jetai un coup d'œil derrière moi, en espérant qu'un autre concurrent allait venir combler l'espace vide qui nous séparait. Mais la plupart des chevaux nous avaient dépassés, il n'y avait personne à proximité. Je jetai la cravache de Sandy.

Le prochain obstacle se dressait devant nous. Je me maintins à bonne distance de la barrière et m'efforçai de calmer Espoir Perdu pour lui donner l'occasion de bien sauter, mais je me rendis compte que Sandy revenait à ma hauteur.

Mon cheval franchit honnêtement l'obstacle. Sandy arracha le sien au dernier moment et, quand il se reçut, il me coupa la piste.

Espoir Perdu percuta la barrière.

Par je ne sais quel miracle, il ne tomba pas. Il chancela, trébucha, hésita, puis repartit au galop. Ma jambe, coincée au-dessous du genou entre la bête et la barrière, était engourdie. Je l'examinai : elle semblait accomplir son travail normalement, mais ç'aurait pu aussi bien être celle d'un autre. Ma culotte de soie était déchirée au-dessus du mollet, et mes belles bottes neuves sur mesures avaient écopé d'un énorme accroc.

Je ne sais pourquoi, ce fut ce dernier détail qui me rendit furieux.

Sandy était à quelques longueurs devant moi. Dane surgit à ma droite, ce qui me fit bien plaisir.

— Qu'est-ce qui se passe? cria-t-il. Il en a des façons de s'amuser, Sandy!

— Il ne s'amuse pas, dis-je. Il veut me vider.

— Pourquoi? reprit Dane sur le même ton.

— Il travaillait pour George Penn, et ça lui rapportait gros. Maintenant, c'est fini. Alors, il m'en veut, criai-je d'une voix hachée.

Le vent emportait mes paroles.

— Je le comprends, fit Dane.

— Moi aussi, dis-je.

Nous approchâmes en silence de l'obstacle, le dernier dans la ligne droite opposée aux tribunes. Sandy ralentissait peu à peu, pour m'attendre.

— Alan? fit Dane.

— Oui?

— Tu veux rendre la monnaie de sa pièce à Sandy?

— Oui.

Je n'avais soudain plus aucun scrupule. C'était une chose très grave, et si les commissaires me surprenaient, on me retirerait ma licence; mais je commençais à en avoir ma claque, des gros-bras d'oncle George.

— Je vais le passer à l'extérieur, cria Dane. Toi, viens à ma hauteur, également par l'extérieur. Ensuite, je m'efface et je le laisse entre toi et la barrière. D'accord?

J'acquiesçai. J'essayai de prévoir l'avenir immédiat. Si je culbutais Sandy, il n'oserait pas se plaindre aux commissaires; et, ainsi qu'il le disait, je n'avais aucune preuve tangible contre lui. Une sorte de trêve hasardeuse pourrait s'instaurer entre nous. Et, chute pour chute, nous serions à égalité.

— Viens donc! cria Dane.

Il talonna son cheval et se porta à la droite de Sandy. Je m'écartai de la corde et amenai Espoir Perdu à l'extérieur. Il restait près de seize cents mètres à parcourir jusqu'à l'arrivée et, comme personne ne poussait encore à fond, le peloton restait groupé devant nous. Il n'y avait plus personne derrière. Après l'obstacle s'amorçait le long tournant qui conduisait à la ligne droite des tribunes. Si l'un de nous devait vider les étriers, c'était le moment ou jamais. Dans la ligne droite, notre petite explication se déroulerait en effet sous l'œil des commissaires, qui n'apprécieraient sûrement pas.

Dane franchit l'obstacle en même temps que Sandy, et je les suivis de près. J'arrivai à leur hauteur; Dane talonna sa monture et fila en avant; comme il me l'avait promis, Sandy se trouva alors entre la barrière et moi.

Je poussai brusquement Espoir Perdu contre le cheval de Sandy, que j'envoyai valser contre la balustrade. Sandy poussa un cri et voulut me frapper du poing, mais je ripostai d'un brutal coup de cravache.

Je voulais lui faire vider les étriers sans blesser son cheval. Ce n'était déjà pas tellement chic de frustrer le propriétaire de sa victoire en lui abîmant son jockey; s'il fallait pour ça esquinter le cheval, autant y renoncer.

Je rassemblai les rênes dans ma main droite, appliquai ma gauche sous l'aisselle de Sandy et poussai. Mais j'étais encore trop loin de lui et n'y mis pas assez de force. Il vacilla sur sa selle, mais ne perdit pas l'équilibre. Il m'accabla d'injures.

Nous étions au milieu du tournant. C'était maintenant ou jamais. Je lançai le cheval de Sandy contre la barrière. Sandy beugla. Je devinai que sa jambe s'écrasait contre la rampe blanche, s'y déchirait peut-être. Ma jambe gauche restait engourdie et je n'éprouvai aucune pitié. J'entendis alors le choc produit par le heurt de son genou contre un montant. Il hurla de douleur.

Je serrai les dents, lançai mon bras et le poussai de toutes mes forces. S'il ne tombait pas à ce coup-là, je n'aurais plus le courage de recommencer. Mais il se mit à basculer, lentement me sembla-t-il d'abord, puis la chute s'accéléra; on l'aurait dit pris dans un tourbillon qui l'aspirait.

J'eus une dernière vision du visage de Sandy, yeux exorbités, bouche crispée dans une grimace de douleur, tombant dans l'herbe de l'autre côté de la barrière. Je débouchai sur la ligne droite à la sortie du tournant, meurtri, hors d'haleine, en loques et sans casque, mais toujours en selle.

Le cheval de Sandy, déchargé du poids de son cavalier, dépassa ses concurrents.

Dane l'aperçut et, se retournant sur sa selle, brandit son pouce en l'air et me fit un large sourire.

Cet ouvrage a été reproduit
par procédé photomécanique
par la SOCIÉTÉ NOUVELLE FIRMIN-DIDOT
Mesnil-sur-l'Estrée
pour le compte des Éditions U.G.E. 10/18
en octobre 1997

Imprimé en France
Dépôt légal : novembre 1996
Nouveau tirage : octobre 1997
N° d'édition : 2722 – N° d'impression : 40285